黑暗中归来

潘海天 著

译林出版社

图书在版编目（CIP）数据

黑暗中归来 / 潘海天著. —南京：译林出版社，2024.1（2024.10重印）
ISBN 978-7-5447-9994-2

Ⅰ. ①黑… Ⅱ. ①潘… Ⅲ. ①幻想小说 - 小说集 - 中国 - 当代 Ⅳ. ①I247.7

中国国家版本馆 CIP 数据核字（2023）第 237540 号

黑暗中归来 潘海天 / 著

策　　划 姬少亭 李兆欣
责任编辑 蒋梦恬
特约编辑 郭 凯
校　　对 孙玉兰
责任印制 闻媛媛

出版发行 译林出版社
地　　址 南京市湖南路 1 号 A 楼
邮　　箱 yilin@yilin.com
网　　址 www.yilin.com
市场热线 025-86633278
排　　版 南京展望文化发展有限公司
印　　刷 江苏苏中印刷有限公司
开　　本 880 毫米 ×1240 毫米 1/32
印　　张 9.5
插　　页 2
版　　次 2024 年 1 月第 1 版
印　　次 2024 年 10 月第 2 次印刷
书　　号 ISBN 978-7-5447-9994-2
定　　价 68.00 元

目录

克隆之城

1

那一年的沙漠热风来得很晚，到处流窜的盗匪迟迟才退回他们的老巢。无花果树开始结果的时候，学校里送来了一批男孩和女孩。

我忘不了第一次和珍妮相见的日子，她站在木棚屋后的空地上，金发像阳光般灿烂。我还记得她回去的时候不安地向外张望着，说："周先生要点名了，我这就得走。"

我不高兴地看着沙地，一个豹II玩具兵团刚刚摆出作战队形。我说："用不着理他，周夫子就是爱多管闲事。"

珍妮吃惊地望着我："他没有用电鞭打过你吗？"

"他敢！"我得意地哼了一声。

"反正我得走了，吉姆，明天我再来。"

我趴在木栅栏上，看着她纤细的身影灵活地绕过高耸的仙人掌丛，溜过铁篱笆的破洞。很快她就会混入操场上那群穿着粗蓝布制服的小女孩中去，难以分辨谁是谁了。

操场的另一边是一片排列整齐的灰色住房，一直绵延到远处隐隐约约的铁丝网下。它们围成了一个个的小操场，一个操场就是一所学校。

下午太阳下山前的两个小时里，总有一群叽叽喳喳的小女孩在铁篱笆后尘土飞扬的操场上喧闹游戏；而更远处是一群男孩在排队等候淋浴，他们都是清一色的漂亮小伙子，金发白肤，笑容温顺。

太阳城里用水紧张，四周是一片茫茫沙海。周先生对我说过，几乎没有逃跑者找到过通往科鲁斯死海的路，何况到处都有许多手持长枪、带着猛犬的豹II战士。

周先生是个学问很高的人，也很严厉。当他身着黑色长袍走近男孩和女孩们时，他们都会马上安静下来，局促不安地站立一旁。

那时我还小，不明白为什么自己是个例外。我不怕他，并且总爱把这点在他面前得意扬扬地显露出来。也许珍妮也是个例外，她的眼睛里有一种让我吃惊的东西。她那瘦小的身躯上经常带着电鞭击伤的青痕，但即使是在沙漠来的热风中，在大家纷纷寻找遮蔽物躲藏的时候，她也是一副傲然挺立的模样。这也许能说明，为什么其他女孩都规规矩矩地待在操场上，她会毫无顾忌地偷偷溜到这儿来。

我独自住在一间西班牙式大屋里，它实际上也是一所学校。不过它与那些破败的低矮房子和终日沙土飞扬的操场，是迥然不同的两个世界。

在木棚工具屋后的小小空地上，我和珍妮共同分享着童年的快乐，无花果树的粗大枝杈是我们藏宝的地方。我们在树下一起观看钻出云层的雷电、天鹅的回翔，还有面目凶狠的豹II战士，他们的飞车上有时会押着一个衣裳破烂、满脸血污的逃亡者。

“吉姆，我真害怕有一天也会被他们抓住。这些豹子，他们在把那些逃亡者——送到最可怕的地方去。”看着那些逃亡者，她的嗓音微微颤抖，但那里面包含的肯定不仅仅是恐惧。

“那时候，我就去救你！”我装出一副大人的模样勇敢地说道，“但是他们为什么要抓你呢？”

“你和我们不一样。”珍妮有次这样说，还卷起袖子让我看，洁白光滑的胳膊上有一组青色的数码标记：CL92–ST16。

“我们每个人都有，”她肯定地点着头，“就连周先生也有。”

对此我多少有些沮丧又有些骄傲。

珍妮走后没多久，我也回到那幢大屋中继续学习。我的学习室中贴满了陈先生从小时候直到现在的大幅照片。

詹姆斯·陈先生是我的父亲，周先生提起他时总是恭恭敬敬的，我深信他是值得人们如此敬重的人。可是，我从来没有见过他的面，虽然对他的一切已经很熟悉了。

人们在这里竭力重现陈先生小时候的生活环境：古老的宅院，破旧的喷水池，甚至一个小小的木棚工具屋，都照他的记忆惟妙惟肖地复制出来。根据他的旨意，我得在这里接受熏陶。

我很小就得开始学习一些令人头疼的科目：数学、哲学、生物学、军事、电脑以及绘画，更重要的是我必须学习陈先生的性格、爱好、口音和各种习惯。

“你是你父亲的化身，只有你才能代替他。”周先生总是这么说。他说，二十年后，我，一个新的、更年轻更强悍的詹姆斯·陈将成为帝国的元首，去完成我父亲未竟的夙愿。

说实话，我对这些雄心壮志不抱多大兴趣，虽然我的功课总是得A，我模仿父亲已到出神入化的地步。我更关心的是珍妮能不能安全地溜出来，躺在无花果树的阴影下，向我述说学校里的趣事。

珍妮有时会带一个怯生生的同伴来，她们就像两滴水一样难以分辨。我们常玩一种游戏，从两个少女中找出珍妮来。我每次都能赢。

“嘿，你是怎么认出我来的?”珍妮惊奇地睁大眼睛。

“看你的眼睛。”我说了实话。珍妮的眼睛又蓝又亮，就像大海一样深邃。

她带来的女伴也叫珍妮，可我管她叫露西娅，那是我学过的一篇课文里的女孩名字。对我来说，珍妮只有一个。

我们在翻起的草根下捡到了几个漂亮的贝壳，据说这片沙漠在远古时期是一片汪洋大海。

太可惜了，珍妮从没见过大海。我告诉她，大海像一片广袤的原野，像母亲宽阔的怀抱，它还是一座迷人的宝库，里面蕴藏着无穷无尽的神秘。

“海底下有许许多多的城市，那里样样齐备。人们能够呼吸，生活自由自在……“珍妮接着说了下去，雾气蒙蒙的眼睛里充满了憧憬。

真奇怪，她既然没去过，怎么能知道呢?

2

十四岁生日的那一天，我见到了父亲。他在太阳城最宏伟的建筑物——一个庞大的金字塔式建筑中接见了我。

在门口我第一次正面看清了豹II战士，他们都有一张粗犷的脸，目光凶狠，脖子粗短。他们都戴着令人羡慕的闪闪发光的头盔，提着威力巨大的能量枪，胸前挂着两枚手雷。学校里传说他们的身体中混有豹子的基因，也有人说他们的战斗力抵得上上世纪的一种重型坦克。

我在迷宫般长长的走廊中走了好一会儿，发现周夫子把我带到一间长方形房间中，灯光柔和，厚厚的波斯地毯踩上去就像踩在松软的沙地上。

陈先生，我的父亲，无声地走过地毯，向我们迎来，表情严肃地说："啊，这就是那个小家伙吗？"

我看着他，心里有种奇特的感情在流动。他的额头很高，鼻子令人想起鹰隼的长喙。我知道无论我在想什么，他都知道。他的头脑包含了我的大脑。

周夫子悄悄地退了出去。

他俯身望着我，因为离得很近，他的脸显得很大。这张充盈智慧的脸却又透出冷酷、残忍的神情，他的眼角布满皱纹，皮肉松弛。他已经老了。

"你已经长大了，"他说，"从今天开始，你要学习管理克隆帝国的各项事务。我已经老了，而你拥有青春。无数强壮的兵马正在成长，无数的强劳力正在成熟。克隆帝国像你一样正在成长。有一天你会拥有全世界。"

他的声音里带着一种梦境般的味道。他走近桌子，桌子上摆着一本金边的厚书。这本书我很熟悉，那是周先生要求我熟读的《理想国》。

"国家的正义在于什么，你还记得吗？"

我回答说，国家的正义在于三种人在国家里各干各的。

"回答得对，孩子。"父亲笑了笑，"柏拉图的理想国没有实现，可是克隆帝国做到了这一点。统治者、护卫者和下等人，他们和他们的后代都将最适于自己的本行，这儿是正义之国。"

他转过身来盯着我说："你要成为我，才能继承我的位置。吉姆，希望你不要辜负我。"

当我回到那幢西班牙式大屋的时候，与珍妮的约会已经迟到了。不知不觉中，珍妮已经长成了一个亭亭玉立的姑娘，粗劣的饮食和严酷的生活并没有影响使她美丽动人的遗传因素。

我把和父亲的见面当成一件大事告诉她。

珍妮的反应却是出乎意料的淡漠，她冷冷地说："我了解你的父亲，他是个聪明而可怕的人物。"

"你不是也有个母亲吗？"我好奇地问。

"她不可能来看我，"珍妮忧郁地说，"她有成百上千的女儿呢。"

此后，我和珍妮见面的时间一天天少了。她要学习文秘、打字、护理、插花和烹调，还有跳舞和社交。而我则每天坐着吉普车，在太阳城里四处逛游。讲解通常是由周先生来担当，但有时会由父亲亲自解说。

我是多么热烈地盼望着和父亲见面。我能理解他每一句话，每一个动作的含义，他也能理解我的每一个孩子气的问题。我尤其佩服他那在年轻时就显露出的过人的睿智和勇气。

还在大战以前，在基因控制委员会把持局面的日子里，人的无性繁殖被禁止了。父亲带着一批科学家和仪器来到北非沙漠深处的一个绿洲，在强悍好斗的图阿雷格人的故乡点燃了第一批克隆人之火。

二十年后，当那场毁灭性的战争结束时，满目疮痍的大陆上忙于重建家园的人们没有注意到，一个小小的新国度正在崛起。它靠出售战后各国亟须的强劳力和高产粮食种子迅速富裕，同时，一支装备精良的豹I战士组成的军队也正以惊人的速度扩展。每一个战士都骁勇善战，克隆帝国的疆域迅速地扩大。

2161年，帝国的势力首先侵入了南部欧洲；不久，第一批克隆士兵在印度次大陆登陆；在美洲，克隆骑兵所向披靡。

2175年，克隆战士超过了十万，克隆工人的数目达到一千万。这几乎是世界人口的六分之一。

虽然战后各地匪盗横行，帝国内部不时有零星的战斗，但帝国仍在不断地壮大。新一代的豹II战士很快投入使用，克隆工人也向多品种、多规格方向发展。新的克隆工厂在各地建起。

昔日小小的绿洲已经成了一座可以容纳二十万人的城市。站在我父亲的办公室里，可以看到脚下一排排灰色的屋顶，一直铺到城市的边缘，间杂着一块块的黄沙地操场。每个克隆人都要在那儿被塑成预先设计的模样，不合格的就被淘汰。

太阳城的西面看不到建筑物，一切都隐藏在方圆数百公里郁郁葱葱的丛林绿洲中。时不时会传来一阵低沉的闷雷声，随即顺着干涸的伊斯河谷迅速远去。

那儿是特训基地，豹Ⅱ人刚学会走路就被送去受训。还未成年时，他们就已经是战技娴熟的战士了。

我还去过另一座庞大的建筑，它的地面以上部分拥有数千间房屋，地下部分和地上部分一样大。每个房间里安装着十个人造子宫和维持系统，我总是带着好奇和惊悸的心情看着那些玻璃瓶里的小小人形伸腿，吸吮拇指。

有数百名科学家（都是年轻的第三代）在这儿工作，控制胎儿的营养供应，通过减压装置让他们聪明或者愚蠢，取出发育异常的胎儿处理掉。昏暗的灯光下，一排排玻璃容器荧荧反光，科学家们就像是行走在海底世界的巫师。

在深深的地下室里，他们用一根特殊的探针，插入预选的父体或母体的肋骨下，取出体细胞后培养繁殖，然后放入离心管内，在含有细胞松弛素B的溶液中旋转，使细胞释出它们的核。

在另一个房间里，每一个细胞核都会与一个除去核的卵细胞结合。这些卵细胞将包含一套完整和精确的蓝图——制造出一个人的建筑图。这些魔术般的过程让我惊叹不已。

真正像谜一样的是基因研究所，它是相对独立于太阳城的一组白色建筑物，连一扇窗户也没有。没有人能随随便便走近距它半公里以内的地带，父亲亲自带着我穿过了重重铁丝网、铁门、岗哨和隐蔽的机枪阵地才深入腹地。

“这儿是研究新型克隆人的基地。”父亲低声说，“豹Ⅱ还不是十全十美的。我们在北美和远东地区都遭到了顽强的抵抗。我们还需要擅长在稻田水网地区作战的两栖战士，征服西伯利亚和格陵兰的极地战士，还有听觉视觉出众的猎杀队员……”

走廊上传来一阵嘈杂声，一只可怕的幼小怪物躺在小车上被推了出来。它有一副长满鳞片的身躯，上面挂满滑溜溜的黏液，四只细长的肢端长着蹼足。只有当押车的两名豹II人嘻嘻哈哈地用枪筒猛捅它的肚子时，小鱼人才费劲地转动它那发皱的圆脑袋，大声地喘着气，一些泡状的白沫顺着它的嘴角流了下来。我厌恶地后退了一步。

豹II人看见父亲，恭敬地立定脚步行礼。小鱼人停止了挣扎，用那双饱含泪水的眼睛无助地望着我。

为首的豹II队员报告说："又失败了，长官。这家伙的手脚都动弹不得，我们奉命把它宰掉。"

父亲点点头。我看着小车顺着走廊远去，那个丑家伙的眼睛简直叫我发抖。

父亲长长地叹了一口气，黯然神伤。"我拥有一千名最优秀的科学家和基因工程师，他们都还年轻，还需要时间，而我已经老了。"他转身面对我说，"你一定觉得，我看上去又老又疲倦，我在侈谈权力却没有办法防止衰老……"

他的目光深沉，我不能肯定里面是否包含着嫉妒的感情。

研究所里让人愉快的是那些植物。有高产量的旱稻，结合了固氮菌的土豆，能生产适于给人输入血清蛋白的马铃薯。

这些基因作物能充分利用地球上剩下的土地——它们虽没受放射性污染，但大都干旱贫瘠，状况恶劣。

3

珍妮来找我的时候突然少了起来。这期间，空地上悄悄地长起了青草。

有次，我问她是不是有了麻烦，她微笑着不肯回答。

“你好像不太高兴？”她反问我。

“我不知道，珍妮，我不知道。我学得很快，可是我觉得越来越不像我的父亲了。我不知道该怎么办。珍妮，我不想学习了，我恨死它们了。”我心烦意乱地揪着脚下的草叶，把它们揉成一个个的小球。

“我一直以为你过得很开心呢。”珍妮叹了口气，凝望前方。她的双眸中充满忧伤。

我就坐在她身边，她的一缕头发不断被风拂到我的脸上，让我意乱神迷。

“还记得小时候我们读过的那首诗吗？‘只要孩子愿意，此刻他就可以飞上天去……’吉姆——”

“嗯。”我随口应了一声。

“你想飞吗？”她用认真的口气问我，“远远地飞离这儿。在沙漠的那一边，有一个蓝色的巨湖，在那儿什么都是蓝色的——在清晨的凉意中跳舞的花草，顺着树干流淌的琥珀……”

“你想干什么，珍妮？”

“明天在这儿等我。”珍妮冲我狡黠地一笑。

第二天珍妮没来，第三天也没来，直到第四天我等得心焦的时候她才出现在栅栏的另一侧。她得意地扬着一个瓶子，蓝色的玻璃在阳光下闪着光。

“闭上眼睛。”她在我耳边轻声说。

我依言闭上眼睛，觉得一双温暖的小手在我臂上摸索，忽然一阵刺痛。

“马上就好，吉姆，你会飞起来的。”珍妮的声音仿佛离得很遥远。

一股生命的泉水流过我的血管，我张开双眼，周围是一个蓝色的世界：蓝色的空气，蓝色的太阳，还有蓝色仙女一样的珍妮，她正冲着我笑。

“你真行，珍妮，”我迷迷糊糊地也想笑，“从哪儿搞到的欣快剂？”

“我的办法多着呢。”珍妮蓝色的脸像杯醇酒般使我迷醉。

“我爱你！”我说。

珍妮退缩了一下，脸红了。

“我爱你，珍妮。”我又说了一遍，伸出手去拉她。

“不！”珍妮后退了一步，坚定地说。

“为什么不？”我大吼了一声，蓝色的世界在我眼前颤抖坍落。

“吉姆……吉姆，你还不明白，我们不是同一种人。”珍妮胆怯地看着四周。

“是一种人。”我坚持说，“我从来不把你当下等人看，你是知道的。”

珍妮转过头来直视着我，她那蓝色的眼睛好像溶化在空气里。

“问题不在这里。”她的话音清晰有力，“吉姆，你崇拜你的父亲，你追随着你父亲的梦想，梦想繁殖驯服的克隆人，维持你们的特权地位。而我只要活着就不会忘了。”

我的声音听起来软弱无力：“我不是这样想的，我不……”

但我知道我是这样想的，我喜欢父亲的理论，我愿意相信他的每一句话。

“人类已经没落了，吉姆。他们已经毁灭了地球，只有正义才能拯救它。是我们修复了战争的创伤，是我们养活了几千万的人口。我们是真正的救世主。”我想起父亲指着落日对我说的话，“儿子，只要有一天阳光照得到的地方都遍布了克隆人的足迹，地球就会成为宇宙中最强盛富裕的星球。”

此刻，我绝望地说：“你为什么要做我的朋友，珍妮?”

珍妮说：“我喜欢你不屈的性格和人情味。”

我读懂了她眼睛里的另一句话：“但我恨你的帝国。”

她猛地一扬手，手里的注射器飞向空中，飘向太阳城的另一端，飘过蓝色沙漠的尽头。珍妮也随之飘走了，飘向铁栅栏的另一边，和我永远永远地分隔开了。

我昏昏沉沉地坐了一下午，直到我那很不明智的笑声引来了周夫子。他像只多疑的猎犬般在我身上探着鼻子到处乱嗅，我指着他那张发蓝的脸笑得喘不过气来。他终于找到了那个小小的针眼。

父亲坐在他的办公桌后，用一种忧愁的眼光打量着我：“你真叫我伤心，吉姆。我姑且相信这只是一次好奇心冲动的结果。可因为你的好奇，险些让我对你十余年的教育付之流水。詹姆斯，你需要更严格的管束了。”

4

欣快剂事件后的第三天，我就离开了学校，到特训基地的第三步兵学校报到。

学员们除了我全是年轻的豹II。教官肖恩范斯上校是个花白头发的老头，严厉而不像老豹I队员那样粗俗，让我暗暗称奇。

我在这儿接受了二十二周的艰苦训练，白天在迷宫般的沙漠和丛林中穿行，进行武器训练、作战演习、野外生存、山地攀爬和徒手搏击，晚上支好营帐后还要学习战术理论、情报训练、地形地理判读。

由于某些奇怪的原因，我的训练成绩都还不错。只有武器训练中的"沙地飞车"我不敢尝试。通常只有豹人才能承受住飞车起飞和急转时高达8G的加速度。

最后的实战训练来到了，这是一次验证训练结果的战斗搜捕演习。所有的学员被分成两人小组，空投到远离营地的伊斯河谷去。那儿有二十名提前投放的目标，必须在二十四小时内全部找到它们。

为了照顾我，我的同伴不是学员，而是一位真正的豹II突击队员——奥斯特中尉。

整整一天我套着笨重的全套突击队员装备——金属铠甲、突击能量枪、高爆榴弹发射器、手雷，还有淡水、干粮，跟在中尉的后面搜索前进，时而攀上陡峭的悬崖，时而穿过干涸的河床。

奥斯特中尉很快凭借一点儿被踩动过的土块、一茎折断了的树枝找到目标的踪迹。他带着我绕过高大的仙人掌丛，爬上一块悬崖埋伏起来。这儿能鸟瞰整个河谷，白色的亮闪闪的峭壁蜿蜒伸到远处，到处都长满了暗红的刺柳和仙人掌丛，谷底是一汪混浊的水洼。

中尉轻轻地用手肘触了触我，指了指河谷尽头的那一大片棕榈林，伸出两个指头打了个手势，表示那儿有两个搜捕小组正在靠近。豹Ⅱ队员之间都有一种奇特的心灵感应，就像我和父亲之间的奇特感应一样，这使他们之间的协调作战能力无人能比。

我竭力睁大双眼，想看清逐渐昏暗的谷底。太阳正在谷地的另一头静悄悄地沉下去。还是中尉先发现了目标，他指了指水洼的附近，一个白点正悄没声息地躲在粗大的仙人掌后移动。

我支起了沉重的能量枪，把晒得发烫的枪托贴在腮部。中尉只是个指导者，游戏的主角是我。

白点移动到了水洼边上，似乎终于耐不住干渴而从仙人掌后钻了出来。中尉一挥手，能量枪在我肩部轻轻地跳动了一下，尖利的枪声打破长时间寂静的强烈效果让我吓了一跳。

我几乎是滚下沙坡的，靴子里进了不少沙子。中尉走到目标旁边，用脚把它翻了个个儿。我一瘸一拐地走近，阴沉着脸说："是个人！"

中尉点点头，抽出刀子漫不经心地说："不错，沙尔姆型号，新出的。"

我尽量控制住双腿的颤抖，走上前去。这是一张年轻的脸，金色的鬈发，高直的鼻梁，就是我在学校里见过的那种小伙子。

他身上的衣服碎成了破布片，干裂的嘴唇上沾满热沙。

我们一直等到太阳下山，谷底一片昏暗时才和其他两个小组会合，继续向前搜捕。在半夜里，摸黑走在山脊上时，我忍不住又嘀咕了一句："用的是活人！"

奥斯特中尉回答说："是被淘汰的克隆人，他们没达到要求。"

我跌跌撞撞地前进，觉得像是走在恶魔出没的森林中，而我也是其中的一个魔鬼。我心烦意乱地想起了珍妮，不知道为欣快剂撒的谎是否骗过了父亲，让她逃过惩处。

二十四小时后，八十名学员会合在谷口丘陵上，一架大型旋翼机在那儿等着我们。肖恩范斯上校绷着脸站在机舱门口，直到二十条打着青色印记的皮肤整齐地摆在他面前才点了点头。

我瞪大眼睛斜睨着它们，直到确定其中没有我要找的号码，才为自己愚蠢的担忧松了口气。

演习完成得很漂亮，上校宣布放假两天。同伴们拉我去特训基地边上的军人活动中心，那儿提供烈酒和军妓。我不会喝酒，可是要了双份中国白酒。酒吧间里烟雾腾腾，挤满了身穿军装的男人和漂亮女孩。

背后传来了一阵嘈杂声，两个醉醺醺的豹II人正把一个女孩粗暴地拖向门口。周围的人全都无动于衷，看来这种场面是司空见惯的。

我的心猛地跳了一下，那个军妓长得很像珍妮，非常像她。

我第一次认真意识到一个珍妮型克隆人的命运。我低下头去猛喝了一大口白酒，呛得嗓子火辣辣的。

"詹姆斯！詹姆斯！"有人在背后尖声叫喊。

我猛回头盯着那个被拖拽的女孩，她的衣服鲜艳花哨，脸色苍白，可是两只眼睛还像以前一样明亮透彻。

“珍妮!”我不敢相信自己的眼睛，奋力挤开人群冲了上去，使劲搡了一下一个缠住珍妮的家伙。

那家伙像口沉重的口袋般倒了下去，另一个家伙叫嚷着拔出刀子。

我把我的中士徽章伸到他鼻子底下，喝道:“滚!马上!”

这家伙蔫了下来，灰溜溜地走了。即使在酒精作用下，豹II服从上级的天性还是不会淡化的。

“珍妮，怎么回事?”我拉着她走到广场上的一个喷泉边上，这儿没有别人，只有一只石雕的豹子从水中探出脑袋，湿淋淋地看着我们。

“我只能来找你了，吉姆。”一片红晕浮现在她的脸上，“我有一个朋友被送到了特训基地，我不知道他们会把他怎样。你可以把他救出来，告诉我可以的。”

她的双手放在我的胸膛上，微微发抖，好像要掏出一个肯定的回答。

我避开话题，问她是怎么进来的。她的脸又是一红，说:“我们快毕业了，学校放假一天，我就溜了出来。只有……只有穿这套衣服才能混进来——吉姆，你有办法吗?”

我注视着她微微仰起的脸庞和那双袒露心迹的奇妙眼睛，伤心地说:“他是谁，珍妮?是你的情人?”

黑暗中，珍妮没有回答。

那张年轻苍白，沾满了沙土的脸又浮现在我的眼前。他一言不发地躺在沙地上，无神的眼睛里还充满了对自由的向往。

“让我见他一面。求求你，吉姆。”珍妮的话音里带着恐怖的绝望。

我摇了摇头，慢慢地说："没希望了，珍妮，没希望了。"

珍妮后退了一步，紧紧地咬着嘴唇，她颤抖着后退了一步，又退了一步："我恨你，吉姆。我恨你的帝国，恨你的军队，恨你的学校。"

我想开口辩解，可是无从说起。我掉过头去，不敢正视她的眼睛。

直到珍妮漂亮而花哨的裙子在我眼前飘动时，我终于忍不住喊了一声："珍妮！"

她回过头来，嗯了一声。我看见一滴眼泪滑入夜色中。

我嗫嚅地说："后天我要走了，去寻找格纳尔达。这是父亲的意思，他认为男子汉要在战斗中成熟。"

珍妮的眼睛在黑暗中闪着光。"你不能这么做，吉姆。格纳尔达是……"她止住了话头。过了一会儿，我感到她的柔软的手指滑过我的肩膀，在我面前做了一个奇怪的手势："记住这个手势，吉姆，它也许可以帮助你……我也不希望你受到伤害。"

5

格纳尔达是科鲁斯死海中最著名的强盗。他的名字能让伊斯河流域的居民发抖，他手下的喽啰敢和帝国士兵对抗。他埋伏在沙漠中袭击商队，掠去所有的克隆人。帝国数次派兵清剿，每一次他都能奇迹般地从绝境逃生。

父亲派我去执行这个危险的工作，我并不奇怪。柏拉图认为一个人的高贵品质最容易在战斗中体现出来。我敢保证父亲宁愿再等上十几年培养新的继承人，也不愿一个懦夫接替他的位置。为了考察我的举止，他让肖恩范斯上校当我的作战参谋。

精悍的帝国军队虽然无敌于天下，但对付这支小小的良莠不齐的匪盗团队却吃力异常。他们在干涸的河谷中像鼹鼠一样到处潜伏，穿着帆布鞋在晒得滚烫的沙地上跑得飞快，常常在星月无光的夜晚如同神兵天降般猝不及防地出现在豹II士兵的战壕前。

尽管部下伤亡巨大，老谋深算的上校还是逐步把反叛者压缩到科鲁斯死海的峡谷里。那儿寸草不生，缺乏水源。上校想把他们活活困死在里面。

军队在谷口和峭壁上扎下了营寨，一个强大的单向力场障壁竖在峡谷和营寨之间，豹II队员乘着沙地飞车在高处来回巡逻。格纳尔达插翅难逃了。

月亮升上天空，向下面的旱谷中投下清冷的光线，谷底鬼影幢幢。我苦恼地想起了和珍妮分手时的情景，我不知道珍妮的手势从何而来，但也听说过基地里流传的一些故事，在阴暗的墙角里可以看到一些含义隐晦的符号，那么珍妮是这么认识他们的吗？这个格纳尔达像个沉重的阴影，在我心中涂抹不去。我回到指挥部所在的帐篷里，肖恩范斯上校正在等我，立体作战图已经挂在了一张厚重而华丽的挂毯前。

我解下武装带搁在桌上，不过没有卸下铠甲。这个决定后来救了我的命。

门口有两个豹II卫兵，屋里还有两个。我的两个随身侍从却不知上哪儿去了。他们是父亲特意拨给我使用的，全是沙尔姆型。我把他们分别叫作沙尔姆1和沙尔姆2，虽然我从来也没有分清过他俩。

我和上校还没交谈几句，一切就像突起的沙漠热风般爆发了。几个全身黑衣的人影骤然出现在帐篷前，没等门口的两个卫兵发出警报，两柄白亮的尖刀就插进了他们的胸膛。

为首的黑衣武士旋风般地卷进帐篷，他浑身上下充斥着沙漠的粗犷气息，还带着凶狠的死亡味道。上校那身显赫的军服吸引了他的注意力（此刻我的军衔已经升成了上尉）。他凶猛地向上校扑了过去，把老家伙撞翻在地上。其他的黑衣人蜂拥而入，与竭力抵抗的豹II卫兵搏斗起来。

纷乱中我瞥见上校的枪被一脚踢飞，一把闪亮的尖刀抵住了他的胸膛。即使上校实际上是我的监视者，我也不能眼睁睁地袖手旁观。照着步兵学校中的学到的格斗技巧，我朝为首的那位黑衣武士猛扑过去，把他撞离开上校跟前。

我对手那惊人的搏斗技巧和力量险些让我当场送了命。他手里的尖刀灵巧地从我胳膊的纠缠中挣脱出来，狠狠地戳在我的肋骨上。我全身猛地一震，一股剧痛沿着肋下传遍全身。但是那件高密度合金钢铠甲发挥了作用，使他的武器滑向了一边。我乘机猛力扳动他的左肩，踹了他膝窝一脚，他咆哮着像立地不稳的公牛般倒下了。真是幸运极了，他的皮带上还挂着一把能量枪。我一把扯了下来，恶狠狠地对准了他的眼睛。

帐篷里众寡悬殊的战斗瞬间结束了。我看到两个豹II卫兵倒在我的脚下一声不吭，上校也很不体面地倒在地上，七八个黑衣武士虎视眈眈地围着我。令我惊讶的是，不知是沙尔姆1

还是沙尔姆2的那位失踪侍从竟和他们站在一起——我明白了他们是如何突破力障的。看着我手里的枪，他们仿佛有些不知所措。沙尔姆和周围的人嘀咕了几句，走上前来想要开口。

我永远也不会知道他想要说些什么了。一束绿色的激光束突然穿过低垂的营帐帷幕，击碎了他的脑袋。数十名精锐的豹II突击队员端着枪冲了进来。死去的豹II卫兵虽然没来得及发出警报，但是他们之间那种奇妙的心灵感应再一次发挥了作用，惊动了整个兵团。

局势急转直下，黑衣人的抵抗是短促的，没有求饶和请求宽恕，他们都像高贵的战士那样倒下了。

我除下被我制服的黑衣武士的头盔，被扶起的上校在后面“噫”地叫了一声，我才注意到那武士的脸和沙尔姆长得很像——他也是一名克隆人。但是他的脸又和我见过的克隆人毫不相像，他的脸上没有他们的懦弱，这是一张神情极其傲慢的脸，我一下明白眼前的这人究竟是谁了。

果然，他把头颅高高地昂着，毫无惧色地说：“我就是格纳尔达，克隆帝国的死敌。你们可以杀了我，但是不可能杀死科鲁斯死海所有为自由而斗争的兄弟。”

上校被军医扶了出去，我命令正在打扫战场的豹II士兵退出去。

帐篷里只剩下我和这个桀骜不驯的汉子，他的双手被手铐牢牢地铐在后面。一时间我们都没有说话，只听见绕着帐篷走动的士兵沉重的脚步声。

我把手枪插回皮套，绕到他身后打开了手铐。格纳尔达怀疑地注视着我的动作。

我扶起椅子让他坐下，自己也在桌子对面坐了下来，说："格纳尔达，我想和你谈谈。"

"谈什么，让我出卖我的兄弟吗？"他的嘴角微微上翘，充满了嘲弄的神色。

我把手掌平摊在桌子上，仿佛是无意地做出珍妮教我的奇怪的手势。这个手势果然效用无穷。他大吃一惊，但随即迅速平静下来，这种平静使他原来充满仇恨和愤怒的脸更加充满魅力。他紧紧地盯着我，说道："你不是我的朋友。"

我点了点头，"我不是你的朋友，但有个朋友要我帮助你。"

"你的朋友是珍妮？"他的反应很快，反而轮到我暗暗吃惊。他提到珍妮时口吻像是谈到一个老朋友般亲密而随意，让我心中又酸又痛。我凝视着他的脸，他的脸虽然饱经风霜，但比我想象的要年轻得多，珍妮提起这个人的时候也是那么的……我胡乱猜想着，珍妮是因为他才不接受我的爱吗？

"也许我有个提议你会感兴趣的，"我绕着桌子走动，缓缓地说，"答应——不要再和我父亲对抗，我可以帮助你逃走。"

"逃走？这和出卖我的兄弟有什么区别吗？"那一丝讥笑又出现在他的嘴角上，"如果没有反抗，流浪乞讨而活和待在奴隶农场上又有什么区别吗？"

我模模糊糊地发现我开始真正喜欢这个人了，他和珍妮身上有同样的东西在吸引着我，这种东西在我父亲身上也有，我厌恶的周夫子身上有一点，上校身上或许也有一点，但在其他所有人的身上我都没有看到过。

昏暗的汽灯在帐篷的高处摇摇晃晃，他的脸就在黑暗和光亮中交替浮现。我感到自己变得越来越软弱，越来越疲惫。我下定了决心。

“如果我放你走，你能继续保证我父亲对我的信任吗？”我低声说道，“你能保证格纳尔达不再出现在这个世界上吗？”

他微微一愣，随即明白了我的意思，“你是要我改个名字吗？”他沉思着说，“我们并不是因为某个人物的号召而聚在一起的，你们将会看到，格纳尔达的名字并不重要——这次我可以接受你的提议……”他补充说道，“为了感谢……”

“你不用谢我，下一次我不会再这样干了。”我说。

“你会的，”他意味深长地盯着我看，“你和我们一样，也是个没有自由的克隆人，没有自由。”他说，嘲讽的笑容又出现在他的脸上。

“你总是要这样笑吗？”我颇有点生气地说。

“什么？”他不解地问道。

“你的笑总是让我觉得自己像个……”

他突然把手指竖在唇边，示意我噤声。我瞥见挂着地图的毯子动了一下。

我至今还不太明白躲在挂毯后的沙尔姆（后来我知道了他是沙尔姆2）是如何察觉到危险的，他一步蹿出了厚厚的帷幕，想逃出门去。

格纳尔达动了一下手腕，一道寒光闪电般地扎中沙尔姆2的咽喉，他哼也没哼一声就死了。

事情是明摆着的——沙尔姆2在我命令所有人出去的时候留了下来，只有一种可能：他接受了更高级别的命令——他是我父亲的密探。

我没有理会在地上扭动挣扎的沙尔姆，只是瞪大双眼望着格纳尔达。他的表情很平静，像是什么也没有发生。

我拈起那把金属制的薄刃飞刀，"嘿，这么说，你是随时可以杀死我的。"

"你的手势做得很及时。"格纳尔达说，他伤感地看了看倒在地上的那些部下，"你有什么打算？"

"感谢这个沙尔姆吧，他给我带来了一个主意。"我把目光转到沙尔姆的脸上，除了那该死的笑容，他们长得确实一模一样。

我朝空地上开了两枪。守候在门口的豹II士兵闯了进来，他们来晚了，只能看见披着黑斗篷的格纳尔达坐在椅子上，他的咽喉穿了个大洞，面目模糊难辨，胳膊上也被烧焦了一大片。他们还能看见他们的上尉正把冒着烟的能量枪扔到地上，脑袋边上的地图上插着一把明晃晃的飞刀。

随后赶来的上校小心地从地图上拔出那把飞刀。"天哪，真够走运的，只差几公分。"他转过头来严肃地审视着我，"孩子，我得在你的成绩评定上扣掉五分，和这么一个危险的家伙单独待在一起是违反安全条例的，知道吗？"

"随你的便，上校。"我说，我真得感谢那位在上校的眼部打了一拳的小伙子，他使上校没有注意到格纳尔达咽喉伤口处的血迹。能量枪是打不出那玩意儿的。

"即便是这样，"上校依旧紧盯着我，他的目光慢慢地缓和下来，"你的分数也达到了标准，这不仅仅是因为你今天晚上救了我。你的举止行为一直很出色，完全符合一个高贵勇士的品质。"

“谢谢你，上校。”我说。并不需要太多的假装，我无力地坐倒在椅子上。

“好好休息吧，詹姆斯先生。”上校朝我鞠了一躬，退出了帐篷。帐篷里空寂下来，只余下沙子上的斑斑血迹和摇晃不止的汽灯投射出的硕大阴影。

真正的格纳尔达已经穿着沙尔姆2的衣服混出了帐篷。两个沙尔姆的胳膊上的标记都被我烧焦了，没有人会知道到底是哪一个沙尔姆失踪了，哪一个死了。

我走出营帐，远处是月光下银色的群山，还有挺拔而优美的仙人掌，构成了一个仿佛被人遗忘了的世界。今夜两点我将打开力障，让格纳尔达和他的弟兄们离开峡谷。我知道这是珍妮希望我做的，却不知道我做对了没有。

6

父亲对我的凯旋极为高兴，上校报告中给我的高度评价使他消除了对我的疑虑。我得到了二天的假期。

太阳西斜时，我回到了阔别已久的大屋。空地上长满了细茎针茅和三芝草。我摸摸无花果树上的一个树杈，上面还搁着几个粗糙的落满灰尘的贝壳。

我爬上栅栏向学校望去，惊讶地发现依旧尘土飞扬的操场上蹦蹦跳跳着一群七八岁的小女孩。我的脑海中闪电般钻入珍妮最后的话，她快毕业了。

我冲到学校里揪住了周夫子，老家伙吓坏了，前言不搭后语地说了半天我才听明白今天在金字塔大楼拍卖毕业的克隆人。

今天是太阳城里最热闹的日子，来自各地的商贾云集于此。有种植园主、印度土王、军火贩子，甚至还有一些政府的秘密代表。

我急步穿过拍卖大厅，不顾台下的骚动，一把揪住拍卖主持人的领子，问道："珍妮，珍妮型的人在哪，你都卖给谁了？"

主持人看着我的脸色，忙不迭地指着后面说："得等全部售完后才领人，所有的人都在后面仓库里。"

巨大的成品仓库设在一条通道两侧。黑房间里挤满了待售的克隆人，有吃苦耐劳、上肢发达的农夫；有四肢强健、技术娴熟的工人；还有温文尔雅、举止谦卑的仆人。我快步走过通道，终于找到珍妮们的房间。

"珍妮，珍妮！"

我在上百双温柔的蓝眼睛中徒劳地搜寻那双大海一般明亮的眼睛。这真像是一场噩梦。

我精疲力竭地靠在门上，只想放声大哭。

一只柔软的小手碰了碰我的肩膀。我触电般跳了起来，又痛苦地呻吟了一声："噢，你不是，你不是的。"她长得和珍妮一样美丽，可她不是。

"陈先生，我是露西娅，您还记得我吗？"

露西娅，我长长地叹息了一声。是的，我记得，她是珍妮的朋友。我紧紧地抓住了她的肩膀，问道："珍妮在哪儿，为什么不出来？"我狂热地扫视着周围的女孩，想找到我的爱人。

露西娅低声叹道："太晚了，詹姆斯。她一直在试图逃跑，寻找通往科鲁斯死海的路。昨天她跑出了学校，可是没能找到路……豹II马上就要把她送到特训基地去了。”

我不记得自己是怎么从楼里冲出来的。一架沙地飞车正从我眼前低低掠过，我一把拖住驾驶员，把他从飞车上拽了下来。

我开动飞车引擎时，巨大的加速度几乎让我晕了过去，我以可怕的速度飞行着，妄图从死神手里夺回时间。

天黑前一小时，伊斯河谷那些巨大的峭壁赫然耸立在我面前。我低低地沿着谷底飞行，看到几只兀鹰正在天空盘旋。

我把飞车停在了水洼边上。我看到了她。她四肢舒展地躺在古老的海底地衣上，小小的脸向上仰着，美丽而恬静；她洁白的左臂上血肉模糊，那个引以为耻的奴隶标记永远地离开了她。

在痛苦和悲哀之中，我把头深深地埋进手臂里。在我艰难地离开那儿时，我仿佛感到珍妮那小小的身躯在我怀里颤抖，耳边回响着许久以前我们的对话：

“吉姆，我真害怕有一天我也会被他们抓住，被送到永远见不到太阳的地方去。”

“那时候，我就去救你。”

等我再次飞回河谷时，已是残阳如血。

珍妮躺在我用刺柳搭成的防兀鹰的棚子中，优美的身躯几乎没有变化。时间应该还来得及。我从消毒箱中取出一根探针，轻轻地刺入她的肋下，取出一点体细胞。

这些细胞将会在克隆工厂那深深的地下室里被培养增殖，与卵细胞结合。注视着这些细胞时我深深知道，那里面的每一个小圆球都是一个潜在的珍妮。她身体里的每一个基因都包含在里面，只等着卵了细胞质里的神秘化学钥匙来开锁。每一个微粒都包含着珍妮的金发，珍妮的眼睛，珍妮的头脑，甚至我想 象还有珍妮的灵魂也在其中。以后的日子里，我将尽力培育她们。

在夕阳落下的方向，在金色沙漠的那一边，格纳尔达和他的克隆兄弟正在为着自由而战；在太阳城内庞大的克隆工厂里，越来越多具有珍妮那样叛逆精神的克隆婴儿也将不断地成长。

詹姆斯·陈创立了一个辉煌的帝国。我——詹姆斯·陈二世能用同样的能力摧毁它，在废墟上建立一个和平美好的克隆之国。蓝色——自由将是我们旗帜的颜色。

黑暗中归来

引　子

已知的宇宙中有一万亿个星系：超星系团、多重星系、Irr星系、涡旋星系、棒旋星系、赛佛特星系，蝎虎座BL型天体……银河系中有两千亿颗恒星：造父变星、超巨星、主序星、白矮星、中子星、脉冲星、超新星、黄道十二宫、八十八星座……

1　黑暗

然而，窗外是一片黑暗。

我绝望地盯着灰蒙蒙的电脑屏幕，试图在脑海中搭构出一个宇宙模型来。牧师还在一旁喋喋不休。

斯彭斯已经放弃了努力，偷偷地离开教学程式，打开了一个游戏。可是一小簇暗绿色的电火花随即在牧师的指间闪现，让他猛地坐直了身子。

这已经是他今天挨的第几鞭子了？我摇了摇头，百无聊赖地看了看屏幕上那片黑暗空间，注意力漫无边际地向四处浮动起来。牧师的铜制嘴巴就在我的眼前一张一合，我努力想捕捉住那些话的含义，它们却像流水一样掠过我的耳边。我知道自己今天又无能为力了，于是低下头在桌子上画了一个裸女图……牧师猛地伸出一只钢铁长臂敲了敲我的桌子。

“阿域!”姑姑正生气地嚷道。

“什么?”我吓了一大跳，飞快地挺直了身子，用手掌盖住桌子。光线从舱顶的冷光灯中倾泻在那个钢铁浇成的庞然大物上，它的红眼睛闪着吓人的光。

“回答问题，小伙子！你刚才在听课吗?”牧师紧紧盯着我。

“我……”我竭力转动发木的脑筋，即使在糊弄像牧师这样没有自己大脑的机器人方面我也不是个行家。牧师直接听从姑姑的指挥，但并不意味着他对我们毫无威胁。我可不想像斯彭斯那样当众挨鞭子。

斯彭斯在旁边直踩我的脚，他在他的荧光板上写着什么东西，但我什么都看不见。

“对不起，我没有听清楚你的问题……”我低声嘟囔道，“我不知道。”

姑姑让牧师继续恶狠狠地瞪着我：“不知道什么？你以为这是在开玩笑吗?”

“好吧，我刚才走神了。”看了一眼周围望着我的孩子，我不得不承认说。

牧师又盯了我一会儿，直到我垂下眼帘。我听见他摇了摇头，损耗过度的轴承发出了一阵难听的嘎吱声：“阿域，你真叫我失望。要记住所有的孩子都在看着你呢。”姑姑严厉地补充了一句：“不要违抗教育程序。”

以和他笨重的外表不相称的利索，牧师转过身子，面向着整个教室问道："那么谁来告诉我答案？"

孩子们沉默着，小秀树犹豫地抬了抬手。

"秀树。"姑姑说道。

他妈的，完全正确。我愤愤地想，自从他开始上课以来，姑姑总是拿我和他做比较。我真厌烦这一切。

"完全正确。"姑姑尖声表扬道，同时让牧师转过身来狠狠盯了我一眼，"下面我们来看几个密度最高的天体，我要把望远镜转向金牛座A方向……"电脑屏幕"啪"的一响，自动切换到烛龙观测室那架直径一点五米的望远镜头上。

屏幕上依旧是那片笼罩一切的黑暗。

可是姑姑无视于此，她继续嚷道："现在你们看到的就是PSR0531+21，脉冲周期三十三毫秒……"

有人在角落里嘀咕了一声，我的心跳了一下，那丫头又要惹事了。

果然，姑姑转过了教室里所有的二十个光电管红眼，怀疑地盯着角落："迦香，你刚才在说什么？"

她小声但是清晰地说："我刚才说，我们干吗要听这些胡说八道，谁都知道，外面那儿什么也没有！"

噢，我呻吟了一声，这次太过分了，虽然没有人喜欢姑姑，但是从来没有孩子敢这样对姑姑说话。我意识到教室里一片寂静。小秀树冷漠地掉过头去，关注着自己面前的屏幕。他以前对其他人也总是这么冷淡，我想到。

姑姑有一阵子好像被这意外的反抗搞蒙了，但她马上恶狠狠地握紧了鞭子："不要违抗教育程序！你想触犯戒条吗？"

我不敢回过头去，但却比任何人都更关注这场争斗——但愿她能想起我的话：别作声，傻瓜！什么都别说。

迦香不再吭气。可她还在咬着嘴唇，毫不服气地回瞪着牧师。我预计到她目无尊长的下场，于是闭上眼睛叹了口气。

“中午下课后到禁闭室去，不许吃午饭，你需要好好反省反省。”姑姑的声音由于激动而颤抖了起来，她看了我和斯彭斯一眼，暴怒地补充道，“你们三个都去。”

又倒霉了，我想，早就知道会这样。

禁闭室里又挤又暗，只有一盏昏暗的荧光灯闪着光，叫人心烦意乱。上一次只有我和迦香在里面，可是这一次加上斯彭斯就不那么令人激动了。

斯彭斯属于印第安人种，也许是一个克里克混血儿，至少迦香是这么说的，不过唯一体现出来的是——他比我还小三岁，可是块头已经比任何人的都要大，以至于他的饭量也比任何人的大。他悲叹着揉着肚子说：“我简直饿得要命，我早提醒过你们，不要在吃饭前犯错误——我以前这么说过吗？”

我生气地踹了他一脚：“往边上挤挤，你的胳膊肘顶在我的肋骨上了。”

要不是那只蟑螂帮忙，迦香压根儿不打算理我，她打出生起就是一个固执得要命的姑娘。

“别做傻子了。”后来我说。

“可是那儿确实什么也没有……”迦香转过身去抚弄着金属墙上亮闪闪的镀铬窗框，把脸庞贴在那冰凉黑暗的玻璃上，“你真的相信有星星吗？从我出生起，外面就是黑色的，什么都看不见，即使是烛龙也看不见。姑姑却告诉我们那儿是光的海洋，成千成亿颗无法想象的巨大火球，喷射着不可思议的能量，几百万度的高热表面，光线能刺瞎你的双眼——你能想象得出吗？”

“史东告诉过我，”斯彭斯插嘴说，“宇宙已经终结了——他从一张光盘上读到过——总有一天，所有的恒星都会像蜡烛一样黯淡下去，然后一个一个地熄灭。黑暗将统治一切直至宇宙末日。也许现在已经到世界末日了。”

“别听他的鬼话，”我生气地说，“史东是个疯子，他崇拜黑暗，总在背地里给那些不懂事的孩子灌输自己的理论。”

“我是不懂事的孩子吗？”斯彭斯不高兴地说。

我闭上眼睛，不去看窗外那撩人的黑暗，记忆像流水般从封存已久的角落里漫出来：“……很早以前，有人曾经告诉过我，我们正在暗物质中飞行。我当时不明白他的话，后来在姑姑那儿也查不到更多暗物质的性质。不过有份资料推测它没有电磁辐射，所以我们无法发现它——一切都是不可知的……”

“等一等，”斯彭斯说，“暗物质的理论我也见过，可它被姑姑归在了U区——不可信赖和未经证实的——因为除了一个关于Ω的极度理想主义化的数值猜测，根本就没有其他的证据。”

“什么Ω？”迦香问。

“Ω是宇宙学中最为神圣的一个数，”我解释说，“它是宇宙密度和临界值（每立方码[1]三个氢原子）之比，从数学和美学角度来看，Ω正好等于一时，宇宙是最简单也是最美的，衰老的宇宙像凤凰一样能在火中重生——而Ω要等于一，宇宙

1　1立方码=0.765立方米。

中就必须有大量的我们观测不到的暗物质和隐物质存在。”

迦香犹豫了一会儿：“你的意思是——如果没有暗物质，Ω就会小于一——那么宇宙将会是什么样？”

我叹了一口气，抬头望向窗外，那儿是永恒的黑暗。如果Ω小于一，那么宇宙将是开放的、无限的和永恒的——它将永远地膨胀下去，恒星将燃烧殆尽，星系团越离越远，一个稀薄的充满灰烬的宇宙。一个黑暗的宇宙。

“史东说的宇宙。”斯彭斯说。

“可我相信，他告诉过我，宇宙一定是简单和最美的。他的话我一定要相信。”我说道，捏紧了拳头。

斯彭斯怀疑地问：“他是谁？我不记得飞船上有比你更疯的人了。”

“别管他是谁，”我烦躁地说，“你当然忘记了。你只懂得每天去钻那些黑管子，或者玩你的多巴胺。”

斯彭斯退缩了一下：“干吗那么凶？暗物质，算是暗物质好了。我听你的，谁叫你是头儿呢。”

我没理他，对迦香说：“好啦，傻丫头，我们算是和好了？”

2 迦香

迦香是个傻瓜，一个难以说服的女孩子。她从来都不轻易相信什么，周身总是散发出一种压抑不住的活力，而这种活力在窄小的船上通常会带来更多的麻烦。在这个死气沉沉的世界里，她显出与众不同的可爱、健康、体态优美。她的牙齿雪白，又尖又小，腰身纤细。即使在刚进禁闭室她怒气冲冲地皱着眉，一声不吭地看着我时也让我着迷。

“别做傻子啦。”那时候我劝她说。

“我傻吗？”

“那你为什么要说那儿什么也没有？”

她掉过头去，不想理我。

“你的宠物跑出来了。”斯彭斯在一旁几乎是兴高采烈地报告说。

在昏暗的灯光下，一只蟑螂正从禁闭室一条生锈的缝隙中钻了出来，傲慢无礼地大步向前奔来。

不知道为什么，看到这种油乎乎的脏家伙总是使我发怵至极，自从笨头笨脑的埃伯哈德把装着小蟑螂的试管打翻以后，几乎满船上都是这种脏玩意儿了。我叫了一嗓子，猛地蹿到了桌子上，把吊灯撞得晃动了起来。乱成一团的黑影在窄小的舱室里发了疯地转了起来，仿佛整个禁闭室都在旋转。

“别闹了。”迦香终于忍不住笑了起来。她光着手抓住了那只倒霉的闯入者，把它扔进了供回收的垃圾通道中。

“不生气了？”我问她。

“为什么我们不能告诉她她错了？”迦香说。

我叹了口气：“这没有用，迦香。她根本不知道自己在说什么，即便是姑姑也不能违抗教育程序，她是自己的囚徒。”

“她不该因为我说实话就惩罚我们。”迦香说。

“傻瓜，”我嘲笑道，“她把你关进了禁闭室。姑姑是不容置疑的。她永远不会出错。”

“是吗？”迦香歪着头地瞅了瞅我，“这么说上次关禁闭真的是因为你打翻了试管啰？”

“见鬼，那是埃伯哈德打翻的，”我说，“我被关起来是因为一切都搞糟了，姑姑很生气。她是个责任心很重的老太婆，她认为我们出的每一次错都是因为她没有尽到管教和引导的责任。我们以前就该明白，她唠叨个不停只是为了缓解她自己的心理紧张，我们有没有在听，想些什么根本就无关紧要！”

“可是总有一天，你总得面对面地告诉她错了。”迦香说。

“为什么是我？”我悲叹道。

“因为你是这儿的船长！”迦香毫不含糊地说。

那时候迦香还经常和我们一起上天文课，后来她来得越来越少了，她只是个荷载科学家，不需要上宇航员的课。她的专业是搞生物研究的，大部分时候她总是待在植物园里，和那些瓶瓶罐罐们在一起。

那儿是飞船上最大的一个空间。这个令人惊愕的地方是块肥沃、富饶而不可思议的天堂。实际上它是一个梭形温室，不论何时总是灯火通明；想想那些碳作物、蛋白质作物和维生素作物；那些仿佛在散发出土壤气息的、黏滑的肥料；由植物、光线、阴影形成的奇怪世界。我们把它称为天堂是因为它确实是可望而不可即的——那里面的二氧化碳含量达到了百分之六，对植物有益而对人是有毒的——那是个无法企及的世界。三条走廊交会到这儿，而在高高的走廊下面就是阴暗的死气沉沉的飞船底舱。

再后来斯彭斯也抛弃了他的爱好，不再跟着蜘蛛满船乱爬——他获准进入了烛龙，成为第五位进入飞船核心地带的人——我也就几乎找不着人陪我闲荡了。每天下午的自由时间里，我要么在舱房里沉湎于睡眠之中，要么跑去给迦香的植物园添乱——至少她是这么说的。她这么说也颇有理由，迦香头一次被关禁闭就和我密切相关。

那一次我一走进紧挨着天堂边的胚胎室，她就嘘了一声，“别出声。”她说。

“我还没出声呢。”我说。

迦香站在两盏解剖灯之间，她穿着一件白色的连襟工作服，发梢在灯光下闪着微光，就像是在柔风的吹拂下。她俯身在解剖台上，好像一个丛林精灵正俯身在那些充满魔力的瓶瓶罐罐上。隔着一堵钢金属和玻璃墙，就是那个充满银色、淡青和深绿色的光线的透明世界。

我好奇地凑过头去，立刻大叫了一声——试管里有一大堆黑乎乎的拼命蠕动的节肢目动物，它们那成百上千只油腻腻的飞舞的脚爪让我恶心得要命。

迦香不满地看了我一眼，她正在耐心地用一个真空吸管把那些丑家伙从大试管里分到一个个小小的带透气罩的玻璃培养皿中。

“这些是什么怪物？”我压低嗓音问道。

“亚美利加蟑螂，”迦香回答我说，“我在帮姑姑把它们转移到培养皿里。”她调整了一下紫外灯的角度，灯光照耀下，那些蟑螂们乱哄哄地爬得更起劲了。“你让它们紧张了。”迦香说。

“为什么？”我说，“我压根儿就不想碰它们一指头。”

“它们本能的反应，饥渴、恐惧、憎恶，我们是不能想象的。人类的动机都很复杂，所以无法理解昆虫类的简单。”迦香微笑着瞥了我一眼，仿佛我就是那个很复杂的人类代表。

"可我们干吗要带上这些东西?"

"这是我上课用的,"迦香解释说,"我要上一些神经生物学的解剖课程,这些昆虫是最好的实验品。哺乳动物需要更多的空气和食物,这些小家伙的要求可低得多了——我说,你既然来了,就帮我把这些培养皿送到恒温室去。"

"我才不想碰那鬼东西呢。"我捏紧了拳头宣布说,然后坐下来翻检那些看上去比较有趣的玻璃容器。有两个空玻璃管上的标签写的是"AA——T12,冷冻胚胎室"。

"胚胎?"我说,我的情绪莫名其妙的低沉了下来,"这些昆虫也是这么来的——从试管中诞生?"

"怎么啦?"迦香问道,她一定觉得我的样子很好笑。

"这些家伙生下来就是实验的工具。你用这些虫子做神经反射实验根本没有意义——"我捏紧了拳头,一种难以言诉的震颤像水银一样顺着掌心浮动,让我的思维摇摇晃晃,轰轰烈烈地穿过那些光线、植物、烛龙和黑夜。

"因为……"我摇摇头甩去幻象,"你得到的实验数据都将是错的。它们在这种环境里会发疯,它们会把精神病由一代传给另一代。就像姑姑把精神病传染给我们一样。"

"小心戒条,在这儿姑姑听得见你的话。"迦香看着我,她开始担心了,"是不是史东去找你胡说八道了?你今天有点不对劲,你病了吗?"

"去他妈的戒条,"我平时不老这么说话,但那天下午我觉得自己不容反驳,"我们的目的地如此的遥远,以至于生下来就要待在这只破船上吃无土栽培的翼豆,呼吸还原过的空气,还要和这些油乎乎的甲虫一起飞行——而我却连牢骚也不能发？我们没有未来，我们的航行没有目的，这一切根本就没有意义！我们只是被一个一个地剥开，和你的亚美利加蟑螂一样，被那台老机器慢慢地解剖分析着，它只是想知道我们在这种疯狂环境下的反应，看看到底哪一种族的人类更适合于宇宙航行。”我握紧拳头，温暖的水银爬上我的大脑，我甚至没有发现自己拎起了那只装满了爬虫的玻璃管子挥舞。

“阿域，”迦香警觉起来，生气地说，“多巴胺会使你上瘾的。斯彭斯不该给你神经震颤器，它只会让你们精神分裂。把试管放下，你要把它打破了！”

震颤器是斯彭斯唯一成功组装起来的玩意儿，它能依靠压力发射短微波电子脉冲刺激神经，使大脑皮层产生多巴胺——一种天然兴奋剂，那是一种能改变平衡感的药品，有点像在舱外微重力下时的感觉，轻飘飘的。这是我在飞船上能找到的少有的一点乐趣。

“别担心，我没有用震颤器。”我耍赖说，一边把那个小方盒子偷偷塞进口袋，“我今天虽然有点不清醒，但我碰都没有碰多巴胺一下。”

“我感觉很好。”我说。那天我感觉一直很好，直到后来埃伯哈德打破了装蟑螂的大试管。

3　埃伯哈德（1）

“出什么事了？”埃伯哈德紧张不安地问。

他一出现在胚胎室的门口，我就知道一个下午的美好时光就要泡汤了。这个慢条斯理的、胖乎乎的荷载电子物理学专家是个破坏他人情绪的高手。

埃伯哈德是飞船上最聪明的人之 ，差不多在所有的科目上他都能拿到优秀，不论是皮尔查德的经济学导论还是汉谟拉比的法律条文，他总能记得清清楚楚，一字不差；他还能闭着眼睛算出波函数三次幂的乘积，毫无疑问，他是个天才。

他的根本性缺点可能就在于他分不清所学到的和生活的区别。他总是一味地维护飞船上不存在的秩序，无时无刻不在想着调和船上对姑姑的尊严和戒条发起的一次次争斗。飞船上没有人喜欢姑姑，因此也就没有一个人喜欢他。他使自己变成了个极不讨人喜欢的孤僻的家伙。总而言之，他就是一个傻子。

一看见我拿着的玻璃瓶子，他就惊愕得连嗓音都变了样。“船长，你不应该跑到这儿来。”他颇为严肃地说，“如果每一个人都随随便便到别人的工作室里串门，那船上就全乱了套了。”他蹙着额头叹着气说，“再说姑姑看得到这儿的一切，你难道不明白吗，她什么都会知道的。你又会被挨罚，关进禁闭室或者做清洁，这成不了小孩们的好榜样。”

“别扯了，埃伯哈德。门口那只监视器已经坏了快一天了，那个老太婆什么都不会知道的。”我没好气地说，发现自己还拿着那支试管，连忙厌恶地把它扔到了桌上，就让它在边缘处危险地晃动着。

“坏了？”埃伯哈德惊恐地大声说道，“快一天了？他们应该马上报告的，维修机器人一会儿就能把它修好。我真不明白现在为什么没有人愿意担起责任来。我们只有唯一的一条船，它也许还要在一条危险的航线上跑很久，”埃伯哈德痛苦地说道，“如果我们这些船员不关心它，那么谁还会关心它呢？总有一天，它会像泰坦尼克号那样沉掉。”

“行啦，埃伯哈德，”我生气地说，“上次你就说过我们会像什么什么号一样炸掉，或者像什么什么家伙那样消失掉。不要再看那些灾难小说了，它们对你没有一点好处。”

埃伯哈德犹豫了一会儿，迟疑地问我：“我想问一下，你是否知道监视器为什么不起作用了？那会变得很危险吗？”

“知道，”我说，“斯彭斯把它的调压平衡器拆掉了。”

埃伯哈德脸色变得刷白。“他做了什么？”他皱起眉头说，“这是违反戒条的。他不应该这么做。如果他已经这么做了，”他极其痛苦地看着我，“船长，我们要去报告给姑姑吗？”

我转过身，满腹怀疑地直盯着他。埃伯哈德的脸上是一副纯洁、诚实的表情，他永远不会做出任何姑姑不喜欢的事情。不论船上有谁破坏了我们赖以生存的道德准则，他总是会痛苦得发疯。要不是他是个傻子，他的正直品性简直令人惊叹。

“你要是敢对别人说一个字，我就把你塞到垃圾口冲到太空去。”我说，“到底你是船长还是我是船长？”

埃伯哈德打了个寒噤，退缩了。

“听我说，你到底想不想帮我把它拿到恒温室去。”迦香说，“别把它搁在桌子边上好吗？”

“我死也不会去碰那鬼东西。”我厌恶地说。

“让我来吧。”埃伯哈德自告奋勇地说。“这玩意儿有危险吗？”他小心翼翼地问道，伸出又短又粗的指头去抓试管，活像去拿一管硝化甘油。

如果说我在整件事件中也有错的话，那就是我不该恶意地在他碰到试管的一瞬间用大拇指猛地捅他一下。

埃伯哈德像是中了一枪，整个人跳了起来，带着一种他自己绝不会意识到的逃避危险的快速反应把装满了小爬虫的试管远远地扔了出去。试管在解剖桌后面的角落里飞散成万千块玻璃碎片。有几只蟑螂给埃伯哈德的这种不人道做法吓傻了，昏头昏脑地扎在玻璃碎屑里爬不起身来，但是大部分蟑螂们把握住了这个千载难逢的机会，张开它们那小小的油质翅膀四处逃命。

迦香尖叫一声，伸手去按电磁门的开关。在门缝合拢之前，还是有几只勇敢的蟑螂像阿尔戈号穿过欧克塞若斯海峡一样飞快地冲出生天，逃之夭夭了。

埃伯哈德疯狂地号叫，弄得我以为他被蟑螂吃掉了。说实话，我心里也怕得要命。我以前从来没有让数不清的恶心玩意儿劈头盖脸地扑到身上来过。

迦香拂去扑到脸上的几只蟑螂，摸索着打开了一个喷雾器，一股生物麻醉剂一直扑到我的脸上，暴动的蟑螂们这才老实了下来。

惊魂甫定，我转过身凶狠地盯住埃伯哈德，“好了，你这个自以为了不起，愚蠢透顶的胖水桶。放跑了这些蟑螂，现在你满意了?”

埃伯哈德慌了神儿，“我只不过想帮你。”他说。他总是千方百计想帮助别人，我生气地想，“这玩意儿有危险吗?”“不会出什么事吧?”他总是心惊胆战地问着，而只要他在就不可能没有危险。

“你这回可完了，”我幸灾乐祸地说，“瞧你干的好事。打翻了试管！姑姑会把你关起来的。”

“阿域，别对埃伯哈德那样，这事你也有份。”迦香生气地说。

门外有几个小孩尖叫起来，姑姑肯定发现这边出了什么事。牧师怒气冲冲的脚步声从门外的廊道下传来，埃伯哈德吓得脸上没有一点儿血色。“噢，不。”他可怜巴巴地说，“姑姑不会惩罚我的，是吧？我从来没有犯过错。”

脚步声停在了门口。“他来抓你了。”我几乎是高兴地说。

电磁门被砰的一声推开了，脸色阴沉的牧师冲进了房间，他大步穿过胚胎室，抓住了我和迦香，把我们关进了禁闭室。

我知道辩解是没有用的，只有在心里狠狠地诅咒拆掉监视器的那个疯小子。这是我第一次出现在一个乱糟糟的场面却没有闯祸，但姑姑还是把我关进了禁闭室。要不是迦香在我身边，我简直要气疯了。

“就为了三只蟑螂，”我生气地嚷着，“三只小蟑螂。把我们关在这里是不公平的。”

“我倒希望姑姑不太明白我们闯的祸有这么大。”迦香反驳我说，“你知道蟑螂的繁殖能力吗？过三个星期，跑掉的一只雌蟑螂就会生出头一胎四十只小蟑螂来。如果没有什么可以阻止它的话，两年后，它就会有四千万只后代。”

“不可能，”我说，“你是在吓唬我。你猜会发生什么，两只雄蟑螂会为了争夺雌蟑螂大打出手，最后两败俱伤。那只可怜的雌蟑螂会孤零零地活着，然后干干净净地死掉。”我拍了拍衣服，得意地说。

被震动惊醒，一只小蟑螂从我的工作服口袋里钻了出来，摇了摇触角，飞快地溜入门缝，加入到自由世界中去了。我目瞪口呆地盯住它爬出去的缝，说不出话来。

迦香快活地在一旁说："现在是四只蟑螂了。"

4 斯彭斯

刚从婴儿室里出来的小孩会把飞船看成一座由数不清的门槛、一模一样的长廊和让人眩晕的梯子组成的巨大迷宫。时间很快就让我们发现这是个可笑的假象。它的内舱室长八百米，宽六十米，共有五层，这是一个压抑狭小的洞穴，每一条缝隙都受着姑姑的监视——也许只有底舱是个例外。

底舱是飞船上最古老的部分。它和我们现在居住的上层甲板是完全不同的两个世界。那儿是巨大的超尺度的引擎所在地，还有最古老的船员生活区。那个建造它的星球不论是否已经毁灭，他们所能留下的全部智慧和文化都已延展在这艘冷冰冰的机械飞船中。每一个最小的焊点，最小的螺丝都延续着祖先们的思维方式以及他们对待宇宙的态度。这也许就是斯彭斯如此迷恋飞船上各种机械的原因。

飞船各层中央是一个巨大的中庭，站在底层往上看，在一条条横架中庭空间的玻璃廊道的远远的正上方，就是发出柔和的淡淡的光线的"烛龙"，一条陡得炫目的旋梯直通到它那狭小的入口处。它让人不由自主地想到姑姑在人类艺术课中提及的罗马万神庙穹顶中央所开的圆洞。万神庙的圆洞是古罗马人的世界和神的世界的联系，烛龙则是孩子们和姑姑之间的维系，那儿是姑姑的最神圣的大脑所在，只有度过了成人仪式的孩子们才会被获准进入，那几乎是一种荣耀。

平时，姑姑从不和任何人直接交流，只有那些牧师和蜘蛛们——她的各种化身在黑黝黝的通道里静悄悄地漫步，维系着这个庞大世界的秩序和运转。

无可置疑，飞船正在慢慢地死去，它的肢体在磨损，分解；它的亮晶晶的金属外壳在生锈，腐烂；它那庞大得不可想象的仓库区中的不可回收物质已经渐渐损耗殆尽。姑姑不得不关闭了几个不会危及生存资源的舱室，将能用的资料首先用于烛龙、先锋船、引擎室……所有那些最重要的地方。姑姑相信引擎区没有孩子们的干扰会工作得更好，因此把底舱也关闭了。

底舱被关闭后不允许任何人进入，因此也就失去了控制、照明、通风以及监视的必要。姑姑没有想到，在一段时期里，那块角落变成了爱冒险干点傻事的孩子们青睐的宝地。

那儿封闭后我只去过一次。黑暗和死亡像尸衣一样紧紧地包裹着我，到处充满了想象出来的恐惧。尘土，生锈的滑轮轨迹，废弃的零件。但是在这些第一眼带来的感觉后面，它仿佛拥有我们一直缺少的东西：我们的祖先曾经在这个舱室中生活，衰老，死去。它留下的是漫长的岁月和传说。走在底舱黑暗的，看不到四周因此仿佛没有边界的巨大空间里时，我仿佛看到了一个横跨几个世纪的力量，那些远古的人们把一切留给了他们永远也不会看到的在计算机教导下学习和成长的后代，而他们将永远不会知道飞船会到达一个什么样的宇宙空间，孩子们会成长为什么样的人。他们以及他们的世界已经永远地消失了，不复存在了。虽然孩子们传说他们的灵魂还会在那儿俯瞰着我们。

那儿还有一个废弃的儿童游乐区，拂去厚厚的铁锈，还能分辨出木马、滑梯和双人秋千。只有最大的孩子在这儿玩过。

我和秀树。可是秀树已经死了。我不由自主地想起了秀树，他的魂灵也会在这儿飘荡吗？还是会飘荡在外面，在他死去的地方，在那些永远无法捉摸的黑暗空间里？

在他死去的时候，四周的黑暗也像浓雾一样厚重。在底舱黑暗的空间中，他那白色的身影仿佛就在我的眼前晃动。我逃出底舱的时候已经惊恐万状了。我忘掉了底舱带来的所有那些重大沉思，发誓再也不往那儿走一步了。

也许只有斯彭斯是能真正不在乎那儿的阴森气氛的人，在那次让姑姑大发雷霆的跟在蜘蛛后面的游荡中，斯彭斯甚至在底舱捡到了一个亮晶晶的玻璃六面体，把玻璃体反转过来，一些晶亮的色素微粒会在其中组成一幅幅有趣的活动画面。那是地球上严冬的森林景象，白雪皑皑的林地中四望空寂，然后，渐渐能看到几只秃鹫在天上盘旋；公麝背着寒风而立，缓缓地吐着白气；几只山雀拥挤着蹲在树上耸起羽毛取暖，一只黑熊缩在老树的断丫中冬眠，它的心跳每分钟只有十次。奇怪的是，这么漂亮的一个六面体上却刻着“死亡”两个字，字迹歪歪扭扭，仿佛刻字人在这之前已经耗尽了每一分力气。

“刻字的家伙一定是个和史东一样的疯子。”斯彭斯说。

“死亡，”史东在餐厅里说，“所有有生命的东西都将死去，以接受最后审判。”

“听着，史东，”我生气地说，“你要是不停止向小孩散布这种言论，我就把这事报告给姑姑。”

“你不会去报告的。”他恶狠狠地说，看透了我的伪装，转身走了，他身上怀有一种激烈的情绪，令人不安。

史东总是对自己的意见和某种事物充满狂热的激情。自从在存储器里发现了一些宗教文稿之后，他把自己的所有激情都投入到这些神灵崇拜和信仰之中。我不知道有多少人听信了他那些瞒着姑姑传播的煽动性的预言。甚至斯彭斯这个家伙有时也会表现出一点可疑的倾向。

“你为什么不去报告?”斯彭斯问。

“我不能利用姑姑去对付另一个异教徒!”我烦躁地回答说。

我说过没有，斯彭斯是个大个子，但他的模样长得挺斯文，要是在平时，你看见他两手插在兜里，低着头走路，还会以为他会是一个什么老实家伙呢。可是一眨眼的工夫，你准能发现他正趴在哪儿起劲地撬着一个电磁锁或是别的一个什么机械玩意儿。他的兜总是鼓鼓囊囊的，里面塞满了细铁丝、薄铁皮，以及不知从哪儿拆下来的小零件。

中肯地说一句，这家伙纯粹是一个蹩脚的机械迷，几乎所有的东西到了他手里都会被大卸八块，却再也装不起来。有一阵子他突然对飞船结构有了兴趣，抛下专业课不上，跟在几只蜘蛛的后面爬遍了全船。他游荡了所有阴暗的角落，在底舱废弃的舱室中，他捡到一个玻璃六面体，上面刻着隐含着无可比拟的巨大时间之前的文字；在烛龙发黑的黄铜门面前，他被电击了无数次。那些日子简直是蜘蛛们的噩梦，姑姑几乎启动了所有的备用蜘蛛跟在斯彭斯的后面来收拾残局。

没有人会相信斯彭斯会突然抛下他所钟爱的机械事业和蜘蛛朋友们，把全部热情投入到他的物理专业中去，可这事居然还是发生了。我拿定主意再也不能相信这种人了。

斯彭斯早就度过了他的十四岁成人仪式，可是他总是习惯在获准进入烛龙之前犯上几个不大不小的错误，于是又被姑姑取消了资格。

这么着，斯彭斯虽然比埃伯哈德大一岁，却是在他之后第五个踏入烛龙的船员。前面四个人是我、史东、埃伯哈德，以及当飞船从沉睡中苏醒来时拥有的第一个孩子。

站在楼梯休息平台上，斯彭斯美得龇着牙直乐，他在漫游全船的日子里无数次想溜进去的烛龙观测厅的大门终于向他打开了。虽然他堪称一个拆卸天才，但还是在烛龙的门锁前败下阵来。仿佛有人早意识到有人会试图过早地闯入这个神圣的殿堂，这道门锁上装有DNA分子检测装置，胚胎解冻满十四年之后，它所携含的DNA分子式才可能被姑姑输入其中。其他任何不合法的闯入者都会被门上携带的高压电所击倒。斯彭斯一定对这一点印象深刻。

“欢迎你，小家伙。”我坐在观测转台上那把舒适的座椅上说。要不是为了斯彭斯，我压根儿就不喜欢来这种地方。此刻，斯彭斯却没有理会我的招呼，我意识到这位新成员正像个傻瓜一样张大了嘴，站在观测厅的门边。

“你不是很想了解飞船吗?”我说，“在那些黑暗的走道里瞎钻只能是浪费时间，飞船的精华实际上都在这儿。”

任何头一次进观测厅的人，反应都会和斯彭斯差不多。这儿像是个优雅的带穹顶的圆形小剧场，一个仿佛由巨大水晶构成的球壁包容着它。特殊设计的壁灯只朦朦胧胧地照亮圆厅的下半部，金属地面光滑如镜，反射着暗红的光亮。

有半边圆墙上排满了发亮的小格，每个小格里是一块极其脆弱的记忆水晶，神秘的火花在其间星星点点地闪烁跳跃，这儿就是神圣的程序所在地，是飞船上体积最小，也是最重要的货物储存地。整个人类文明的知识都存储于此。如果愿意，也可以这么说，这儿是姑姑的大脑。

气势更加逼人的另半边圆墙吸引了斯彭斯的视线，它实际上是全透明的。阴森可怖的黑色深渊赤裸裸地展示在每个人的面前。在黑暗笼罩的穹顶下，是烛龙那八爪鱼般巨大的铝钢躯体，一抹暗淡的红光舔着它光滑冰冷的金色表层。

“别去碰那玩意儿，”我告诫他说，“那是姑姑最精密的仪器之一，我们必须依赖它寻找目的地（如果有的话），如果你胆敢拆下烛龙的一枚螺丝，就死定了。”

“听着，如果你不能控制自己，就干脆别到这儿来，我们不在乎你。”史东在一边冷冷地说。

观测室里的其他大孩子没有说话，他们看着斯彭斯的眼光是冷冷的，他们不喜欢他。我伤心地想，我们船上的每一个人几乎都互相不喜欢。那时候，我并没有意识到自己几乎马上就同样憎恨斯彭斯了。

从踏入观测厅发光的金属门那一刻起，他就不再是原来的机械迷斯彭斯了。基因中深深埋藏着的遗传条码攥住了他，让他看清了自己的本来面目——他天生是一名优秀的天体物理学家。从那一天起，他以一种不寻常的热情投入到烛龙的物理观测和研究中，把机械学和我这个昔日旧友抛到了一边。

5　秀树

一阵阵轻微得几乎觉察不出的震撼越来越频繁地靠近飞

船，不安的情绪开始笼罩在我的心头上。先锋船再次靠近了，母船正在对它的质量引力做出反应。每隔六个月，先锋船就要返航检修，那也正是宇航员出舱的日子。

我害怕出舱去。很久以来我就一直对外面的那片黑暗空间充满了恐惧和憎恶之情。因为在执行第一次出舱任务时，我就被吓得惊慌失措。在过渡舱外我见不到一丝光亮，从飞船舷窗里露出的每一道光线仿佛都被这黑暗抓住扼死，秀树在我耳边不断地呻吟。就在那一次之后，我开始疯狂地设法逃避出舱。

但是，这一次事情看来无可挽回。姑姑认为，有三个孩子必须在我的带领下做第一次的出舱训练。我说过，姑姑是不容反驳的。

过渡舱在底层甲板上，这不是秀树在其中死去的过渡舱，最早使用的过渡舱属于被封闭的区间，但我还是觉得很不舒服。我被迫套上了又厚又重的宇航服，和三个小家伙挤在狭小的舱内。舱内带金属味的空气让我觉得刺鼻难受。只要想着外面的黑色深渊就能让我越来越害怕。后来，我站在那儿，开始憎恨起那些孩子，要不是这些总是需要照顾的孩子，我本来用不着站在这儿，用不着在外面那冰冷的黑暗中面对过去。

我抬头想瞪瞪过渡舱中的那几个孩子，却猛地打了个寒战——我没想到小秀树也在其中。他长得和死去的船长一模一样。门闩咔嗒一声合上了，头脑中那些刺痛人的细节像令人窒息的潮水一样涌了上来，我浑身冒汗，这个不吉祥的巧合是如此的狰狞可怖。

他没有看我。刚出生时他就和原来的船长一样自信、目标明确。他的成绩也总是比我好。他根本用不着我的指引。

另外两个孩子正怯生生地望着我，仿佛不知道现在该干些什么。我转过头冲着那两个孩子没好气地说道："操作手册！看看你们的操作手册！再检查一遍你们的安全绳，把它扣好。"

两个孩子愣愣地看着我，好像什么也没听见，其中一个张了张嘴，却什么也没说。我生气地说："喂，怎么啦？我说检查安全绳！"另一个孩子也动起了嘴唇，但还是没有发出声音来。

我越来越感到恐惧，冲着对讲机喊道："出什么事了？你们为什么不说话？"

没有人理我。小秀树的脸上是一副怪异的表情，他的目光仿佛穿过了我的身体。我惊慌失措地回头张望，却什么也没有看到。我的惊恐感染了孩子们，他们瞪大了眼睛起劲地动着嘴唇，我却什么也听不到。

出什么错了。一种可怕的孤独感抓住了我，我吓得浑身冰凉，对讲机里一片死寂，我觉得仿佛一下子被所有的人抛弃了。没有人能听见我的话，他们将感觉不到我的存在，他们将会把我一个人孤零零地留在这儿，留在这可怕的地方。

"回答我！回答我！我什么也没听见，我什么都听不见了！"我痛苦地尖声叫道，控制不住自己，疯狂地踢起了舱门。孩子们被吓坏了，有一个小孩打起了嗝，两眼极恐怖地向上翻了起来。但我还是什么也听不见。

我没有理会出事的孩子，歇斯底里地捏起双拳，敲打着舱门。"把门打开，把门打开。"我冲着舱内的监视器拼命地吼道。有一瞬间，我觉得又回到了八年前出事故的那一刻，那时候，舱门也是这么矗立着一动不动。

"让我离开这儿。"我大声叫道，知道谁也听不见，忍不住哭了起来。

姑姑把我放了出来。她很生气，因为宇航服的对讲系统出了故障，还因为我的表现实在差劲。

对讲机被破坏了，这搅得埃伯哈德很是不安，后来他跑来找我说："你应该找斯彭斯查问一下，他是不是又拆了对讲机。这样干简直太危险了。他会跟你说实话的。"

"当然是我拆的，"斯彭斯瞪着眼告诉我，"是你让我拆的，不是吗？上个星期你告诉我不想出舱去，要我想想办法，对吧。"

我已经忘了这回事了。后来我什么也没告诉埃伯哈德。

从过渡舱里出来的时候，不知道为什么，我很想见一见迦香。在过渡舱外，姑姑唠唠叨叨地说个不停，忙乱的蜘蛛和救护机器人发出的各种刺耳嘈杂的声音像漩涡一样把我围绕在中间。在我扰起的这一片纷乱中，我感到极度疲倦。小秀树曾经走到我的跟前，他眼光里流出的轻蔑让我无地自容。我知道，没有人看得起我这个船长，即使是斯彭斯，我想他也只是把我当成了一个难以信赖的玩伴。飞船上存在的一切仿佛都失去了意义，除了那个小女孩，也许她才是真正理解我的人。我已经很久没有和迦香见过面了。突然间，我有一种抑制不住的渴望，想和她单独在一起，即使这需要打破誓言再下到底舱去。

蜷着双腿缩在冷却管的后面，能看到从上一层舱室漏下的灯光。那些矗立在过道两侧的巨大机器都以一种奇特的、超现实主义的比例倾斜着，投到墙上的影子很容易让人胡思乱想。我刚开始有点后悔，一团小小的黑影就溜了进来。

“迦香？”

“是我。”她说。

我碰着了一只细长柔软的手，她摸索着在我的身边坐了下来。

“那个孩子没事吧？”我有点内疚地问。

“他还好，有些紧张过度了，姑姑给他打了一针镇静剂。”她犹豫了一下，说道，“情况很不好的是你，阿域。”

我虚弱地一笑：“今天的事你都看到了。真糟糕，不是吗？在这之前，我一直觉得自己混得还挺好。”

“你没控制住自己的情绪。你即使害怕也不该表现出来，阿域，你是船长啊。”

“别傻了，你们为什么老觉得我是船长，我不是！”我愤怒地叫了起来，“我什么也不是！要不是那一次事故……”我哽咽着说，“我根本就算不上船长。没有人知道，我一直在害怕。我害怕做船长，我害怕出舱去，我害怕黑暗。就是在底舱这儿，我也觉得害怕。”

“我知道，”迦香同情地看着我说，“你在害怕。但这没有什么好难为情的。阿域，我们每个人都害怕，每个人都会遇到自己心理上的黑暗时期，问题在于你什么时候才能走出来——船长，你可以是一名好船长！”

“胡说，我不行！船上的每一个人都知道我当不了船长！”我暴躁地反驳说。

“你并不是从小就害怕黑暗；你不愿意学习，也不是因为你不喜欢你的专业；你的基因组本该把你塑造成一名勇敢的宇航员，可你一直在拒绝它！”黑暗中，迦香把脸一直凑到我的眼前，“为什么？阿域，你到底在躲避什么？想想看，你为什么生气？是因为你知道我说得对。”

我闭上双眼，脸色苍白。黑暗像尸衣一样紧紧地包裹着我。我努力回忆，却只有一种莫名的恐惧紧盯着我，一个白色的影子悄悄地掠过心头。“我不知道，”我烦躁地叫了起来，“我不想知道。”

迦香毫不放松地紧逼过来：“那么秀树呢？”

“什么？”我猛地抬起头。

“小秀树！你为什么要怕他。今天他也在舱里时，你很不对劲。”

我强作笑脸：“笑话，一个小毛孩子，我为什么要怕他。”

迦香默默地看着我，没有说话。

我低下头，紧咬牙关，寒意从心头直冒上来。我又看见了那个白色的身影，看见了那张苍白的沾满血渍的脸。那是秀树的脸，另一个秀树的脸。他才是飞船真正的船长。

后来，姑姑紧急动用了宇航员储备，孕育出了新的船长。小秀树今年刚满八岁，已经显示出了非凡的组织能力和天赋，他简直和当年的秀树一模一样。所有的孩子都心知肚明，只要小秀树一满十四岁，船长一职就非他莫属。

从小秀树出生那天起，我就一直躲着他，见面时我也从来没有给过他好声气。别的孩子对此视而不见，飞船上的日子早已让我们学会了互相漠视，也许只有敏感的迦香知道我是在逃避什么。

“把你的噩梦说出来，阿域，”迦香在我耳边悄声说道，“我会和你一起承担。”

“没有人记得什么了，”我说，“那一年，我才八岁……”

耳机里传来阵阵刺耳的警报声，四周的黑暗浓厚得仿佛可以挥手搅动。我和秀树就像是无边的黑潮水中孤独无助的溺水者，而飞船的过渡舱那扇该死的门就是打不开。

秀树的脸在头盔后面若隐若现，消逝的每一秒钟都在带走他的生命。

6　先锋船

那天是我第一次被允许出舱行走，刚开始一切都显得很新奇。外面是一个黑色的世界，舱外的探灯只能把幽暗的甲板照出一个模模糊糊的影子。引力发生器的效用在舱外被减弱了，我觉得自己仿佛在轻飘飘地飞来飞去。但是微引力引起的新奇感觉很快就消失了，我的头变得很晕，五脏六腑都在翻腾。

带我出舱的就是秀树。他那时候还是飞船上唯一能进烛龙的大孩子，我们很少见到他，因为他几乎每天都埋头于烛龙之中不知道忙些什么。我们总是躲着他，他长得脸色苍白，瘦长难看，但我们都不由自主地尊敬他。因为他聪明绝顶又狂热孤僻，不管有人没人的时候他总在自言自语，这实在是让我们敬佩。

有时候秀树对我们仿佛漠不关心，有时候却很严厉，在我的记忆中他仿佛总是在冲我大叫大嚷，在他眼里我只是一个什么都不懂的小家伙。

但是那一天里，他对我还不错。在舱外，他给我示范了各种舱外维修的操作方式，还与我合力拆卸了一段废弃的船头甚高频天线。“小心点，小家伙，”他叫道，“把你那笨蛋夹钳拿开。”他俯下身去，我能感觉到他在厚厚的宇航服下绷紧的肌肉。

这种活本来交给蜘蛛干就行了，但姑姑坚持每一位宇航员得自己学会这项技能。这是教育程序规定的。

拆卸天线时，我看见飞船前方有一团雾气蒙蒙的光亮。

“你上课没有好好听吗？那是充当飞船前锋的防护船，”秀树说，“它一个月回来一次，我们平时看不见它。”

“是因为这儿很黑吗？”

“黑？”他大声嘲笑着说，“黑暗能蒙蔽我们的眼睛，还能蒙蔽我们的心吗？”

我不太明白他的意思，只好默然不语。

过了一会儿，我胆怯地说：“姑姑的课我听不太懂，有时候……她说的和……和……”我找不到该说的词汇，满脸通红地朝着黑色的空间挥了挥手，“和这些……不一样。”

“他妈的，小家伙，你可别当着姑姑的面指责她。”秀树扔下了夹钳，我不知道他是不是又生气了。

“听不懂也好，那上面尽是些谎言。”他沉默了好一会儿，仿佛思绪又不知飘到哪里去了，最后他说：“好吧。小家伙，我要和你说，不管你能理解多少，你来看——”

在雾蒙蒙的探灯所能及的一点点范围内，这是一个灰白、死寂的世界，偶尔有些细细的电火花在一些外架的仪器上闪闪发光——除此之外，阴影和亮光的分界线是那么的黑白分明，以至于这儿看上去像一个虚假的剪影。发白的船身横亘在我们的脚下，仿佛一条巨大的死鱼。到处布满了一条条灰黑色的斑痕，那是它在这无边的空间中流浪久远、历尽沧桑的证据。然后，在外面，就是那些黑暗。

“我们在这儿，”他脸色苍白，但两眼放着光，“看着这些木乃伊，你能想象曾经有过呼吸着的大地吗？我们离开了陆地，是因为要探求它的秘密。它静卧着，有如黑色光滑的丝绸，闪着诱人的光。但是有一天，我们发现它是无边无际的，没有什么比无边无际更让人觉得可怕……和美丽。”

“你觉得这儿美吗？一个黑暗的不得超生的地狱。但是我们被创造出来，能在这儿思索、悲叹，这不是个奇迹吗？”他热切地望着我，我能看到青青的细小的筋脉在他的额头上搏动，“你相信暗物质吗？你相信吗，不论世界多么恶劣，宇宙一定是最美的。否则，我们的生命就没有意义。你相信吗？”

他的样子很吓人，而且我明白他想从我这里掏出一个肯定的回答，但我还是胆怯地说，“我不知道。”

“这没有用。”他说，抡起夹钳，以一种狂热的病态疯狂地砸着天线支架，叫着一些我听不懂的话，“那么我呢，相信还是不相信，无法证实还是证伪？什么是真理？”

“我正在找它，”他停下手来，“我就要发现了，就要发现了。”他带着一种茫然的，发傻的微笑向着那朦胧的黑暗的远方望去。

那时候史东还在牙牙学语，我不能肯定他是否记得那天发生的一切。

后来，那天晚上在布满炸弹的底舱里，史东首先打破了沉默。

“我当然记得他，”他说，“他不是个好头儿，他本该看好我们这帮孩子，带着我们一起求道，而不是一个人。你没注意到他已经疯了。”他带着嘲弄的语气说，“因为他迷失了方向。”

是的，他是有点疯狂。我害怕地发现自己正在这么想，于是立刻大声反驳说，“我们必须尊重他，因为他是飞船上头一个孩子，他得独自面对这空邃、疯狂的空间，他用不着向我们这些什么都不懂的小家伙们屈尊低就。”

“所以他死了，”史东下结论说，“我们每个人都会跟着死去，去接受审判。”

“去你妈的审判，”我没好气地说，“那时候我还小，不然他不会死的。”

那时候我确实太小了，小得只会提些问题。

“那些先锋船——它去前边干什么？”我虽然有点害怕，还是忍不住问道。

秀树仿佛重新意识到我在他身边，他回过头来盯着我看了一眼，怪笑一声，“它去干什么？”他扔出了手里一小段拆下来的废弃天线，它慢悠悠地划出一道曲线，离开了飞船轨道。“嘿，瞧着，如果没有先锋船，我们就会……”

一团耀眼的火花猛地刺痛了我的眼睛。

“……砰的一声，”秀树微笑着说，“这是因为我们在以每秒三万公里的速度飞行，而宇宙中充满了带电粒子，这么高的速度使我们撞上它就像撞上重磅炸弹一样。而先锋船是我们的摩西——它分开红海，带我们前进。”

我带着一个孩子特有的惊讶目睹着船头的弹射排架缓缓

张开。

“马上要发射先锋二号了，它们都是由特别坚固的材料制成的，但还是需要轮换检修。”秀树说，“我们必须参与检修。这是程序规定的。”

雾光靠得更近了。整条飞船都轻轻地抖动了起来。先前那架先锋飞船的喷嘴正在全力喷射，它缓慢地减速，沿着另一条副导轨滑向船头舱。它将在那儿停留一个月做彻底大检，准备下一次的发射。

秀树好像有点紧张，先锋船上千疮百孔，疮痍满目，姿态控制舵可怕地耷拉着。“它好像经历了一场恶战，这儿很危险，咱们先回到后面去。”他说。

“可是程序……”

“去他妈的程序，别告诉我该做什么，”秀树吼道，“我总是对的！”

先锋船靠得更近了，凶狠地撞击着船头导轨。飞船上的磁力夹竭力想控制住它。

“来不及了，小家伙，固定好你的引导绳。”秀树冲我大声喊道，“抓紧它。”

我恐惧地睁大眼睛，看着这头可怕的钢铁怪兽撕咬着母船。脚下的甲板剧烈地抖动着。一大块残破的船壳忽然从先锋船上脱落，悄无声息地向我冲来，残片上剃刀船锐利的边缘在我的视野里清晰无比。我完全被吓呆了。

秀树放开了引导绳，高高地跳了起来把我扑倒在地。但是反作用力把他推向了凶狠噬来的残片。他那白色的身影猛地滑过我的面前，重重地撞在船头甲板上，又反弹起来，压在了我身上。

我看见了他那张苍白的脸，鲜血从他的口鼻中涌了出来。“带我回去，他妈的小家伙，”他吃力地说，“我的氧气控制系统撞坏了。”

氧气正从秀树航天服的破口中急速涌出，宇航员能在缺氧的情况下能坚持多久，十四秒？十六秒？我记不清了。在过渡舱的门外，我笨手笨脚的，怎么也打不开它了，秀树在面罩里疲倦地冲我笑：“我要坚持不住了，……阿域（这是他第一次叫我的名字），照看好孩子们……”他的眼睛里罩上了一层黑雾，而我只懂得放声哭号。

过渡舱的外阀门漫长得仿佛过了一个世纪才慢吞吞地滑开。隔着内阀门，我能看见所有的蜘蛛都疯了般在舱口那儿乱爬。空气终于涌了进来，可是秀树已经死了。

在过渡舱外的那十秒钟当中，死亡和黑暗从来没有距离我那么近过。飞船上的孩子夭折的并不在少数，我们曾经多次目睹过死亡。有一次，随着解冻的胚胎复活的瘟疫席卷了全船，隔几天就有一个孩子死去的消息传来，每个人都被隔离在自己的小舱室里静待医务机器人或是死神的敲门。即使是那一次，我也没有如此贴近地看见过死神的脸。那次事故中，死的本来会是什么也不懂的小家伙，会是我……

“你在责怪自己，阿域，”迦香说，轻轻地，“但这不是你的错，这是秀树的选择。我们不应该承当其他人的选择。”

“后来我才明白，秀树对我大声叫骂是因为他一心想让我像他那样，成为一名优秀的宇航员，可就在那天，我被吓破了胆。”我看了一眼自己的手指，它们正在难以控制地发抖。我猛地捏紧了卷头大叫："见鬼，我再也不行了，我再也成不了一名好船员了。"

7 史东

斯彭斯突然跑来找我。他唾液飞溅，激动得要命，瘦瘦的脖子上的筋脉剧烈地跳动着："我有了一个大发现！头儿，简直难以置信！我认为需要召开一个紧急会议。"

"紧急会议？你疯了？姑姑不会同意你这么瞎搞的。"我没好气地说，"这属于非法集会。"

"我早想好了，"斯彭斯神秘莫测地一笑，"我们可以到烛龙观测厅去，在那儿姑姑什么也不会知道。我保证你会大吃一惊。"

"等一等，"我怀疑地说，"那里原先也有个监视器……"

"现在没有了，"斯彭斯不耐烦地说，"快走吧，埃伯哈德和史东已经在那儿等了。你到底去不去？"

埃伯哈德？史东？我疑虑地盯了斯彭斯一眼，他们俩不可能加入到斯彭斯的玩笑中去。也许斯彭斯真的发现了什么？我从床上爬了起来。

斯彭斯如果只是想吓我一跳的话，效果确实很惊人。他把烛龙厅里的灯都关了，只留下了那盏暗红色的壁灯。里面很黑，我不得不小心翼翼地跨过满是散乱仪器和纸张的地面，带着困惑的表情看着四周。那儿的墙上投放着斯彭斯不知道从哪儿翻出来的大幅天体的特写幻灯。我认出著名的蟹状星云，它们向外延伸的红色尘埃云让它们看上去像是被剥得剩下血管和神经的手掌；一张我叫不出名字的暗星云，它的形状像是悬在空中的脚；那些星星的照片在红色壁灯的照耀下反射出点点诡异的光，仿佛正在抖动。史东和埃伯哈德也在里面，他们的表情看上去很不自在，只有斯彭斯那副一向自鸣得意的傻脑袋上挂着笑容。

我诧异地盯着这块地方，气愤地说："我的天，斯彭斯，你干吗要把这儿搞得这么黑，你知道姑姑发现了这儿被你糟蹋成这样会把你怎么着吗？"

"没工夫理会那么多了。"斯膨斯带着几分得意扬扬的神情把我扯到计算桌前，"你来看。"他的手指娴熟地在屏幕上跳动着，一条红线从暗影里流出来，斜斜穿越屏幕。

"我找到了七年前烛龙的对外扫描数据，你不会相信的，这是从最早的档案中调出来的。还记得吗，你在禁闭室里提到过的暗物质理论。你曾经提到过的那个人真是个了不起的家伙，我们根本没有暗物质的任何数据，它好像是看不见也摸不到的，但他相信暗物质云的密度通过反馈星际氢频率应该是可追踪的。他独自演算出了暗物质密度数据，还在计算机里留下了一个密度转换公式。"

没等我反应过来，他又在屏幕上划出了另一个窗口，"我在这两个月中重新扫描了舱外，这是烛龙打出的数据表——"另一根红线出现在窗口里，它的波纹曲率和前一条极为相似。也许它们能够重叠在一起。

但是斯彭斯没有把它们叠在一起，只是把它们一上一下地并排摆着。"现在，"他眼巴巴地看着我，"你看出问题所在了吗？"

“你发烧了？这儿有三千个数据，我能看出什么？”我生气地说。

“别管那些数据！”斯彭斯紧揪着我的衣领叫道，“这些曲线说明密度正在下降！暗物质！我们就要发现宇宙的秘密了。”

“不可能，”我说。“你除了发现自己又被关进了禁闭室外，什么也发现不了。”

“暗物质？什么暗物质？”史东警惕地问道。

“它在U区存储器里，是个叙述得不明不白的故事。”斯彭斯说，“古老地球上的科学家为了解释一些现象，无可奈何地意识到在可见宇宙的朦胧薄膜下可能存在着一种看不见的物质的引力，科学提不出它的物质形式和能量形式。一些人甚至提出很可能这种物质是星系赖以存在的基础，正是这种未经探察的大量暗物质使得时-空弯曲，而且有足够的暗物质的话，宇宙常量Ω才会等于一——一个完美的数字。”

“嗤，Ω？”史东冷笑一声，“你们不是在开玩笑吧？你们的证据只是Ω。我从来都不相信直觉。”

“埃伯哈德，你说呢？”斯彭斯热心地回过身去问埃伯哈德。

“什么？”埃伯哈德迅速做出反应，斯彭斯居然和他说话实在让他惊慌失措，“我不知道，也许姑姑能……”

“我知道了，这是个阴谋，”史东狠狠地说，“那么你们这次是想把我的宗教理论彻底地驳倒了。你们事先安排好的——”

“不，等一等，不是你想象的那样。什么也没有。”斯彭斯生气地说，他飞快翻动屏幕上的图表，“你可以自己检查这些数据。”

听到这些理论争执我总想躲得远远的。“把这些幻灯关掉好吗，我觉得很难受。”我说。

“我倒不觉得难受，别理它。”斯彭斯好像根本就没有注意到我的话，他扑到桌子上，从在我看来是一摞废纸片中翻出了一张胶片：“好，你们会相信的。这张光学胶片是烛龙在紫外扫描中同步拍摄的……”

“胡扯！”我打断了斯彭斯的话，“烛龙根本就不能拍摄什么光学胶片，它是直接联系到姑姑的监视器上的。”

史东冷冷地说：“除非有人碰过烛龙。”

我们一个接一个地把头转向斯彭斯。

斯彭斯一副坦然无愧的表情，“怎么啦，你们不想了解事实真相吗？这是唯一的机会。”

我生气地瞪着那张斯彭斯冒着难以饶恕的罪名拍摄出的黑胶片，而那上面什么也没有，除了一个小灰点——一个毫不起眼的灰蒙蒙的小点。

“这是什么，你底片上的瑕疵？”我怀疑地问。

“老天爷，你还不明白吗？”斯彭斯疯狂地摇着我的胳膊。他回过头去看着大家，“你们都不明白吗？这是一颗星星！用肉眼还看不到它，但我们正在朝它飞去！我们马上就要飞出暗物质云了！”

星星！我被斯彭斯的话吓坏了，一股冷汗禁不住地从手心冒出来。我回头看看埃伯哈德，他也是面色惨白。

“不，那不是星星。”一个尖锐的声音打破了沉寂。是史东。他脸色发青，连声音都发抖了。“那不是星星，你们没有读过《启示录》吗……他像冲破乌云的闪电，带来了死亡，也照亮了一切。他将出现了，你们这些不信神的人有祸了……”

一束灯光照在史东的脸上，显得他那狭小的脸又青又白。

史东是个长手长脚，瘦得皮包骨头的大个子，只比我小一岁。在飞船上，他也许是最不把我放在眼里的人，我也从来都不相信他的那些煽动性的预言，但这时候他说出来的话，像是一阵悸动撞进我的心里。

“你们看出来没有？”斯彭斯问，“他有毛病。”

我和埃伯哈德默默无语。

史东冷笑着说：“你们自己想一想吧，我们每个人都属于不同的民族，克里克人，蒙古人，雅利安人，这条破船满载着所有的民族，为什么？想一想挪亚方舟的传说，我们将要漂浮到最终审判日。……星星？不，它就是我们在等待的那匹灰马！”他神经质地啃着手指甲，留下了一句含义隐晦、令人不安的预言就猛转身出去了。

“你们知道我是怎么想的吗？量子物理离上帝太近了。他越来越深地陷入不可知领域，”斯彭斯愤愤地说，“总有一天，这家伙要疯掉。”

“姑姑呢，她知道这事了吗？”我好不容易从发干的嗓子里挤出一句话，“她从来就不承认我们是在一片暗物质云中。”

“对，我这就去告诉她。”斯彭斯大叫一声，反身就朝门外冲去。

我一把拽住他的脖领子，把他拉了回来。“别着急，先让我搞明白了再说。”我哑着嗓子问他：“还有多久？”

“不知道，我们没有对比数据，也许还要十年，也许就在明天。”斯彭斯说。

“出去以后，那儿是什么样的——会是这样的吗?”我从墙上扯下一张图片，那上面被放得巨大无比的猎户座大星云像一座熊熊燃烧着的炼狱，美杜莎的蛇发恶狠狠地伸展着占据了整个视野。“那儿，那儿……”我咽了口唾液说不出话来。我看了看埃伯哈德，他和我一样脸色苍白，惊恐不安。史东临走前说的那些话，像一块巨大的阴影笼罩在我们的心上。

埃伯哈德可怜地张着嘴，犹犹豫豫地说:“他……史东是指……烛龙，烛龙和姑姑……我们是在崇拜兽像吗?”

“我不知道，那不是我的事了。”斯彭斯说。他站在观测室中心，奇怪地看着我们:“怎么啦?你们都不高兴吗?十多年来我们所学的知识都是在描述那个宇宙啊。现在，我们就要亲眼看到它了。你们不会相信史东说的那一套吧?”

我咕哝着说:“我还没有准备好呢。这太快了，斯彭斯。让我想想该怎么办。”

“斯彭斯，”我回头盯着他的双眼说，“我不许你告诉其他人，姑姑也不行。埃伯哈德，你也是，都明白吗?”

然而秘密没能守住。我得承认第一个违背纪律的不是别人。

“我不相信。”迦香后来说。

“我看到了那张照片。”我说。

迦香没有回答，她依旧照料着那些小蟑螂，仿佛那项工作比星星还要重要。那些蟑螂仿佛更大了，一条挤着一条，在试管口疯狂地扭动着，迦香怎么也不能把它们弄好。

迦香生气地把试管扔在桌上："你知道，那些虫子很不安。我熟悉它们，它们很烦躁，只有遇到什么危险时它们才这样。它们总是会比人类更早地预见到灾难。"

她离开了工作台，我看见她几乎要哭的样子，她还毕竟是个孩子。她的双手在发颤，但她很快把它们藏在兜里。

我说："你害怕吗？"

她看着我的脸说："你难道不是吗？"

"我很害怕。现在所有的人都知道了这件事，可是没有人想谈论它。这是一个危险的信号。我们都在害怕。一定会出事的，一定会出事的，而我们不知道会出什么事。"她不断颤抖着，"我倒宁愿我们还在暗物质云的深处，永远也看不到外面。"

我伸手揽住她的肩头："别傻了，你知道，我们实际上都在等着这一天。"

那天早上在教学大厅里，几个小男孩在计算机上做一种翻牌游戏，这本来是一种很普通的心理训练课。巴鲁，一个半大的小男孩，连着翻开了五张扑克牌，都给计算机猛抽了回去。另一个小男孩在边上傻笑了一声，于是巴鲁把键盘一甩，跳起来扑到他的身上挥起拳头一阵乱打。教室里一片混乱，牧师足足花了十分钟，才把他们拖起来拉到禁闭室中。

这在姑姑的严厉管制下可是前所未有的事。我不由自主地看看坐在角落里的迦香，她的脸色苍白异常。她回看了我一眼，眼神中的意思清楚明了：绝不仅仅是这些。

我一向把埃伯哈德看成船上无害和多余的一堆过度发育的

有机体，甚至就连他也让我感到了威胁。那天晚上他直接来找我提议说："让我们杀了斯彭斯吧。"

我吓得目瞪口呆，差点跳了起来："你疯了？干吗要杀斯彭斯？"

"我不知道，"埃伯哈德说，一脸的慌乱和尴尬，"我只是想，一切都是斯彭斯搞出来的，我们把他干掉，也许就会好起来。"

我知道埃伯哈德已经是个疯子了。虽然他自始至终就总是千方百计地、疯狂地维护飞船上的秩序。他的情况还是让我害怕，这不是一个好兆头。我从好几个人的眼中都看到了一种临近精神错乱般的疯狂神情。

8 埃伯哈德（2）

那张照片上模糊的光点像是个预兆，在我的脑子里盘旋不去。一个声音提醒我仿佛该做些什么，但我根本不知道该怎么办。先锋船换防的日子又一次临近了。

"你没什么可做的。"斯彭斯说，他这么说倒不是出于讽刺我。

我和迦香是在卧房里找到了斯彭斯，他的发现带来如此混乱的结局让他既愧疚又迷惑不解。"为什么会这样？"他说，"我还以为大伙儿很快都能明白过来呢。"

"明白过来什么？我们是听你的还是听史东的？或者我们还是该相信姑姑的话？"我气恼地说（监视器当然被斯彭斯拆掉了），"你要是不如此愚蠢就该知道我们大家都会吓坏的。"

“是这样，我们应该有个头儿，”他的脸因为沉思而皱成一团，“而你就是头儿，你本该出来把持局面。”

“你早知道，没有人会听我的，”我又生气又沮丧，“我们这儿是一盘散沙。你看到早上发生在教室里的事了吗？现在姑姑也开始失控了。”

斯彭斯突然叫了起来：“是啊，我明白了，因为我们缺乏团队精神！你们应该看得出来，我们都在互相排斥。看看埃伯哈德和史东吧，还有我和你，是的，我和你，甚至还有迦香！我们都有优秀的基因，可我们都太以个人为中心了。除了上课和那次会议，我们为什么从来没有聚在一起过？在底舱有个游戏区，我们为什么从来没有一起在那儿玩过？”

是的。我想起那些生锈的铁架和秋千，即使是我和秀树也从来没有玩过九柱戏或对抗球。那是需要四五个孩子才能一起玩的游戏，我们从来没有玩过。

姑姑废弃了游戏区，而游戏是孩子最重要的培养团队精神的活动。

“她应该了解这一点。她是个教育专家，她有教育程序！”斯彭斯愤愤地叫道。

“对此我有个想法，”迦香说，“姑姑无疑是忠诚的，她不想让这次任务失败。但她对自己并不了解，没有人了解自己，也没有计算机了解自己。她只想着成功，所以她必须控制全局。暗物质云的存在是对她的一次可怕的挑战，她无法控制周围的环境，可是又无力修改程序，这会刺激她更强烈地渴望控制一切。而孩子们的存在是对任务的另一项威胁，”说到这里，迦香对着我们一笑，“我们确实都很不听话，如果我们团结一心的话，她就更无法保持自己的尊严。”

“也许她自己都没有意识到，关闭底舱是个绝佳的借口。”我说。

“你说得也有道理，”斯彭斯说，“不过我认为也许是她想当一辈子女王，高高在上的黑暗之王……”他指指上方，我没来得及看清他的手势，因为——

黑暗的降临到来得毫无预兆。

就在我们说话的时候，船舱里的顶灯突然熄灭了。

船舱里漆黑一片，这是纯粹的黑暗，没有一点点的微光。我从来没有明白自己会如此地害怕黑暗，在那一瞬间，我嘴唇发麻，叫不出声来。一只手伸过来紧紧地握住我，这是迦香的手，我定了定神，发现自己的手上全是冷汗。我听不见迦香在我耳边说什么，我的耳朵里砰砰作响，好一会儿我才意识到那是血液冲上太阳穴的声音。就在这时，两道闪光刺痛了我的眼睛，应急照明系统的灯点亮了，可是光线微弱、摇曳不定，仿佛随时都会熄灭。

“快来！”迦香叫道。我们一起冲进走廊，发现大厅里也是光线昏暗，飞船上的大部分地方甚至看不到一丝光亮。我的心怦怦直跳。终于来了！

不知哪儿传来刺耳的警报声。几团黑影在走廊里急匆匆地爬过，那是忠于职守的蜘蛛们，它们总是不知疲倦地穿行在钢铁迷宫中，搜寻那些出错的地方。

“一定是出事了。”斯彭斯说。

“对，一定是出事了。”我神经质地跟着说。

“咱们得找到在哪。”

“咱们得找到在哪。”我说。

斯彭斯跟在那些蜘蛛后面跑去，它们钻进了一个维修通道，消失在黑暗的管道里。斯彭斯俯下身去，检查了一下管道口的标码。

“它们像是在往底舱跑去。”他说。警报声突然中断了，周围一片寂静，那些灯光在他的脸上一闪一闪的。经历了刚才的嘈杂，这片寂静仿佛更加令人害怕。

“底舱？”我说，想起那些超大尺度的冰冷的黑色钢架，还有那些死去的魂灵。

“得有人去看看。”我艰难地咽了口气，“还得有人去找牧师，他会在哪？我是说，他应该在这儿。这事本来该由他处理。”

“你看上去好像要哭出来了。你行吗？”迦香说。

“是吗？”我镇定了一下，努力想挤出一个笑容。

“好吧，”迦香担心地看我一眼，“那我去找姑姑，斯彭斯，你和阿域去底舱看看，要小心。”

“我不明白，为什么会是底舱？”站在通往黑暗的底舱舷梯边，我说。下面的世界黑得宛如混沌深渊。

“老船舱边有个武器储备室。”斯彭斯说。

“噢，斯彭斯，行行好，别净告诉我坏消息。”

在阶梯下迷宫般的通道面前，我犹豫了一下，斯彭斯跑到了前面，消失在黑暗中。

“小心点，斯彭斯，”我压低嗓门喊道，“你能看到什么？”

斯彭斯没有回答，前面传来一声闷响，像是重物倒下的声音。

我低声咒骂了一句，走进通道，舱下没有我想象的那么暗，一盏又小又暗的应急灯在舱顶上半明半暗地闪烁着。我看到灰尘中留下的脚印，直通武器储备室的舱门。门被打开了。从空气中传来一股烧焦的怪味。门前的地上留着一小团焦黑的东西。

“斯彭斯。”我低声喊道，走近了那团黑影，那是一堆烧焦了的蜘蛛的残骸。

一条手臂从黑暗中伸出，拉住了我胳膊，吓得我差点叫出声来。

“嘘……”一个声音在我耳边轻声说道。

“斯彭斯，”我低声喊道，“到底发生……”

“别作声。他就在前面，刚走一会。”

“谁在前面？”我生气地说。

“我没看见是谁，”斯彭斯说，“可是有人拿走了武器舱里的枪和MPB。”

“MPB？”我气恼地问道，这儿尽是些我不懂的东西。

斯彭斯以一种奇怪的眼神看了看我：“那是一种地质勘探和爆破用的炸药。”

“枪？炸药？”我呻吟起来，“这疯了想干吗？”

“我们得拦住他。跟我来。”斯彭斯简短地说。他带着我走进一条我依稀熟悉的通道。

这儿有一扇门直通垃圾口，那是处理死尸和不可回收物资的地方。站在这条通道上，可以看到两侧一排排巨大的引擎，它们如同古埃及神庙废墟中的那些残留的圆柱，刺向由于黑暗而看不到的舱顶。如果停下来，屏住呼吸，集中注意力，就可以听到各种声音。孩子们说这儿是那些死去的魂灵居住的场所。

我跟着斯彭斯继续往前走，直到尽头。前面是一扇门，又黑又重，门上有青黑色的控制面板和图案。这儿是废弃的过渡舱。

“小心，他一定在这附近，这儿没有其他路了。”我说。

“你来过这？”斯彭斯好奇地看了看我。

一丝苦涩涌上我的心头，我试了试那扇门，不出所料。

“都锈住了。”我说，“他不可能在里面。”

斯彭斯没有回答，他喘着粗气，凝视着另一个方向。“那儿有东西。”他说。

我绝望地回头张望，一排红色的跳动的数字映入眼帘。启动的炸弹下一个人正在惊慌失措地回过头来。

9　牧师

“埃伯哈德！是你在这！”我惊讶地喊道，几乎不相信自己的眼睛。虽然他早就是个疯子了，我可不相信他会干出一点点伤害飞船的事。

“快过来！离那东西远点。”斯彭斯叫道。

埃伯哈德满脸惊慌：“那东西危险吗？”

“快过来，”我叫道，“咱们得离开这。你能把蜘蛛叫来吗，斯彭斯？”

埃伯哈德犹犹豫豫地朝前走了几步。

“别过去，你想要堕落吗？”一个熟悉的声音躲在粗大的肋柱影子后面说道。

“史东！我早该知道是你。”斯彭斯愤怒地叫道。

史东的手里拿着的正是那把杀死了武器舱前蜘蛛的防卫枪。他在引擎发出的仿佛是永恒的嗡嗡声中挺直身子，嘴角噙着一丝冷笑，身后舱壁上那些红色数字飞速跳动。

我们充满敌意地互相对视着。

“你在这儿干什么？”后来我说，惊讶地发现自己的声音既冷酷又平静。

“很明显，你们完了，”他恶狠狠地叫道，“他来了，他的威力无人能挡。”他又在啃手指甲了。

“他很紧张，他有精神紧张性障碍，你看出来没有？”斯彭斯低声对我说。

“什么叫精神紧张性障碍？”我被一长串的字眼唬住了，几乎脱口而出埃伯哈德的口头禅，“这有危险吗？”

埃伯哈德几乎是手足无措地站在中间，他声音颤抖地说：“我这样安全吗？我怕得要命……”

“埃伯哈德，待在那儿就死定了，到这儿来。”

“别过去。即使是姑姑也拯救不了你。”史东说。

“我不知道……”他脸色苍白，看看我和斯彭斯，又看了看史东，几乎要哭了出来。

“史东，你这么干不会对任何人有好处，”我舔了舔干涩的嘴唇，“我们已经有人去通知姑姑了……”

斯彭斯突然一把抓住我的胳膊。

从远处的上层甲板传来一个女孩的尖叫声，因为遥远而显得微弱，那是迦香的声音！

仿佛是收到了一个信号，埃伯哈德翻了翻眼睛，弓起后背，两腿猛地砸到了地上。史东的枪口猛地转向了埃伯哈德，这可能只是个下意识的动作，但……

就在这时，一枚炸弹在齐眉高的地方爆炸开来，紧接着是另一枚，风从送风管道的破口处呼啸着冲出来。所有的人都被震倒在地。

“着火啦！船舱着火啦！”斯彭斯在我耳边拼命地叫道。我下意识地想，舱壁没有破，要不然我们全都没命了。船舱里面充满了浓烟，我什么也看不见，被呛得拼命咳嗽。

“伏下身子。”斯彭斯在后面大声喊道，“我们得回去拿氧气面罩！”

去他妈的氧气面罩，我想，踉踉跄跄地伸手向前摸去。“史东？”我叫道，却猛地撞在了一根金属管子上。

在前面，熊熊的烈火吞噬着侧面舱壁的隔层垫料，被火光照耀着的大引擎柱形成的巨大黑影在天花板上愤怒地摇曳。不知道哪儿在烧得砰砰作响。我不怕火，我对自己说，我只是怕黑。火光照亮了黑暗的底舱。

几只尖叫着的小蜘蛛赶到了，它们满屋子跑着，背上的自动灭火器开始喷射出白色的泡沫。

我看见了史东，他跪在地上，手里的枪丢在了一边。然后他爬了起来，摇摇晃晃地向枪走去。

“不，史东！”我尖叫了一声，扑了上去。

史东抓住了枪，倒过枪柄挥舞了起来。我的耳朵后面一阵剧痛，整个世界仿佛倾倒在我的面前。

我呻吟着向上望去，看见史东得意扬扬地把他的枪对准了我，“现在你还有什么可说的?”他说，啃着指甲。

“埃伯哈德。”我说。

“什么?”史东茫然地问道。

一个胖胖的黑影扑向史东，把他撞倒在地上，他们搏斗起来。

没有想到还有一个爆炸。巨大的冲击力震得我耳朵里嗡嗡作响。清醒过来时我发现自己坐在一堆白色碎屑中。史东和埃伯哈德都不见了。

烟雾比刚才更浓，在浓烟当中，我看到一团团的火焰。远处蜘蛛们的灭火器嘶嘶作响。

我拼命咳嗽，伸出手在墙上摸索，寻找灭火器。眼睛和肺部烧灼般地疼痛，模模糊糊地倒了下去。我要死了。我想。

温度降了下来。

一双手把我给扶了起来，斯彭斯把一副面罩按到我的脸上。

“你们找到史东了吗?”我喘过气来后问道。

“先别管他了。你觉得怎么样?”

“史东怎么样?”我固执地问道。

“他死了。”埃伯哈德在一边惊恐地辩解着，他的脸隐藏在氧气面罩后面，黑一道花一道的，“我不是故意的，天哪，现在姑姑会拿我怎么样？我这一辈子都没有做过错事……”

要是在平时，我会把他塞到垃圾道里去，但是现在，好像有一件很重要的事占据了我的脑海，我却想不起来了。

我望着烧焦的墙壁。这回可弄得真糟糕，火灾，我想，姑姑为什么没有反应，她本该火冒三丈，她本该拉响警笛，她本该让牧师挥舞着电鞭四处奔跑。

为什么？

“迦香。”我惊醒过来，浑身冰凉，“她会出事的！天哪，真要命，而我居然晕过去了。”

“还没有多久，”斯彭斯说，“快走，我们上去。”

我冲向舷梯，一步跳上四级台阶，跑到了中间平台上，又一转身，突然发现牧师就直愣愣地站在楼梯最高一级平台上。

我倒吸了一口凉气，他的金属手臂里牢牢地挟着一个孩子，那是迦香！她快要窒息了。

10 舱外

牧师虽然没有自己的大脑，但并不意味着他对我们毫无威胁。

即便是姑姑也不能违抗教育程序的，她是自己的囚徒。

她疯了。迦香说。

而现在……

牧师开口了，我几乎又要晕过去。他那阴暗的声音在黑暗的大厅上空扫过，他一板一眼读的正是变调了的《启示录》：“……神启的异象……云中出现一匹灰马，它名叫死，地上的芸芸众生预感到世界末日的来临……你们注意，这是一个棒旋星系……这是各族各民的血腥的屠杀，葡萄树被扔进神之大怒的大磨里，果子被压烂，血从磨子里流出来，直流到马的笼头，足足流了一千六百斯塔季。你们看到的……你们看到的是PSR0531+21，脉冲周期三十三毫秒……谁向兽和兽像跪拜，谁就将喝神之大怒的酒，并且将被放在火和硫黄里烧，在神圣的天使们和羔羊前烧。他们将日夜不得安宁……三十三毫秒……”

大厅里阒然无声，我们都不由自主地看着发疯的牧师，发疯的姑姑。我吓得两腿发颤，这正是史东的论调。

牧师庞大的身躯在大厅里团团乱转，他的电鞭闪闪发亮，像是缠绕在乌云边缘一闪即逝的闪电。

“斯彭斯，”我低声叫道，“史东的枪在哪？把它给我。”

“我们不能打他。他是姑姑控制的。”

“放屁！”我骂道，“你没看见那是迦香吗？”

我从斯彭斯怀里夺过手枪，瞄准牧师时，我犹豫了一下，迦香痛苦的脸扫过我的眼前，我咒骂了自己一句，开枪了。

迦香摸摸自己的喉咙。“我没事。”她惊魂未定地说，“我不知道……他突然就抓住我不放，这家伙准是疯了。”

斯彭斯说：“也许有人改变了他的程序。”

我们不由自主地对视，“烛龙！”

我们一起跑上了通往上层甲板的舷梯，黑暗一片的大厅就在我们脚下摇曳。

我伸手去按DNA门锁，却被猛击了回来。

“怎么回事？”我惊恐地嚷道。

斯彭斯伸手去摸，也被猛击了一记。

“是电。”斯彭斯叫道，“史东更改了门锁程序！”

“可我们一定得进去！不改正程序，混乱永远也不会停止。”我绝望地说。

“可以让我试试。”斯彭斯狡黠地一笑，“你忘了，我是这儿最好的锁匠。”

“不可能，你从来没有成功过。”

“缺少的并不是技术。”黑暗中，我察觉斯彭斯跑下了舷梯，“等着我。”

我把怒火转向一直畏畏缩缩跟在我们后面的埃伯哈德身上。“瞧你和史东干的好事，你这个只会挺着肚子到处捣乱的粗木瓜，你难道就不能找个地方把自己关起来吗？”

“我不知道。不是我干的。”埃伯哈德沮丧地说。

“待会儿再吵好吗，”迦香说，“刚才斯彭斯说底舱里少了四枚炸弹，也许我有点吓晕了，但我只记得底下发生了三次爆炸。”

冷汗从我的脸上冒了出来。“你是说还有一枚炸弹在外面！他妈的，埃伯哈德，”我吼道，“它在哪儿？”

“炸弹，什么炸弹？”埃伯哈德慌乱地喊了起来，他的胖脸蛋剧烈地哆嗦着，眼眶里满含泪水，“我没有碰过它。”

“好吧，也许你没有碰过它，”我愤怒地说，“那么史东把它放在哪儿了？”

“史东？”埃伯哈德说，“不可能是他干的。我一直和他在一起。”

“你说什么，不是他？”我吃惊地问，“可你知道这儿只有我们几个人能进去——你一直都跟他在一起？”

“——在灯灭了以后。我发誓，我害怕极了。”埃伯哈德可怜巴巴地呜咽着，“我觉得很危险，后来我们就一起到了下面，我没看见他什么时候拿了那把枪，不然我会制止他的……”

“你那双滴溜溜乱转的小眼睛只能看得到自己的鼻子！”我生气地喊道，“不是史东，那还会是谁修改了姑姑的程序？”

舷梯上传来一阵响动，斯彭斯气喘吁吁地爬了上来，他的手里提着一块又大又沉的黑盒子。

“牧师的能源电池，”斯彭斯解释说，“DNA门锁由一台微电脑控制，电子脉冲的能量足够的话，就可以把电脑芯片熔断。”

“电子脉冲？这会儿你上哪儿去搞电子脉冲器？”我质问道。

“怎么啦？”斯彭斯说，“它一准在你的口袋里。把震颤器给我。”

空气里弥漫着一股金属烧焦的气味，我们跨进门槛，迎接我们的依然是那些静谧地抖动着的星星图片。但是有什么不一样了。那个巨大的水晶球壁上面的小格已经不再发亮，曾经在那些小格里闪烁跳跃的神秘火花沉寂了。烛龙笼罩着一股死亡的气息。

姑姑死了！这是没有姑姑的飞船！我们突然都有点茫然无措了。

“现在……”我说，一层帘幕罩在了眼前，我犹疑了起来。

“炸弹！”迦香提醒我说。

“对，炸弹！”我说，“得先找到它！斯彭斯，你有什么主意？”

“我想，”斯彭斯眨着眼睛，“我们可以连通姑姑的监视器，然后，然后……该怎么办再说吧！”

我茫然地看着他趴在了计算桌上熟练地操作，桌边上一块积满尘土的铜铭牌吸引了我的注意力。手指滑过冰凉的金属，我读道：“船长室”。那么，这儿不是姑姑的中心，而是人的领域了。我将信将疑地猜度。

“过渡舱，”斯彭斯叫道，“过渡舱上有反应！”

几只蜘蛛正在过渡舱口乱爬乱转，我的心颤抖了几下。仿佛是一场过去经历过的场面。

“怎么啦？”我问道。

迦香扭头看见了我：“线路被破坏了，我们打不开它。”

我凑到观察窗前往里看了看。

过渡舱的外阀门向外敞开着，舱内空空荡荡。明亮的光线在舱口倏然而止，外面那儿是涌动的黑暗。

“如果爆炸，会怎么样？”

“我们会偏离航向，你知道，我们是在凭惯性前进……”斯彭斯说。

“不完全是吧，”我颇有几分扬扬自得地插嘴说，“向前发射先锋船，会损耗一部分动力，而且……”

“而且我们都会死掉。”

“什么？”我说。

“这枚炸弹足以毁掉过渡舱，虽然我们可以隔离这块区域，但是从破口处冲出的空气流会改变飞船的航向，哪怕只是一点点，我们也会离开先锋船屏蔽的区域。那时候，就会……”

会砰的一声。秀树说。

先锋船，先锋船就要回来了。我慌乱地想到。那又怎么样，我们能改变它的程序吗？没有时间。没有计算程序。

怎么办？

斯彭斯往过渡舱里望了望：“我们还有十五分钟的时间。”

我又开始流汗了，“什么意思？斯彭斯，你再这样我会疯的！”

“十五分钟后起爆，”斯彭斯说，“我想，监视器镜头上传过来的数据是这个意思。”

“必须有人绕出去。”迦香转过头来看我，我知道自己的脸一定发白了。

“别争了，”我说，秀树的影子飘过我的眼前，“我是船长，只有我受过出舱训练。斯彭斯，想办法封锁底舱，别让小家伙们下来。”

“还有，”我停了停，补充说，“让迦香也离开这。”

迦香说：“你知道我不会走的，我要留下来。”

“你是个傻瓜。”我说道，“斯彭斯，先来帮帮我。”

“你怎么出去？”他迷惑不解地看着我从壁柜里往外扯航天服。

我回到了那片无边无际的黑暗中，航天服比我记忆中的要沉重得多。时间过去了多少。打开那扇失修已久的过渡舱的门耗去了我们太多的时间。现在没有退路了。通话器里啪啪作响，斯彭斯找不到通信频率，这在以前是姑姑控制的。

我尽量贴在船壁上向上爬去。可怕的黑暗就在我的脚下，我的腰际，我的耳畔翻涌着。远处过渡舱口透出的光线在这团浓黑中像是个召唤迷路人的温暖窗口。我慢慢地接近了它。

就在这时，有人在头顶上冲我愉快地打了个招呼。

11　秀树

我抬起头。秀树那白色的身影正飘在船顶平台上，俯瞰着我。不，他当然不会是秀树，秀树已经死了。

一束电火花在天线支座上闪烁。我穿过暗黑色的面罩，看见了他的脸。

“这不是真的。”我说，摇了摇头。可是他还在那儿，秀树还在那儿。

“我的天，”我说，“这一切都是你干的吗，秀树？不是史东，是你，这一切都是你干的？”一束电光照亮我的脑海，烛龙的门锁里最早就存储着秀树的DNA密码。我们都忘了，除了阿域、史东、埃伯哈德、斯彭斯，还有一个人可以自由出入烛龙，就像七年前那儿属于他一个人一样。是他改变了姑姑的程序，是他打开了武器舱，也是他安设的MPB，他把这一切安排得都很出色，也只有他能这么出色。而我们想都没有想到。

小秀树仿佛没有看到我，他的目光和底舱里的史东流露出的一模一样，敏感、茫然而没有意义。

我们在舱顶上沉默着。我的脑子里乱糟糟的，不知道该怎么办。麻烦的是我必须干点什么。机会稍纵即逝。这种情形迫使你要开动脑筋，思考。思考是个宝贵的东西，它能汇集信息，一步步地推测出措施和结果。只是——我痛苦地想——我不会思考，不会像秀树一样思考，不会像斯彭斯一样思考。我是一个没有用的船长，现在我该怎么办？

“你应该回去。”他突然开口说话时，我吃了一惊。

“你应该回去，”他依旧没有看我，“这儿不属于你。”

我舔了舔嘴唇，有点拿不定主意，“和我一起回去，秀树。别再这么干了，不会有事的。我们大家都希望你回去。一切都会好的。”

“我不在乎。”他口中的自信和冷漠让我打了个寒噤，“你们大家希望我回去？不，是你希望我回去，而你从来就不知道该希望我做什么。现在我自己知道该怎么做。这外面是属于我的，我的。”到目前为止，他的话还有一定的逻辑性，但我发现了一种急躁的、有点儿专横的腔调。

“我做错过许多事，”我痛苦地说，“但是一切都会变好的，我们大家都需要改变。和我一起回去吧。”

“不，不！这一切我已经受够了，”他突然提高嗓门叫道，“我知道该怎么做，我不需要审判。我比你优秀，我总是比你优秀——我总是对的，我应该是你们的头儿。”

“你总是对的。”我低声重复道。他和秀树一样敏感，我伤心地想到，他总是对的。我该怎么办，我要认输吗？

他的身体松弛了一下。“你相信暗物质，”他孩子气地笑着，“暗物质是我发现的，是我，我一直都在寻觅它，而现在我正在发现宇宙的奥秘！阿域，你要是认真思考就会发现，物理学正在把我们带向神的领域，不论是往更巨大还是往更微小的方向，都会到达我们捉摸不定的地方。他不会让我们触及宇宙最深处的秘密，我们不应该去见他。”

“这就是你抗拒出去的理由吗，”我不由自主地想到仍然贴在过渡舱里的炸弹，“你害怕面对真实，所以你杀死了姑姑，你还想改变航向，你知道这会把我们大家都杀死吗——”

“不许和我争辩！”他又发怒了。

我停了下来，他不容许有人指出他的错误，“没有人想要争辩，让我们先回去好吗？”

“不，”他叫道，从腰间拔出了一样东西，“我不喜欢回去。”

我不由自主地后退了一步，那是一支手枪，和史东手里的手枪一模一样。我明白他为什么不想回去了，在这儿他是强大的，有威力的。

“你也害怕吗，船长。”他咯咯地笑着说，威风凛凛地拿着那支枪。“这外面永远是黑夜，而你害怕黑暗，不是吗？”

“是的，我们大家都害怕了。但是这一切会改变的，只要我们能够……”我在大脑中搜索着词汇，“……能够控制住自己。”

他后退了几步，靠在船头那排粗大的弹射架上，他的脸隐藏在面罩后面的阴影里，有一瞬间，他看上去像个无助的小孩：“我不想回去，我不想……在外面我能感觉到星星，他会来的，那时候，就不用再害怕了。”

“把枪给我，”我哀求地说，向前走了一步，“让我们回去，回去吧。”

“不！”他突然烦躁地尖叫起来，“别靠近我，我知道……我什么都知道……姑姑已经疯了，我不毁掉她，就会被她杀死……你们一直在骗我，你们都在骗我。”他挥舞着枪，枪口直指我的鼻尖。

没有时间了，我痛苦地想。这时候，我看见他身后有一团火光正在变大，那是披荆斩棘、历尽艰辛的先锋船，它正在回航中。

“看哪，星星，”我叫道，“他来了。”

先锋1号靠近了，带电粒子撞击出的火花照亮了他的脸。他垂下手臂，茫然地向后张望。

“现在，他来了。”他说。

我跳了起来，朝前扑去，在这之前，他一直做得很好。但是他没有受过正式出舱训练，不可能知道安全绳的正确系法——只需要轻轻地扯一下……

可能只是我想象出来的，我听到耳机里一个孩子气的声音轻轻地说了一声，“不。”

我低下头去，躲避那团耀眼的火焰。

耳机里一片嘈杂，突然斯彭斯的声音压过了噪声，他终于找到正确的频率。“喂，头儿，你要小心，我们发现少了一套舱外航天服。也许有人正在外面。”

“这已经不重要了。”我说，慢慢地离开船顶，那儿先锋1号正猛烈地摇撼着船头导轨。

“头儿，报告你的位置，我们要抓紧。”

“一号过渡舱，正在关闭外舱门。”我报告说。时间稍纵即逝。我以为自己会惊慌，实际上却出乎意料地冷静。

帮帮我，秀树，我在心里默默地说，你会希望我成功的。身后的闭锁螺栓撞在了一起，光洁的空气像飞旋的泉水般注入舱中。

“天哪，天哪。”他说。

“怎么啦？”

“看你的左上方。”斯彭斯说。

我看到了那枚炸弹。它贴在门楣的下方，仿佛一个不洁的污点。一个红色显示器闪烁着03：14，它还在不断缩小。过了好一会儿我才领悟过来。还有三分钟，我思忖道，绰绰有余。

“开门，把门打开。”斯彭斯在耳朵里大声叫嚷，“让蜘蛛来处理那枚炸弹。”

“闭嘴。”我说，脱下手套，蹲下来沿着门边摸索，我觉得自己动作缓慢，反应迟钝，就像是搞多了多巴胺后的感觉。

贴在门上的那个黑家伙就在我眼前，数字在飞速跳动。

终于找到了，我沿着边缘使劲撬开了线路盖板。面对着里面密密麻麻的导线，我几乎要放弃了。

“你能看见吗，斯彭斯，告诉我该怎么办。”

“听着，你要先确定AA/95线路……仍然有效……把K6和……对接，一根合适的线路……”斯彭斯的话又被一阵噪声打断。

“他妈的，”我简直要失去控制了，一定是那该死的，该死的先锋船带回来的辐射屏蔽。我毫无把握地在维修盖板里一阵乱捅。

也许事情还不是无可挽回，我好像学过这幅电路图，我模模糊糊地想起来，是很早以前的一堂维修课。秀树是怎么说的，紧急情况下……

“……一根合适的线路，一根合适的线路……”斯彭斯说。

我开始一根一根地试着导线。细心的小秀树用激光把所有的导线都烧熔在了一起，好像一幅色彩斑斓的米罗画。

但是只要开门，只要把门打开！

“快点，快点，”斯彭斯在耳机里叽叽喳喳地叫着，“还有一分钟，一分钟。”

“好了，我接上它了，让姑姑开门！”

门如钢铁浇铸成的一般岿然不动。

“头儿，头儿。”斯彭斯带着哭音喊。

这真可笑，我想，在我干了这一切以后，却让这扇见鬼的门拦住了。

我狠狠地咒骂了一句，冲门踹了一脚。

门摇摇晃晃地开了，斯彭斯和一大帮蜘蛛伴着刺眼的光线冲了进来。

“完了。”我说。耳机里一片尖叫。

我摘下头盔扔在一边，摇摇晃晃地走进了飞船，一只手伸过来扶住了我。

“傻瓜，你不应该留在这儿——”我深深地吸了一口气，没有力气生气了。

她的眼睛里盈满了泪水和笑意。

12 星星

我推上那扇厚重的铜门，把跟着我喋喋不休的斯彭斯关在了门外，也把一切喧闹、忙乱和光线关在了外面。室内只有满墙的星星幻灯在微弱地闪着光。

我们一言不发，默默地站着。后来我转过身去凝视着控制台上那枚小小的铜制铭牌。“我不明白，为什么是他？”我低声地说，“我不知道为什么是他。他应该是一名好船员。我努力思考过，但是——那枚炸弹……”

“不，不用解释，”迦香打断了我的话，“那已经不是秀树了。”

“你不明白吗……我所干的事情？”我乞求般地说。

“我明白，”迦香说，“我们都会明白的。”

我又沉默了一会儿，然后抬起头说：“还会有另一个小秀树的，是吗？”

她有些吃惊，盯着我的眼睛，慢慢地，一丝笑容浮上她的嘴唇。“是的。”她回答说，“在这之前，你将是我们的船长。”

“这不是我的过错。”我说。

“不，不是。”迦香伸手抱住了我，“没有人错，错的是这可诅咒的疯狂的黑暗空间。而且，现在这一切都结束了。”

“都结束了。”我说，在黑暗中低下头去寻找迦香的嘴唇。我看见她的黑眼睛慢慢张开，里面充满了欢乐、惊奇、渴望和敬畏。

我回过头向外面看去。

星星的光芒透过观察窗投在了我们身上，光源很远，但清晰可见。光线是淡淡的青白色，微弱而稳定。

那儿是一个遥远的，被遗忘了的世界。

白星的黑暗面

1

灯灭了。

小小的着陆舱颤抖着，尖啸着在夜空中划出一道深邃的弧线，朝着白雪皑皑的伽利略卫星落去。占据了四分之一个天空的那个巨大的寂静的星球很快淹没在舷窗外滚烫的腾腾雾气中。

他回过头去端详黑暗中浮现出来的脸。一张、两张、三张、四张。连他在内一共有五个人。

他们全副武装，拥有着地球上最先进最具杀伤力的单兵武器；他们每个人都受过最苛刻的特种训练，早已准备好面对一切危险；在头顶上三万公里处就是一艘随时可以提供火力支援的东部联邦的太空船，它那令人生畏的强大火力几乎可以摧毁一切……并且——他们都是自愿前来的。然而，在这当儿，恐惧依然悄悄地掩藏在五张紧绷如面具的脸下。

他没有注意脚下急遽变大的茫茫雪原和突露的页岩，像所有的人一样，他紧紧夹住膝间的武器，盯着显示着陆姿态的指示灯。黄灯亮了，他们默默地计算时间，随之而来的巨大震动把所有的人摔向了一边，腾起的雪雾包裹住了狭小的舱室。

他们着陆了。高温使他们包裹在一大团浓厚的嗞嗞作响的水汽中。

等到绿灯亮起来的时候，温度只稍稍降低了一点。但他们不用多余的命令和手势，立即松开四点式安全带，打开舱门，跳上那块白色的冰冷的以及陌生的土地。着陆点是预先选好的，不至于有危险。但两个人还是一出舱就卧倒在地上，在最有可能出现威胁的方向架设起两挺机枪以防不测；其他的人快速而有条不紊地在着陆舱周围架设防御系统。紧迫的工作使他们没有时间考虑将要面临的未详之物——但是他有。

他的任务是在“百目巨人”防御系统架设好之前，停留在舱中担任另一项重要操作，生命扫描器的显示器告诉他，方圆八千米之内没有生命迹象。这不能给他带来任何安慰，因为木卫二的001号殖民营地就在五千米外，那儿本来该显示出十八条亮绿色和二十二条暗绿色的生命轨迹。亮绿色的代表人类，而暗绿色的是营地养的爱斯基摩狗。

一股股寒气随着打开的舱门闯了进来。他不由自主地扫了安装在门框上的空气探测器一眼，绿灯一直亮着。像探测机器人发回的数据一样，空气洁净，没有任何致命的孢子或是化学元素。如果这场灾难是由有毒气体或其他污染物造成的，那问题倒是简单了，他想。

空气探测器是一个又扁又方的黑匣子，虽然来之前受过紧急训练，队长还是不太清楚如何使用它。除了空出来的五个座位外，舱内仿佛到处塞满了这种又大又复杂的仪表和控制盘，但还有位置搁下一个五十磅重的中等大小的绿色箱子。箱盖上有一个醒目的三叶草标志。除了知道它代表有辐射，其他人都不清楚里面装的东西。这就是那项秘密操作了。他扫了舱外一眼，把箱子从座椅背后拖了出来，掏出钥匙，打开箱盖，开始仔细地端详着躺在其中的小玩意儿。

箱盖重新合上的时候，窗外“百目巨人”的安装也已经接近完成了。“百目巨人”是由陆军最早为重要防护地区研制的一种自动守卫系统，由监视器和自动发射枪组成的警戒网，从理论上来说，任何警戒范围内未佩带自动识别装置的移动的生命体都会被自动发射枪击中，但是大部分时候，陆军还是更为信赖他们的士兵。这和队长的感觉是一样的，他知道永远不能信赖这些人工制造的东西。

他们的体形都很相似，又瘦又高，有着宽阔而结实的胸膛，相貌刚毅，目光警觉。他们是标准的“A”类特种兵小分队。自从联邦认识到茫茫太空中也存在着突发事件、间谍、变节和恐怖活动以来，这些小分队就活跃在太空航线、轨道、殖民行星上，随时待命出动，立下了赫赫战功。在他们的档案中，几乎还没有失败的记录。这是些地球舰队中最优秀的小伙子。每个队员都精通一门专业技术，他们熟悉它如同队长熟悉他的部下一样：金专于机械和轻武器；阿玛是一位沉默寡言的因纽特人，但却是最好的神枪手；唐青是一位爆破专家，擅长让整座房屋飞上天去；卡维特是队里的无线电兵，他精通通信与探测器材。除此之外，他们还都是善于利用匕首和星状飞镖的格斗高手。他们共事过很长一段时间，相互之间就像一部机器上的零件那样默契。在这里头，也许只有医护士官是个例外。

他是两个星期前临时从“长剑”空间站战区医院调来的年

轻少尉，据说他的表现很不错，在特种部队受过训，拥有一家医学院的硕士证书，对普通外科和各种太空疾病都十分在行。但是很显然，他必须在实战中有所表现才能最终被小分队接受。队长不喜欢这样，因为这种不信任有时是致命的。

有人敲了敲舱门，一个小伙子趴在舷窗上往里张望，喉式对讲机里传来唐青带着调侃口气的声音："篱笆扎好了，队长。这儿一切正常。"他的声音在通话器中咔咔作响，这儿的磁场高达十二高斯，对所有的通信器材都是一个考验。

他拿起武器，走下舷梯。降落引起的热量已经慢慢地散失了，着陆时融化的雪水正顺着弧度优美的舱壁滑落，汇集到飞船底部，并在那儿重新结成冰柱。更多的水顺着冰柱流了下去，因此有一圈越来越大的冰迹在向外扩展。队长发现自己就踏在这层薄冰上。他抬起头来深深地吸了一口气，这儿的空气十分稀薄，但是富含氧气。他有点搞不明白，科学家们用了什么令人眼花缭乱的技术改造了这颗星球，让这颗丘比特的附庸越来越接近地球的模样。他听说过那些在轨道上旋转的大镜子。虽然这儿的气候依然恶劣，但温度正在上升，也许只要十年，或是二十年，这儿就会像月球和火星那样成为一个小型地球。人类殖民的目的不就是把一颗颗的太阳系行星以及它们的卫星都改变成地球的模样吗，那儿毕竟是他们曾经拥有过的最美好的家园。

然而木星在那儿，它是个难以忽视的存在。明亮的木卫二正低低地悬挂在岩石岩脊的上方，这是个难得一见的奇景。但是吸引了所有人注意力的还是大木星。它占据了大半个天空，静悄悄地无声无息地旋转着，展示着它身上那一道道预示着警告和不祥的黄色和棕色条纹，宣告着它对此块宇宙区域的绝对控制权。太阳此刻依然可见，但它完全淹没在木星的光辉中，仿佛只是挂在天际的一颗暗红色的发亮的樱桃。虽然身边有五个人，可是队长猛地产生了一种强烈的孤寂感。

虽然踏上这颗星球只有几秒钟的工夫，但队长立即明白了，这儿永远不可能成为地球。

2

“列队！”他说道。没有必要做最后一次战前动员。但是所有的人都偏着头看他，仿佛认为他多知道一些什么。但是他和他们知道的一样多。

他们不知道即将要面对的是什么。他没有立即下达命令，而是停顿了一下。不知道那是什么，正是恐惧所在，他想到，未知使他们恐惧。

队长不自觉地又想起了营地里生活的那些人。

他们是第一批志愿者，其中有理想主义者，有破产者，还有不愿回地球去的退役宇航员，他们在联盟政府的直接资助下，建立了一个有点像早期的苏维埃集体农庄的生活营地。

他们的生活方式无疑是十分艰苦的，犹如早期开发美国西部的殖民者，而且承受的危险和他们十八世纪的祖先不相上下。

虽然外星殖民地应该是非军事化组织，但由于改造计划刚刚开始，这些殖民者目前还不可能独立自主地生活下去，不可避免地要接受官方帮助。作为回报，他们必须向联邦政府报告他们的一切探测发现，并听从上面的指挥，他们将牢牢地被联邦政府控制住，保证木星殖民地的“纯洁性”。

队长不止一次地问过自己，那些殖民者放弃了地球上优裕的富足的生活，到这块贫瘠的充满危机的土地上到底有何目的。每一次他给自己的答案都不一样。这一次，他在心里笑了一下，望向自己，他们不也都放弃了安全和舒适的生活，情愿在动荡和危险中生活吗？他们的年轻和热情被利用来保卫国家反抗外敌，成就和荣誉感就是对他们艰苦工作的奖赏。每个人都有权拥有他自己的梦想。这就是最好的答案了。

在月球基地里，小分队里每个人都曾一遍一遍地听从殖民营地传来的最后信息。

他们没有按照约定的时间发报，因而收到他们的警告十分幸运。一艘飞往土星的探测器截获了他们的无线电，并将信息转到了联邦太空总署。

“他们都死了，不要派人来……永远不要！”那是一个歇斯底里的中年男性的声音。语言学家从他的嘶哑口音中分辨出斯堪的那维亚口音，那么就只剩下一个可能：那个男人是营地站长，退役的前功勋宇航员比尔·盖斯勒，在火星城工作的时候，他就向众人展示了他那值得为人称道的领导能力。

“……毁灭这儿……”他在遥远的黑暗的宇宙深处喊道，而在舰队司令部里，他们喝着咖啡，想象着一个失去控制的男人在八亿公里外是如何孤独和痛苦，“毁灭这儿，恶魔……”他哭嚷着说，“这儿全是恶魔……”

“毁灭那儿几乎是不可能的，”上校说，他转过身去，看着军舰指挥室那冷冰冰的圆形舷窗，“并不仅仅是无法向公众交代——政府和军方在那儿投入了巨额资金，他们绝不会就此罢手。”

“我们为什么对那儿感兴趣？”队长小心翼翼地问道，他的问题已经超越了职权范围。但是上校没有在意这一点，他喜爱眼前这位无所畏惧的上尉，“木卫三殖民地的改造成功就意味着一个向银河系恒星世界远航的行星际站，它具有重要的战略意义。而且木星系统中蕴藏的氘和氚是整个太阳系中最丰富的，它们蕴藏的巨大核能无论对哪个政府来说吸引力都是巨大的。”

“既然如此，整个事件会是不结盟运动的阴谋吗？”

“没有迹象表明他们卷入了这件事，第二世界的政府反应都很正常，而且，”他放低声音——不是怕人听见，而是暗示以下的话属于保密范畴，“实际上盖斯勒站长是我们的人，他是情报局一名经验老到的特工，如果有敌方的渗入，他会早有警觉，并且不会在最后报告中含糊其词——事实上我们更为担心另一种可能。”

“来自外部的入侵？”

“你将有最后的发言权。”他没有直接回答，再次慢悠悠地转过身去盯着舷窗。

他严厉地环扫了部下一眼，“从现在开始，我们要进入战斗状态，每个人都要保持安静，两个小时以后，务必到达第一集结点——金，你当尖兵，注意警戒。”

金点了点头，他带头向冰雪封盖的山脊走去。

他们紧随其后，离开“百目巨人”构筑的小小要塞，呈钻石队形，开始向前进发。

金先于众人五十多米。他一边搜索，一边谨慎向前。冻结的冰层在他的靴子下噼啪作响。在山坡下，他们开始碰到一些矮矮的灌木丛，这些灌木大部分是在短暂的夏季中撒播的抗寒植物。他们发现一些灌木的顶部积雪正在融化，那些遥远的反射镜正在起作用。这儿的夏季将会越来越漫长。

“三号，我是尖兵。”金在通话器中呼叫。

“我是三号。”队长回答说。

“到达一号集结点，这儿一切正常。两点钟方向，可以看到目标。”他在耳机里告诫道。

营地在一座死火山底部形成的平原上，它们看上去像是几座孤零零的印第安人的圆锥形帐篷。大部分房屋被漆成了红色和粉红色。周围是一片空旷地，也许在夏季时是个农场。营地没有防护措施，因为他们觉得没有必要。小分队已经来到了营地西北角的一个小山上，占领了八十米宽的正面。这儿有一片排布整齐的人工林，树干都还很细。林中的风速很大，虽然队长认为空气受到污染的可能性不大，还是让他们都带上了呼吸器。

“阿玛，你担当掩护。”他下命令说。

阿玛点点头，一声不吭地端起他的狙击步枪，朝边上的小山包爬去。

寒风虐肆，雪卷了起来。他让小分队长线散开，形成了一个包围营地的半圆弧。

天空中，木星的大红斑清晰可见。队长抬手发出信号，这个信号依次传递到每个士兵。然后，他们开始前进。

3

一进入空地，他们就看到了尸体。

一个三十来岁的金发男子僵硬地伸展着四肢，趴在营地入口处的平坦处，空洞的眼窝注视着远方，一只破烂的、沾满泥土的、几乎分不清颜色的室外服手套躺在他身边的泥地里。

他看见医生迅速跑了过去，跪倒在地上，俯下身子查看那具尸体，他的手上戴着医用橡胶手套。两名队员调整好姿势，把可以快速发射的步枪抵到肩上，替他掩护。

医生在喉式通话器中喘了一口气，“穿透性枪伤，子弹近距离射进左肩，从右腋下穿出。”停顿了一会儿，他好像在腕上电脑中查对什么资料，“本·哈莱斯，37岁，这儿的机械保管员。”他补充说。

不知道为什么，队长反而松了一口气。至少一名殖民者的死因是他们所能理解的。这儿爆发了一场枪战，天哪，这正是他们所熟悉的东西。

小分队继续前进，他们很快发现四处都有尸体，大部分尸体集中在空地四周，一具龇着尖牙的雪橇狗也躺在空地上。它大概是有幸逃出了狗舍，因为他们立刻发现狗舍里塞满了被枪杀的狗尸。队长看着他的队员快速而相互协调地踢开每一扇门。“这儿没有活口。”唐青报告说。

队长站在空地边缘，观察着四周。他注意到一个门框被烧得变了形，靠近门洞放的一个工具箱被炸成了碎片。哦嗬，倒像是经历了一场激斗。

队长垂下枪口，进入一套三居室的粉红色的小圆顶屋。屋里的家具粗糙但很实用，要不是到处堆满了亮晶晶的食品罐头，这儿会显得十分舒适。这些罐头都来自地球。在一间小小的卧室桌子上，他看到了一张小女孩的照片。照片上的女孩抱着一只刚出生两三个月的小狗。小狗的名字叫“小笨蛋”，他从资料中回忆起这个名字来，是否已经没有意义了？他把相框反过来扣在了桌子上。

他们很快找到了凶手。他端坐在站长室里，右边太阳穴上有一个深深的圆洞。地板上扔着一支大威力手枪，破碎的无线电台四处飞散。不用查对身份，他们都立即明白了，这就是那个在无线电里无助地号哭的男人。

唐青就像一团沸腾的开水一样难以安静一会，他立即发表了他的意见，“很明显，是这家伙疯了。他杀死了所有的人。”

“为这么一个疯子，惊动了整个联邦，这件事本身就够疯狂的。”金若有所思地点着头说。

队长不愿太早下结论，但是从受害人排布位置和中弹部位来看，唐的猜测是有道理的。没有外来袭击者的痕迹，只可能是场内讧。

一个疯子，真的如此简单吗？队长皱紧了眉头思索着，他的目光掠过空荡荡的营地，不自觉地望向了天空。

太阳的位置已经接近了西边的山脊，它的光辉很快就会被木星的光芒完全湮没。那将会是什么样的一个天空？

“医生，你怎么看？”他问道，当然，并不是真的向他寻求答案。

“我和盖斯勒在月球上有过一面之缘，”医生说，“他是个坚强的汉子。临死前，他也许真的疯了，但一个从来没有精神病史的人不会无缘无故地发病。”

队长点了点头。

无线电里的那个男人虽然接近歇斯底里，但他清楚自己在做什么。他语无伦次的话中有一个明显的重心——“恶魔”！

队长相信这个含义隐晦的“恶魔”就是使一个坚强的宇航员，一个坚强的特工精神崩溃的祸首，也就是他此行所要搜寻的答案。

“不要派人来。不要派人来。”他在无线电中苦苦哀求着，但是他和他的小分队来了，而且不达目的誓不罢休。

尸体被戴着呼吸器和手套的士兵移到一起，并排放在空地上，包括七名妇女在内。所有的尸体身上都有受到枪击的痕迹，有一些人好像还烧伤得很厉害。这些人曾因跨越八亿公里的黑暗之旅，献身人类的宇宙开发事业而成为备受瞩目的英雄，如今葬身他乡，身边却只有零下二十度的低温和呼啸而过的寒风伴随。

他默默地清点着数目，他看见医生也在这么做。

“数目不对。”医生说。

他点了点头，“那个小女孩。她不见了。”

“不仅仅是她，”医生反驳说，“还有两只狗也不见了。”

对医生的反驳他不置可否，队员则重新开始紧张起来。

尸体不见了，换句话说，也许有人没死。

“找到她。”队长说。

“她不可能还活着。”唐青说出了大家的心里话。

一个小女孩，在这酷寒、缺乏食物的星球上坚持整整一个月？

“一定是大屠杀发生时，她逃出去了，但是第一个黑夜来临时，她就会被冻僵。”金说。

“不可能找到她。这儿散布着成千上万条冰缝。”卡维特说。

“我们要找到她。”队长强调说，“我们就是为了完成不可能完成的任务而存在的。”

“还有那两只狗。”医生说。

所有的士兵都开始恶狠狠地瞪着他。

“仔细搜索营地，看看有没有一些有价值的东西。我们将在三十分钟内出发。”

“半个小时不够，我需要有人帮忙检验这些尸体。”医生提出异议说。

“他们是被枪杀的。”上尉猛地回过头去紧盯着医生。还是第一次有人敢如此直截了当地对他的命令提出不同意见。

“这需要检验。”医生说道，他毫不畏缩地迎着队长紧绷绷的目光。

队长知道他的话有道理。这个年轻人有点意思，他想到，息事宁人地挥了挥手：“你可以找一间房间来干，让金帮助你。动作要快。我不希望在天黑后展开搜索。”

他让通信兵架设起天线，向舰队报告情况。在木星系统的强大磁场中，这从来就不是一件容易的事。他自己的耳机里就沙沙作响。“狙击手一号。”他说道，“这是三号，我的通话器好像有点问题，你能听清吗？”

硬式头盔两侧的耳机咔咔地响了一会儿，“三号。你的音响效果不太好，但能听见。这儿一切正常。”

“好。阿玛，我要你注意观察营地外的动静，一小时后我们会去和你会合。要小心。通话完毕。”

他很少告诫手下要小心，这有看轻他们之嫌，但愿阿玛能明白这次与以往的不同。

4

医生很快把营地里最大的空间——站长室的内间会议室改成了解剖室，大约是要把会议桌当作他又砍又锯的工作桌。队长走进室内的时候，满不情愿的金正绷着脸帮医生搬运那些尸体。

在队长的军人生涯中，他见过无数惨不忍睹的景象，即使如此，他也不愿看那些医生们习以为常的血腥场面。他微微一笑，走出了会议室，很高兴把这个苦差事留给了别人。

外间就是他们发现凶手的地方，营地的主电脑和无线电台成为盖斯勒最后疯狂的受害者，通信士官卡维特已经找到了他要的东西。他那双戴着手套的手捏着一张表壳大小的光盘，并把它塞进了腕上电脑中。“啃呵，”他抱怨道，“IBM的机子，他们总是给我们提供这种破烂货，通常只有用枪指着我的脑袋的时候我才会用这种机子。”

“中士，要我帮忙吗?”队长说道，伸手去掏枪。

“这次就算了，长官。”卡维特一本正经地说。他的手指就像要魔术般在比三明治大不了多少的键盘上舞动，即便是队长，也对他这一手钦佩得五体投地。

只花了不到五分钟，队长就可以在自己的腕上电脑上看到成果了，那是殖民站的工作日记。

“干得好，卡维特。”他夸道。

这些日记显然是站长写的，只是一种例行公事，因而十分简约。他在主电脑边上发现了一台尚未损坏的老式激光打印机，他把日记径直翻到最后几页，把它们打了出来。

……

6月10日

棚子塌了，明天要修好它。提醒本矿区的灯具需要补充。

6月13日

掘进了三十尺，遇上冻土层。断了一根探头。

6月18日

掘进五十尺，遇上地下水，感觉温暖，零下一到二度。

6月22日

暂停掘进，加固通道。布洛克烦躁不安，在坑道里尤其如此。没有发现气体泄漏。尤因感冒了。

日记到此戛然而止，而探测器收到信号是正是当地时间6月23日。不管发生了什么事，这事来得十分突然。矿区实际上是个试探性掘进的坑道，是与政府签定的协议的一部分。一批物理学家和地质学家参与了此事。布洛克是只狗的名字，尤因是个掘进工。如此等等。队长皱紧眉头考虑他所了解的一切资料。他不是警察，没有更多的时间去慢慢思考发生了什么，他明白在这种时刻只能依赖直觉。相信直觉能救自己的命，这是他经历过几次生死考验后得出的经验。他慢慢地把那张纸搓成一团。

“卡维特，把你找到的东西发往舰队，他们会从中挑选出有价值的部分的。”他说道，也许他们会得出更好的结论。但那通常需要很长时间，而他根本没有这么长的时间。

舰队的答复很简单，和他想象的完全一样：“天使，这里是方舟。继续停留，汇集信息。通话完毕。”

他知道矿工们有这种习惯，带着金丝雀或狗到坑道里，万一坑道里存在有毒气体，敏感的动物会比人更快有所反应。布洛克也许是有所发现，也许是正在发情。

“你认为怎么样？”队长把打印出来的纸扔给唐，问道。

“我没看法。”唐大言不惭地说，“我不是那种会出主意的人。”

队长嘿嘿一笑，转身去找医生。在此刻，他意识到，他需要的不是无往不胜的战士，而是一个善于逻辑分析、推理判断的人物。他不得不承认，医生倒是这么一个家伙。

金没有遵照他的命令在里面做医生的助手，他脸色苍白地蹲在门口，里面的工作对他来说显然太过艰巨。“里面那个变态的家伙，”他轻蔑地说，“我三天之内都没法再吃饭了。”

会议室里一片狼藉，医生还在提取样品，他抬头看看队长，“我有所发现。但还需要时间检验。”

“好，先说说你的发现。”

“首先，有七个人的身上有不同程度的烧伤，这些烧伤很奇怪。创面很小，但内部受伤面积很大。”医生说，“他们像是从内部烧起来的。”

“特种部队使用的一种射线枪也能带来这样的伤痕。”队长说。

“但是盖斯勒没有这种武器。”

“你认为还有其他的凶手躲藏在营地附近？”

“我什么也没说。”医生的口气中带着一丝阴郁，他那灰褐色的眼睛躲藏在帽檐下的阴影中，“还有一件奇怪的事，并不是所有的人都死于枪击。从他们的表情来看，他们是在痛苦中死去的，盖斯勒在他们每个人的额头上很仔细地补了最后的一枪。在这些人的身上都有一些奇怪的黑斑。但是他自己……”

他大步走到解剖台前，俯身拉开遮着尸体的白布。解剖台上躺着的正是情报局的前特工盖斯勒，他的外衣已经除去，赤裸的上身布满了……

黑斑。

“这些斑点？”他试探着询问。

“我正在探察原因，”医生疲惫地说道，“但是我估计很难找到活体了。这会花去两到三个小时。”

“没必要了，我准备收队，离开这儿。”队长从口袋里掏出揉皱了的打印纸递给他，“坑道”一句下被画了一条粗粗的线。

“也许我们该去那儿寻找，唐，”他大声命令道，“帮我把阿玛召回来，我们准备出发。”

“长官！”唐在门口叫道，他的神情中暴露出一丝慌乱。

“怎么啦？”

“阿玛没有回答。”唐青道，甚至忘了敬礼。

5

“来了。”队长在心中暗叫，肾上腺素在他的身体中激烈地迸发。没有时间去体会恐惧，训练使他们学会在关键时刻，把恐惧隐藏起来，也许在过后他们才会害怕。他飞速地拔枪，动作快如闪电。“机枪一号，榴弹一号，跟我来。”他叫道，没等他的命令下完，小分队已经快速行动起来。金的位置在左方，唐青在右翼，医生和卡维特作为火力支援留在了营地。只一瞬间工夫，小分队迅速做好了战斗准备。

阿玛控制的制高点是座低矮的小山包，积雪中露出一丛丛枯黄的灌木。队长和突击组一直跑到山底下才停了下来。他打个手势，他们小心翼翼地左右包抄上去，那儿是空的，雪地里只留下一个人躺过的痕迹。

灌木丛中传来树枝断裂声，他们三人立即卧倒，瞄准前方。一个人影从树丛中跨出，正是阿玛。他猝然止步，吃惊地打量着周围。发现有三支枪正对准着他。

“嘿，你们怎么来了？”他惊异地问道。

“你为什么不回答呼叫？”

“回答？我没有听到任何呼叫？”他耸了耸肩膀，拍了拍头盔两侧的耳机，“这里头尽是些该死的噪声。”

“为什么离开哨位？”队长厉声问道，他狐疑地盯着这个矮个子的因纽特人。在他们执行任务过程中，几乎难以置信会出现这种事，而且他没有挂上呼吸器，让它松松垮垮地在胸前晃荡着。这一点让他尤其恼火，难道他们就不明白事情的严重性吗？

“我报告过了。有一只狗，”阿玛嘟囔着说，“我看见了一只雪橇狗。”

队长明白因纽特人对狗的感情，即使他们现在住在炎热的大城市里，开着小汽车，但他们还是怀念在冰原驾驭狗的那段历史，而且他们过分相信自己驾驭狗的能力了。爱斯基摩狗是一种比狼还要凶猛的动物，很多年轻人并不明白这一点。

“它在哪儿？”队长问道，他的口气松动了一点儿。

“它咬了我一口后跑了。顺着山脊跑的，速度很快。”阿玛有点沮丧。

“你被狗咬了？”队长问道，他的话中有一种难以置信的口气，“伤口在哪？”他粗暴地问道，一把抓过阿玛的胳膊，发现厚厚的军用防寒服被撕开了一个口子，靠近手套的腕部有两个不大的牙印。

“伤口处理过了吗？”

阿玛满不在乎地说道：“这种温度下，不会感染的。”

“立刻回去，让医生给你处理伤口。你们都听着，下次再发现那些狗，格杀勿论。”看到阿玛想开口说话，他厉声补充道，“这是命令！”

在医生收拾器械的时候，队长走到窗前。室外，阿玛抱着枪坐在散乱摆放的木箱上，看上去一切正常，他在和卡维特说着什么；卡维特把身上的水壶解下来递给他；大个子金提着机枪，神情漠然地四处巡望。这是一支让敌人胆战心惊的精锐特种部队，他们能够胜任一切需要穿透枪林弹雨的任务，但在这场看不见敌人的战争面前却有点束手无策。橙红色的木星光辉倾泻在营地上，白色的大陆被镀上了一层橙色，显出一片暖洋洋的假象，甚至让人想起了地球上黄昏的景色。在这片假象面前，很容易让人的思想放松下来……

空地上一片嘈杂声让队长回过神来。他往空地上看去，他们不像受到了攻击，一群人聚集在一起，俯身查看着什么。

“唐?”他询问式地对着通话器说。

“阿玛摔倒了，他好像在发烧。”唐青回答说。

妈的，那只狗，队长恶狠狠地想到，他对着通话器叫道：“所有的人往后退，不要靠近他。医生他妈的在哪儿?”

“难以判断病因。”医生悄悄地和队长说，“我只能给他注射抗生素和镇静剂，其余的只好听天由命了。我认为是一种恶性传染病，告诉你的人，不要把呼吸器取下。”

“恶性传染病？不是狂犬病吗?”

“狂犬病不会立即发作，而阿坞的病状来势凶猛，从他被狗咬到发病只有十分钟。综合所有的情况，”他脸色严峻地说，“我不得不认为这是一种全新的恶性疾病，很可能是一种新病毒引起的。”

队长脸色阴暗，他回忆起太空舰队里关于太空生物问题的种种思考。

科幻小说中常常会出现种种骇人听闻的小绿人、硅巨人、智慧植物以及等离子体生命等等，科幻小说家们为第三类接触构想了种种惊心动魄的情节和故事。

实际上，人类最初接触的外太空生物最大的可能会是一些微生物。太阳系中大部分星球都环境恶劣。而菌类和原生动物处于进化的最底层，它们不需要长长的浪费的生物链来维持生命。虽然迄今为止，人类登上的十数个星球都没有发现微生物的报告，但微生物一旦出现，会给闯入它们生活圈子的人类带来什么威胁呢?

宇宙就像是一个充满诱惑力的潘多拉之盒，把这个东西打开可能是非常危险的。

他摇头甩去这些令人不快的想法，看来他们必须分开行动了。“金，你和卡维特留下照看阿玛。医生，带上你取样的那些家伙，跟我来。唐，你也来。”

“上哪儿?”唐青咋咋唬唬地问道，“如果是传染病，我们应该打报告请防疫局的那帮老爷们上这儿来。”

“没这么简单，”医生说，“如果只是太空瘟疫，盖斯勒会打死所有的人然后自尽吗?而且，他可以把这件事在无线电里简单明了地说清楚。”

“也许这种病让人疯狂。”唐青嘟噜着说，“我们到底上哪儿?”

“坑道。”队长简洁地说。

6

矿区就在营地东方的一座山后。虽然木星的位置离天顶还较近，遥远的太阳落下去的时候，冻结的大地还是昏暗了下来。一路上，他们小心翼翼地观察阴暗的灌木林和潮湿的苔藓覆盖着的阴影区域。生怕那只带着病原体的狗突然闯出来。

矿区显露在地面上的只是一个低矮的棚屋，要不是医生眼尖，他们几乎错过。

坑道是个倾斜的陡坡，露出深深的黑洞，犹如一个张着大口，等着吞噬人的怪兽。电源已经中断了，他们不得不摸黑下去。在洞里，他们戴上了夜视镜，沿着坑道里铺设的轻轨道缓缓前进。

“这样很危险，”医生轻声道，“我们配备的是防寒服而不是防疫服。”

“不入虎穴，焉得虎子。”队长说，“我们都有呼吸器和手套，而且和阿玛接触了这么久，还没有人出事，因此它不会是接触传染。”

“这可难说，”医生嘀咕着，“坑道内外的环境有很大区别，而我们对这种疾病还一无所知。”

医生的话说得很有道理，坑道里的温度确实比外面高得多，虽然这儿依然只有零下二十度，但少了外面肆虐的寒风，给人的感觉犹如——

“子宫。”医生说。

“什么？”唐青莫名其妙地问道。

队长咧嘴一笑，他越来越发现自己的思路和医生合上了拍。在这个黑暗的没有风的洞穴中，他的感觉就像回到了温暖的母腹中一样，他明白这是一种虚假的对他们来说也是危险的安全感，但此刻他宁愿沉浸于这种短暂的放松，在这温暖的黑暗的宁静当中。

走在前面担任尖兵的唐突然停住了脚步，他挥手让大家停了下来，自己转动脑袋四处张望。

队长飞快地从朦胧状态中清醒过来，他立定脚步，仔细倾听着。他好像听到了什么，是有什么东西在黑暗中挪动的声音吗？还是他的幻觉？这股紧张的气氛使他更加警觉，但也会使他的幻觉感更加强烈。他必须防止让自己陷入到幻觉中去。

但是那儿确实有什么声音，甚至在他听到之前就已经感觉到了。他望向唐青，那个绿色的影像举起一只胳膊。“一点钟方向。”他在耳机里轻轻地说。

队长点点头，他们在黑暗中迅速而无声地移动，随即在坑道的侧壁上发现了一个低矮的支坑道。

“长官，我先上去看看。”唐报告说。

队长在通话器上轻敲了两下，表示听到了。他和医生找了个掩蔽点，架枪掩护唐青的行动。

唐青小心翼翼地探头往里张望，他左右晃动夜视镜，仿佛不太相信自己的眼睛。队长被他的举动吓了一跳，因为他突然把枪放下，趴低身子，爬进了低矮的洞中，在夜视镜中，他的动作看起来就像是一条蛇一样。

“我的天哪，她还活着。”他在耳机中惊叹。随后他倒退着从洞中爬出来，手里抱着一团黑乎乎的东西。

这是那个失踪的小女孩，她的脸又脏又黑，发着低烧，而且快死了，但她毕竟没有死。

“坚持了三十天？一个奇迹。”

唐一直抱着她，她没有任何动作，但在唐把她递给医生的时候，她小小地挣扎了一下。

没有人注意到，在挣扎中，她用力抓住唐青的手，肮脏的指甲划过了他的手腕。

“好啦，好啦，不会有事了，我们是来救你的。”唐青拍了拍她那小小的冰凉的身子，柔声安慰道。不知道是不是听懂了唐的话，她松开手指让医生把她接了过去。

医生低下头去为她做检查，在他的夜视镜下有个用来看地图用的小灯。她的体温低得吓人，脉搏几乎找不到了。太迟了，严重脱水，肾衰竭，他想到，没治了。就在他把灯关上的瞬间，看到了小女孩的眼睛。她的眼睛在瘦弱的脸上显得分外的大，这眼睛一眨不眨地盯着他，从中流露出一种——温暖的感觉。没错，就是温暖的感觉，他能感到自己的脸上暖烘烘的，一股热流正在从小女孩的身上传递过来。他把灯关上，只过了片刻，小女孩就在他的怀抱中停止了呼吸。

“继续前进吧。”队长在黑暗中说，“现在不是悲哀的时候。”

他们又在黑暗中爬行了半个多小时，终于发现自己来到那个奇特的区域。

这地方的四壁都是湿漉漉的，仿佛在往下淌着水。队长伸手摸了摸，实际上是厚厚的一层冰，但冰面是湿润的，表明这里的温度大约在零度左右。空气仿佛也变得更加浓重，不知道从哪儿不断地吹来一股暖暖的风。

“就是这儿了。”医生说。他取出家什开始取样和检验。

队长站在那儿，只觉得浑身都起了鸡皮疙瘩，老是想伸手去揉揉眼睛或是擦一擦脸。空气中也许布满了那种可恶的小生物，他简直觉得每一秒钟，都有无数的病菌透过他的呼吸器、他的皮肤、他的肺泡进入他的体内。

“发现了？”他问。

医生点了点头。

“有一些奇怪的……东西，可以肯定是蛋白质构成的，小小的碱基，但是有些取代基我从来没有见过。它们的生命力好像并不高，取样以后，大部分都已失去了活性。”

“你是说它们都死了。”队长说。

“我相信是温度的缘故，”医生沉思着说，“这儿的其他地方还没有发现过它们，受害者的体内也找不到活体，它们对温度十分敏感。”

“你是说，只有温度较高的地方它们才能生存，比如地下和人体？”

医生肯定地点了点头。

“好了，你做得够多的了。”队长说，“我们走吧。把样品带上。”

“这就走吗？”医生疑惑地问道，“我可以留在这儿继续检验，它的特性我们还……”

“少尉，”他厉声说道，“我是说我们立即撤离。”

刚走出矿山，他们就收听到了营地的报告。

“三号，这里是营地，”卡维特在报话机中惊惶地叫道，“阿玛的病情有变化，他的身上全是黑斑。”

7

他们飞奔回营地，正好碰上阿玛醒了过来。他的目光茫然，仿佛认不出周围的伙伴。

“渴，渴死了，天哪，给我水。”他绝望地两手捧头呻吟不止。

卡维特把水递给他的时候，他却愤怒地挥手将它打翻，

“为什么不给我止痛药，为什么？”他使劲捶打着自己的头部。

“安静点，阿玛，你冷静点。”医生叫道，伸手拦住阿玛的举动。大个子的金帮忙把阿玛死死地压住。

“它在控制我，在控制我！你们懂吗？我的大脑在变化，我知道它在变。”阿玛痛苦地嘶叫着，“杀了我，快杀了我。”

小分队的士兵面面相觑，他们受过的训练从来没有告诉过该如何面对这种情况。

阿玛的目光已经趋向疯狂了。医生伸手去掏镇静剂。“你们制止不了，你们制止不了它。”阿玛叫道，卡维特的水壶在他的注视下砰的一声，炸成碎片……他的能量让人害怕，队长想到，他飞快地回忆起那些死者身上奇怪的烧伤，还有那些烧焦的门框，以及特工盖斯勒的疯狂举动……阿玛正在被这些太空微生物所控制，就像那个科幻小说家罗伯特·海因莱因描写的《傀儡主人》中的一样……他将不得不采取什么行动了。

阿玛爆满血丝的眼睛茫然地向前张望，卡维特的大功率无线电台正好处于他的视野当中，它轰隆一声垮了下来，碎片四处飞溅。卡维特转身躲避，但是一大块星形碎片掠过钢盔击中了他的脸部。

扶着阿玛的金一声不吭地倒了下去，他那沉重的身躯软绵绵地砸在了地上，他的胸部有一大块烧焦的痕迹，火焰在他的背带上慢慢蔓延，滚烫的钢盔碰到雪地时嗤嗤作响。

在这片混乱当中，队长朝前走去，他从皮带上抽出重型手枪，慢慢地，礼仪般地开枪射击，击穿了阿玛的头颅。

短短的一分钟里，他的小分队就遭受了重大损失，两死一伤，而且使剩下的人受到严重的心理损伤，这种创伤也许花一辈子的时间也难以医疗。

他从阿玛的尸体旁转过身来，从他的脸色看不出喜怒哀乐，这是他的职业所要求的，虽然他的心中也有悲伤、愤怒和惊恐。

医生正蹲在卡维特的身边施行急救。唐青没有上去帮忙，他脸色苍白，惊恐地注视着他的胳膊。

在那儿，小女孩的指甲留下的小小抓痕旁边，一小块黑斑正在慢慢浮现。

天空正在变暗，夜晚就要来临了。卡维特的伤势严重，因此队长决定就在营地宿营。

队长把唐青安置在一间圆顶小屋的卧室里。他躺在制作粗陋的床垫上咧嘴一笑："队长，我想我这次全都搞砸了，是吗？"

猛然间，队长发现自己不知道该如何回答，军队一直告诫他要避免的悲哀最后一次回到他的身上，几乎要把他击倒。"好好休息吧，也许医生……"他没有把话说完，急忙转身想走出去。

"我不会像阿玛那样。"唐青在身后说。

队长在门口站定脚步，他明白唐青话中的意思，却无力回头制止。

太阳终于落到了山的另一头。山脉的巨大阴影从远处缓缓升起，如同缓慢但又不可阻挡的黑色洪水般漫向白色的冰原。

他不由得想起了蒂皮特的清唱剧中的一句歌词：

世界在沉沉地转入黑暗面……

在黑暗的夜空中，他能看到轨道上一些遥远的闪光，那是反射镜在旋转。

这儿的温度确实开始变高，而温度能提高它们的活力。目前它们还只限定在黑暗温暖的地层深处，但是有那么一天，温度变得适宜人们生活的时候，它们的活力将进一步增强，飘散到大气层中去，随着空气和风四处传播，沾染一切有呼吸系统的生物。

一直以来，我们都在想办法改变这座星球，现在，它开始反击了。他迈步踏入这片黑暗当中。身后传来一声枪响。

他去寻找医生和卡维特。卡维特依然处于昏迷当中，医生不在他的身旁。

他迷惑不解地发现医生把他的呼吸器和通话器都扔在了桌子上，武器和武器带也散乱地堆在地上。他有点迟疑地四处看了看，好像希望能把失踪的医生从桌子底下揪出来。

他戴上夜视镜，走出门去。

黑暗中仿佛有一点动静。他转过头看，那只狗又出现了。他掏出枪来瞄准，但并不想开枪。它注视着他，一双大眼在黑暗中发出黄色的荧光。队长试探着向前走了一步。那只狗一转身，迅速穿过低矮的枯草丛跑走了。

他四处张望，看到远处有一个暗绿色的人影。他偷偷摸摸地跟在后面，医生走得很慢，仿佛一边走一边还在思索难以解开的谜题。他恍恍惚惚地走着，犹如梦游一般推开会议室的门，走了进去。

队长没有跟着进门，医生的行为让他迷惑不解。屋里的灯亮了，那是一盏电瓶灯。

他摘下夜视镜，让眼睛适应了一下灯光，然后凑到了窗前。

医生没有动那些尸体，他坐在灯下，解开了外套和防寒服，若有所思地盯着自己赤裸的身体。

黑斑正在他的身上静悄悄地蔓延。

队长没有吭声，他悄悄地后退，现在只剩下一件事可以做了。和舰队的联系已经中断，但是上校曾经授权他来对这个耗资五千亿联邦货币，极具战略意义和开发价值的殖民计划做出最后决定。现在他已经做出了决定。

他重新戴上了夜视镜，在黑暗中辨认着方向，朝着陆舱的方位摸索而去。

在登陆舱那儿，躲藏在“百目巨人”的庇护下，不用担心那只神出鬼没的狗来骚扰。他还有最后一件事要做。

他在荒原中跌跌撞撞地跋涉了很久，木星的光芒一如既往地洒在这个孤独的人影身上，却无法阻止无数黑暗的恶魔在他身后飞舞盘旋。

8

他闯进了“百目巨人”的防卫范围内，这儿一切正常，平静如昔。他靠着登陆舱那弧形的舱壁歇了歇，这儿的空气太稀薄了。他喘了口气，把步枪扔在一边，从座椅底下把绿箱子拖了出来，打开箱盖，入迷地望着箱子中的微型原子弹。

没有人能够阻止我，他想到，我只要伸手一按，这儿的一切，包括半公里外的殖民营地都会灰飞烟灭。爆炸的闪光会给等待在三万公里上空的“本能号”巡洋舰足够的讯息。以后人类将会避开这座星球，他们将在太阳系中四处登陆、探察、生活、繁殖后代，把那些地球改造成地球的模样……但是不会包括这座星球了。这一切都很简单，简单到没有其他的选择，只是……

“你这么干太蠢了。”一个声音在他后面说。

他猛地转过身去，站在那儿的是医生。他没有带武器，空着手微笑。队长却感到一种强烈的威胁感直逼上眉尖。

步枪离他太远了，他伸手去拔腰带上的手枪，动作之神速是人们难以想象的。

然而他碰到的是一块灼热的烙铁，那把手枪掉在了雪地上，嗤嗤作响。他捏紧烫伤的手指，把它藏在身后，此刻，他不想示弱。

“别做蠢事，”医生说，“那没有用。”

队长的目光紧紧地盯着他，或者说“它”。他明白医生已经被控制了。它利用医生穿过了“百目巨人”的火力网，而他像个傻瓜一样，坐在原子弹面前浪费了宝贵的时间。

“听着，队长，你不要冲动。”医生说，“我知道要说服你很难，但事情并不像你想象的那么糟糕。你愿意在按下那个按钮之前给我五分钟的时间吗？”

队长侧头看了看绿箱子，嘴角流露出一丝讽嘲，目前是它们占着上风，为什么不呢？

医生并不急于开口，他四处望望，找了块平整的岩石坐了下来。他的举动是一种侮辱，还是友好的表现？他开口说道："我对细菌学并不在行，但毕竟有所接触。长久以来，我们对生命都存在着一种误解，这大半要归咎于达尔文的《进化论》，它让人以为不同的生命，不同的种族之间只有残酷的生存竞争。"

"难道不是这样吗？"队长不动声色地说道。他悄悄地向绿箱子挪近了一点，但他自己也觉得希望渺茫。

他仿佛根本不在意队长的敌意，乐呵呵地笑道："你听说过线粒体吗？它可能是我们身上数量最多的细胞器了，但它实际上是一种细菌。它在我们身上开拓殖民地，繁衍生息，但同时也给我们提供腺苷三磷酸和碳水化合物。事实上中心粒和基体也是这样的一些细菌。有人提出进化的道路实际上是不同的生命体间不断地变异，寻找融合的一条途径。"

"你说这些有什么用意？"队长冷冰冰地说道，"让我们和这些病菌和平共处吗？你不能否认大部分的细菌给我们带来灾难，我不懂医学，但也能举出黑死病、伤寒、败血症和脑炎。"

"你错了。"医生反驳说，"细菌致病绝非常规，甚至可以说是罕见的。实际情况通常是共生的一方越过了界限，而一旦爆发战争，人菌双方同时遭殃。不像你想象的那样，队长，"他嘲讽地挑起眉毛，"挑起战争的常常是人类一方。"

"我们的免疫系统一旦接触到某些细菌，就仿佛接到了总统的战争动员令一般，它们立刻展开地毯式轰炸、扔集束炸弹、洒落叶剂、发射巡航导弹，甚至……动用原子弹。"他用下巴点了点绿箱子的方向。“它们用来抵抗细菌的火力是如此猛烈，又牵涉如此多的细胞组织，以至于它们带来的危害比入侵者还要大。

“我不想这么说，但我们的太空舰队就像是反应太过敏锐的免疫系统，特种部队随时待命出动，但停下来认真想一想，正是我们挑起了种种事端，你想想月球城事件，还有大洋洲危机。我们就像上个世纪的霸权国家派往世界各处的警察部队，他们不能维持和平，反而挑起各种规模的冲突，甚至于全面战争。”

队长眨了眨眼，医生的话让他有所触动，但是他心中仍有许多疑虑未解：“也许你说得有道理，但是这儿的病菌不是让我们长出黑斑，让我们疯狂，让盖斯勒杀害自己的同胞吗？”他又想起了阿玛和唐青，还有金和卡维特。这些优秀的小伙子，如果说不是直接，也是间接地死在它们的手下。

“它们没有，”医生说，他卷起了袖子让队长看光洁的胳膊，“黑斑只是暂时性的现象。它们闯入人体，并且造成一些破坏，但它们很快意识到错误，这是违反共生条约的，随后它们进入脑中定居，并且释放出奇妙的化学物质，我发现这种新的物质恰巧能够刺激大脑的甘纳沙区，我们大脑中开发最少也最神秘的一个区域，其直接结果是——”他抬眼望了望一个支棱在山岩旁的自动发射枪，没有多余的动作，那支枪突然冒出了一束耀眼的火花，炸成了碎片。

“你看，”他说，“盖斯勒和阿玛是我们这具反应过敏的免疫系统上的一个环，他们感受到了头脑中的变化，并且做出了过激的反应，人类害怕思维被控制的恐惧使他们不顾一切地行动。”

“我怎么知道你不是在它的控制下说的这番话，你也许想回到地球上去，到处散布它们，直到控制整个人类。”他的责任太大，无法就此做出判断。

“我给你三十秒钟时间，给我一个理由。别让我按下这个该死的按钮。”他不带感情地说道。

“你还记得小女孩吗？”医生微微一笑，“她绝对不可能在无水无食的冰地狱里生存三天以上。但她坚持了整整三十天。就在坑道里看着她眼睛的那一瞬，我意识到它们可能是聪明的和充满善意的。它们无法在死去的人体上存活，所以它们会竭尽全力地保护脆弱的人类。”

“‘聪明的’是什么意思，它们是有智慧的吗？”队长把手放在了原子弹的控制钮上，他的脸冷冰冰的。

“送你一件礼物，它们治好了卡维特。卡维特，”医生轻声喊道，“你可以过来了。”

“长官！”有人在阴影中喊道，他从黑暗中走了出来，那是一个健康的、充满活力的卡维特。他走到队长面前，敬了一个礼，“通信士官卡维特向你报到。”

队长的手没有放开。“这不成为理由，”他的脸色更为严峻，“卡维特也许也被控制了。你还有五秒钟。”

“最后一个理由，”医生冷静地说道，“我可以杀死你，在你按下按钮之前，然后和卡维特登上登陆舱回到‘本能号’上。通信已经中断了，他们并不了解下面发生了什么。但是我不想这样做。一切由你决定，队长。”

队长的手悄悄地无力地松了开来，但是他的脸依然苍白无色。“你说服我了，医生。”他无力地苦笑了一下，“可是如你所说，这些病毒拥有可怕的力量，面对这股力量，我们准备好了吗？不，医生。我没有权力做出决定。我只是一个军人，免疫系统上的普通一环。而这些病毒，它会给我们指引一条星际大同的道路，还是给我们的免疫系统提供更可怕的火力呢？不，医生，我没有权力回答这个问题。我们大家都没有。”

医生沉默不语，他抬眼望向深黑色的宇宙，遥远的星星像钻石一样闪着光，巨大的木星静悄悄地旋转着，照耀着这个白色星球的黑暗面。

也许他们会给死去的人树碑。他们寻求星际大同道路上的第一批牺牲者。也许……

可是，面对这股力量，我们准备好了吗？他注视着自己的军服，上面流着阿玛和卡维特的血，也许还有唐和金的血。他们是为了国家和荣誉而死，还是为了寻求和平而死？

所有的尸体仿佛都在注视着他。

我们有和平共处的勇气吗？

命运注定的空间

上章　NPC[1] 杀手

1

我持枪站在白雪皑皑的雪峰之上，悠闲地抽着雪茄。

目光所视是几座破旧的小木屋，它们腐朽的屋顶几乎要被厚厚的积雪压垮，一些弹药箱散乱地堆放在门口。一个哨兵正背对着我打着哈欠，他呼出的白气转眼就被山顶上凛冽的寒风吹散了。

雪地上一行行深黑色的杂乱脚印伸向远方，那是穿着蓝灰色大衣的巡逻队留下的。他们牵着狗走向铁丝网和机枪掩体，一座铁桥在那儿横穿峡谷；我看不到桥下湍急的河水，但能想象得出那些墨绿色的河水是怎样地冲刷在岩石上，卷起一层层的漩涡和白沫；灰黑的柏油马路从铁桥前一直延伸到远处峭壁上飘扬着红黑色军旗的古堡式建筑前。

我背靠着的是块巨大怪石，上面覆盖着做工精致的雪沫和青绿色的苔藓。我知道再过一会儿，一个穿着迷彩服的大个子

1　Non-player character，非玩家角色。

将从那儿伏着身子爬过来，在我视线转开的一刹那，用一柄匕首割开我的喉咙。

紧接着他还会干掉背对着我的哨兵，从木屋中偷到弹药；他会和他的伙伴们干掉所有的巡逻哨和机枪手，抢夺通信兵的摩托车，最后在高高飘扬着党卫军旗帜的古堡中放置上一枚定时炸弹。我清楚地知道所有这些，但却无法阻止什么——因为那些规则和因为我只是一名NPC。

这是一个上天安排好的法定程序，不然，这个程序必定谬误。所有的NPC都注定要死去，那些巡逻兵也无法幸免，他们注定要被杀死，游戏玩家将是最后的胜利者。虽然在人数上我们占着优势，但游戏规则在保护着他们。在游戏中允许失败，也许正是使这些外来人沉湎于中的原因，我不无嫉妒地想到，失败的时候，他们可以从头开始，而我们失败了——那就意味着死亡。

这个世界永远没有希望。

一阵风从山脚处刮来。我在寒风中搂紧了枪，竖起耳朵，知道松涛声能遮盖雪地上爬行的声音。山上到处长满郁郁葱葱的矮松和枞树，黑暗中鬼影幢幢，那儿是他们活动的天地。大个子已经有两次没能在对面的哨兵发现之前躲到木屋里去了，也就是说——他被击毙了两次。虽然每次那个哨兵都在哈欠连天地抽着烟，但总能看到大个子愚蠢地露出在岩石后面的屁股——这次的玩家真的是个不懂吸取教训的新手。但不得不承认，他每次杀我的时候都还算利索。不管程序设计人员是怎么想的，事实证明，他们把我放在了一个愚蠢的站位上。

"Guten Tag!"[1]一个低沉而熟悉的声音从近处传来。我转过头去，看见一个穿着灰色德国军官制服的瘦高个儿在铁丝网前拦住了一队巡逻兵，攀谈起来。那是个模样讨人喜欢的家伙，他个子很高，有些瘦弱，苍白而瘦削的脸上挂着一副金边眼镜，一副自视甚高的样子——虽然我们都知道他是个间谍。一瞬间的疏忽，你转过身去，这个始终微笑着的年轻人就会掏出一个注射器，把毒针扎进你的后背。

我们都知道他是间谍，但问题在于不能在他露出马脚前把他就地枪决。这就是他妈的游戏规则。

我回过头来，在雪窝里跺着脚。每天一模一样：一只鸟照例从树后窜出来飞向天空。太阳朦朦胧胧地挂在高处。巡逻兵们在不耐烦地听着那个间谍的啰唆，即使那家伙只是在数数和打嗝。大个子快刀手很快就会出现。由于寒冷和无所事事，我叼着烟陷入了一种半睡半醒的状态中。通常只能梦见鲜血和黑暗。

一阵单调而微弱的轰轰声从远方传来，就像是春天里最早的雷声，我猛地惊醒过来，立刻觉得空气中蕴藏着一股陌生的味道。背对着我的哨兵不见了，间谍和巡逻队也不见了。四周一片寂静。巡逻队肯定有好一会儿没有出现了，他们留下的脚印被风卷起的雪沫渐渐覆盖。大概他们已经在哪个角落被干掉了？我闷闷不乐地想到。虽然我既没有听见枪声，也没有听见警报，一种失职的不安和内疚感还是在心头泛起。

---

1 德语，意为"日安!"。

我探出头往远处望去，戴着灰色无檐帽的机枪手也不见踪影，雪地上只留下了那挺孤零零的MG4A型三脚马克沁重机枪，像是一只不祥的黑色大鸟蹲踞在掩体里。事情隐隐有些不对头，可是按照规则，我不能过去查看。

远处又传来一阵震动和雷声。

怎么回事，他们杀死了所有的其他人，单单漏掉了我吗？

“Werist dort!”[1]我叫道，猛然拉动了枪栓。

“别开枪。”有个人在松树的暗影中叫道。他从雪上跑过来，跑步的姿势很奇怪。黑色的滑雪服在耀眼的雪地上很显眼。

2

这不符合规则。我暗自思索道。他应该立刻趴下来爬开，看我是否会跑过去查看，这是他们一个常用的陷阱。一个小小的自主数据分支让我犹豫了一下，开枪吗？还是把他俘虏？

他跑到了手枪的射程之内，没有停步的意思。好啦，他再跑两步，我就可以开枪了，我厌烦地想到，然后他们只好取进度了，一切重新开始。一，二，我在心里默数着，扣扳机的食指抖动了一下。

就在这时，他的滑雪帽在跑动中松脱了。一簇黑亮的长发在风中飘动起来。是个女孩子。

这不可能，我的手指僵住了，游戏中没有女性角色。

她跑近了。

1　德语，意为“谁在那儿！”。

“会说英语吗？”她问道。虽然还有些气喘和惊慌，却依然带着点命令的语气。

“会。”我谨慎地回答说，枪口不离她的左右。虽然生活对有些人来说只是一场游戏，但遵守规则是我的价值所在。“实际上我们这儿都说英语，”我说，“只是偶尔说说德语，因为这是在美国制造的游戏——虽然设计者是个西班牙人。”

“太好了。我在学校里只学过英语。”她说，“该死的，这儿又没有汉化程序。”

我打量着她。她看上去没有武器，穿着一件式样宽松的黑色聚酯滑雪服，仿佛不为这里的恶劣天气所动，拉链拉得很低。我看到里面的T恤衫，胸口上印着一行绿色的字：“我们去远航”。她身上散发出的数据流温暖而芬芳，让人松弛。与此同时，她也上下打量着我。“嘿，你没觉得，有什么地方不对劲吗？”她不耐烦地问道，漠视我紧握在手中的长枪。

雷声、震动，还有奇怪的女孩，我思忖道，没有枪声，没有脚印，没有尸体，这些玩家怎么搞的？也许他们找到了什么诀窍或是秘技之类，总而言之，今天是不寻常的一天。

“那么，你又是谁？”我意识到自己的职责，抬了抬枪口指正了她。

“我是游戏监督员，”她说，“听着，这儿出问题了，网络中有了病毒。”

“游戏监督员。”我是如此惊讶以至于没有回味过来她后半句话中的含义，“你是个网络精灵？是你们创造了世界？”

“创造世界的另有其人，我们只是守护它的运行。”话虽然这么说，她的表情还是透露着一股高高在上的自豪感。

按照外来人的标准来看，她是一个带着点稚气，漂亮动人的女孩子；而那些网络精灵是高不可及的神明，它们高高在上，俯视着这个杀戮不断的世界，对下面的战斗、屠杀、飞溅的鲜血不屑一顾。它们从不参加战斗，这个世界几乎由它们塑造和维持，但是这儿的生活显然对它们毫无意义。

“网络精灵从不到这儿来。”我说，疑心重重。

“你还不明白吗？我是掉进来的。那是些新病毒，我没有识破它们的陷阱。它们塞满了整个通道，我迷失在这儿了……你还不把枪放下来吗？”她生气地说，“现在你得听我的指挥。”

她仰对着我的那张脸漂亮，自信，充满生机。我生硬地摇了摇头：“不，在这儿我只听从本恩特上士的直接指挥。”

“什么？”她难以置信地冲我嚷道，“你是个笨蛋吗？病毒会让所有的玩家迷失在这儿，它们将会造成巨大的破坏，直到这个人造世界崩溃。不仅仅是游戏世界，还有整个网络、工作站、通信设施——外面的世界，所有的一切……”

“这些和我没有关系。”我耐心地对她解释说，并把烟嘴吐到了地上。

“……这真愚蠢，我干吗要对你说这些，你根本就不会理解，你只是……一个NPC。”她的情绪莫名其妙地低落了下去，有点沮丧地往传来震动的远处望去，也许是我的错觉，那边的雪地上仿佛有些什么黑点在隐隐蠕动。

这个落难的小精灵高傲而没有礼貌，对此我倒是不太在乎。

“这儿也会崩溃的。”

“这儿的规则由你们制定。”我彬彬有礼地说。

“告诉我这儿的玩家在哪？我需要和他们联系，”她摇了摇头，不再看我，“如果他们还没有出事的话。”

“我不知道他们在哪。”我带着点恶毒说，“事实上，玩家的任务之一就是尽可能地不被我们发现。”

“哎哟，真见鬼，”她痛苦地呻吟了一声，“他妈的鬼游戏。要是我能和监察站联系上就好了。”

“你是说那些传说中的大巫师吗？精灵的法力不是也很大吗，”我说，“你的工作不应该使你害怕这些病毒。”

“我说过了，这是些新病毒，我无能为力。”她几乎不想和我说话，但最后还是告诉了我，“没有代码就无法删除它们。而且我在回路中丢失了一些工具，我甚至不能从正常通道退出了。”

我知道什么叫代码，每个独立活动程序段都有对他们而言生死攸关的几个数字。

她突然皱起眉头，抓住了我的胳膊，“它们来了。你听到了吗？”

暗处有一些叽叽喳喳的声响，几个黑影在山坡上的树丛深处一闪一现，远处传来更多的声音。

“它们是谁？病毒？”我很喜欢被她抓着的感觉，但是立刻又放弃了这一感觉。外来人和我们从来就不是一路人。

“当然不是，它们是感染了的其他NPC，”她说，“快点离开这儿，笨家伙。想要命就和我一起跑吧。”

“不行。”我说，“我建议你也别跑。”我拄枪而立，重新掏了根烟点上。

她不耐烦地站住脚，皱着眉头看我。她的眼睛是黑色的。

“又怎么啦?”

“你了解这个世界吗?这是个即时战术世界,充满敌意的世界——”我望了望山头上那些鬼影幢幢的黑松林,青苔覆盖的怪石,破败腐朽的木屋,“到处都是死亡陷阱。就这么从雪地上跑过去——会留下脚印。另外,你的衣服在雪地上太显眼了,不管追你的那些是什么东西,离得一千米远它们都能发现你。”

“嘿。”她略显惊奇地看了我一眼,“你还真懂得一点。这是他们男孩子爱玩的游戏,他们通常是怎么混过桥的?穿过树林爬过去?嗯,也许我来上一套雪地迷彩服会更合适。”她伸出左手,一个指头变得透明起来,放出了如玉般的光芒。在我目瞪口呆的注视中,她用那只手触了触我的雪地作战服,大块的白色和小块的黑色、绿色开始像云雾一样笼罩在她的滑雪服上。“我拷贝了一件你的衣服,有些大了。”她说。她拉了拉衣服下摆,那套衣服立即奇迹般地缩小了,十分合体地紧束在她的身上。

我明白自己不该离开哨位,但是这个网络精灵身上有某种东西让我惊异,她和我以前见过的所有人都不一样。不管怎么说,既然精灵控制着这个世界,她的话也就算得上命令。“好了,我们走吧。”我说。

3

我持枪走在阴暗的丛林中,四处张望。我熟悉我的世界,就像一个服无期徒刑的犯人熟悉自己的牢房一样——它有一千米长，一千米宽，一条陡峭的峡谷把它分成了两部分，南边是一块相对平缓的山坡地，到处散布着雪松和低矮的灌木，只在坡顶上有一片开阔地，我们的位置在空地上靠近西部树林的边缘地带。城堡高踞的悬崖就在峡谷的对岸，有一条秘密小道(并不是所有的玩家都知道它)，可以翻越峡谷，攀爬上悬崖。那是到达城堡的最短路线，但在没有攀爬工具的情况下这太危险了；另一条路是通过空地东部边缘的铁桥，危险在于桥头的开阔地上，那些被控制的NPC如果有足够智力的话，就会迅速控制那一地区。它们会迅速蔓延到对岸，直至整个游戏。我暗自思度着，如果是我，我也会这么干的。

她计划沿边缘地带的树丛行进到尽可能靠近桥头的地方，然后再快速通过那片开阔地，穿过铁桥。病毒也许已经侵犯了对岸，也许还没有。只要在那边找到我的伙伴们，管他来了什么东西，足够抵挡一阵的了，我想。

我不知道那些随风飘送而来邪恶的低语声，躲躲藏藏的鬼祟身影后面是些什么。“其他世界里来的。”她说。我没有回头张望，但知道女孩紧跟在身后，她的脚步很轻巧，几乎没有声音。

我们贴近了悬崖，涛声从脚下传来，透过树丛和石缝隐隐约约地能看到下方几十米深处墨绿色的急流。

我停住脚步。

“怎么了？”她低声问道。

“树林里有东西，”我说，“就在那丛灌木后。”穿过稀疏的树叶，可以隐约看到几个黑影。

“你去看看。”她紧张地说，“哎，小心点，别这样——”

她的话还没说完，我已经哗啦一声拉开了枪栓，一脚迈过树丛，喊道："把手举起来！你们被逮捕了！"灌木枝叶后面，是大个子快刀手和他的朋友。他们依旧摆着正在爬行的姿势，僵硬而没有生机。我把枪拄下来开始抽烟。

背后传来细树枝折断的声音，我回头看到了她。

"你简直就像个着急找死的笨蛋。"她咬牙切齿地瞪着我。她的眼睛是黑色的。"你就不能小心点上来看看吗？如果是它们，我们早就没命了。"

"呵，这几个笨蛋出了什么事？"我说。

她看了看躺在地上的四具躯壳。"太迟了，"她轻声说，"病毒来过了。"

"我的伙伴们会变得和他们一样吗？"一丝不安开始顺着我的脊背往上耸动。

"你的上士？恐怕更糟。"她说，"不，暂时别动他们。让他们就这么待着好了。哎，你干吗呢？"

我走过去，用脚把他们面朝上地翻转过来，他们呆滞的目光茫然地向天而视。正是这些僵硬得像乌龟一样的外来人，闯入我们的世界，砍瓜切菜一般杀戮我们，有时候他们很笨，会死上很多次，但最后他们都会是英雄，拯救世界的尤利西斯、超人、一战特种兵、蜘蛛人和蝙蝠侠。

"你好像不太尊敬他们。"她问，带着一丝调侃的语气，"你恨他们吗？不管怎么说，他们来这儿的目的只是为了找找乐子。"

"这我没有想过。"我说，开始动手检查他们的背包和尸体。在梦里也许我见过一些他们的生活片段。那是巨大的黑洞，人们团团旋转，好似巨大的涡流一卷而过，不知所终。他们没有人知道自己此行的目的何在。相较而言，至少我们的生存意义标的明确，我想。烟在我的嘴里抖动。我把烟嘴吐到地上。

快刀手的腰带上有一大堆零零碎碎的家伙，我把它们全部解下，挂装到了自己身上。

她斜睨着那些形状古怪的工具，目光闪烁。“真不知道，”她说，“我该不该相信你和你的这些东西——你刚才到底为什么要那样跳出灌木？”

“如果你的法术不管用了的话，那就得遵循这儿的生存规则。”我客气地说，转过身去继续前进。她跟了上来，和我并肩而行。我又回头看了一眼，那堆灌木后仿佛有些什么东西，不是那些尸体，另外有些什么让我不安。我四处张望，什么也没有。

在靠近空地边缘的木屋边我们发现了第一具德国兵的尸体。

“这是一个陷阱。”我趴在树丛边一块巨石后跟她说。这也是那些敢死队常用的花招。按照规则，我们必须跑上前查看，而我们通常都是有去无回。

“它们知道我们在这儿。”她回头看了我一眼，惊异地问道，“你怎么啦？”她的眼睛是黑色的。

我正在卸身上那堆乱七八糟的从玩家们那儿搞来的装备。“我死了以后，你可以把这些东西带上，多少会有点用的。”

“你疯了。你明知道是陷阱还要上去送死？”她用一个夸张的动作把手指塞进嘴里，“救命啊，我和一个疯子在一起。”

“别拉着我，”我说，我的手在簌簌发抖，责任感正在顺着手背蔓延，“这是规则。”

“即使明知是去送死?”她嘲弄地说，“怪不得刚才你一下就跳了出去，我还以为你很勇敢呢。这就是你们的生存规则?”

“是这样，”我叹了口气，站起身来，这个自高自大的精灵，好像什么也不明白，“也许你觉得有点笨，但这是我们行动的准绳。如果我不走上去，这个世界就失去了存在的价值。我们命中注定，要死在陷阱里。”

“等一等，”她在我身后叫道，“可这准则太不公平。”

我向前走去，规则在我的胸腔里一下下跳动，已经是急不可耐。

我没能完成我的价值。一只手从后面拉住了我的背包。我该怎么来描述这只手啊，这只手温柔而没有质量，可是它魔力无边，它发着光，穿透了我的背包和衣服，像一股风充盈在胸膛。我听见心底某个地方咔嚓一响。我想放声大叫。汗珠从额头上滑了下来。在一片战栗中，我不由自主地跪在了地上。规则不复存在了。

我清醒过来，看见她手里握着一个小小的……鸟笼，这是个比拳头大不了多少的鸟笼，金属纤维在阳光下闪闪发光。

“你也许会觉得它像个鸟笼。”她微笑着说。我很喜欢她嘴角上翘的模样。“这些数据块没有具体的模式，但你们会把它看成一个实体。”

“你做了什么?”我虚弱地说，“怎么能没有规则呢。生活岂不是荒诞不经了，居然可以看到地上的雪茄烟不跑上去捡它，有人丢石子时不跑上去查看，看到跑动的黑影不发出警报吗？你改变我了。”

“这你倒说对了，规则先生，但你记住，”她生气地瞪着我，她的眼睛是黑色的，“是我救了你！这些规则是精灵设计来限制你们的，现在我让你自由了。”

“在你们那儿，时间可以向后飞行，眼睛可以更漂亮，谎言可以不存在，生活可以更快乐吗？”

“大概不行。”她承认说。

“你看，你也有你们的规则。我们都想要改变它，可是真的改变的话，那是不对的。”我说。

她盯着我看了好一会：“好吧，是我不想让你死掉，这个游戏——对不起，这个世界我很不熟悉，我害怕了。也许下次我会先征求你的意见。”我不知道她的话里有没有讽刺的意味。

事情越来越好玩了。没有规则了。我思忖道，我可以选择自己爱走的路；我可以看到陷阱而置之不理；我可以找个地方呼呼大睡；我可以不用管那个破弹药库里发生的一切，它是被小偷摸入也好，爆炸了也好，都和我不再相干；现在，我还可以离开这个奇怪的累赘的外来人——那些病毒，无论如何，是我们的数据兄弟，当它们起来反抗的时候，我不一定要去帮助一个外来人呀。

“你得帮帮我，德国佬。”她诱惑我说。她让我想象外面的世界，网络崩溃，上亿的人迷失在网络中，交通堵塞，经济恐慌，总之是些抽象的大道理。她从她的天堂里掉了下来，她所做的一切不过是要重新回去，这个世界最终如何，她会在乎吗？

她现在越来越显得纤细，瘦弱，紧张不安，还有些沮丧。

“为了你，我会跟你走的。”我说。

“不，不是为了我，是为了那个世界。”

“好吧。”我说，把烟嘴吐到了地上。为了那个世界，没有白活一场。

“现在我们该怎么办？”

“我会给它们回敬一个圈套。”我说，解下了背包。

4

我小心翼翼地贴着地爬行，没错，是贴着地爬行。我从来没有过这种在铺满松针的雪地上爬行的感觉，它也许违反了规则，却带来一种奇特的愉悦感，接触身体的是一种松软的数据流。我小心地倾听了一会儿，耳边只有淙淙的水流声。我仿佛成了那些偷偷摸摸、鬼鬼祟祟的玩家中的一员。要论贴着地爬行，我可比那些倒霉的敢死队员们更有天赋。

我贴着墙角爬近了尸体，布下机关。我后退了几步，拧动腰带上的开关。一股刺耳的噪声从诱敌器中喷薄而出，打破了雪后树林中的寂静。

木屋后传来一声可怕的咆哮，一个大如獒犬的黑影从拐角处冲出，向我扑来。它的速度快如闪电。虽然我早有防备，但根本来不及瞄准它。

一声清脆的金属撞击声。那只怪兽在近在咫尺的地方猝然止步，发出了令人毛骨悚然的吼叫声。

我看清了它的脸，那是一个噩梦中才有的形象。它在捕兽夹[1]上疯狂地挣扎扭动着，捕兽夹的钢制利齿打穿了它的腹部，白色和粉红色的泡沫从它那长满锐利尖牙的巨口中不断淌下来，它目光中透出的邪恶让我打了个冷战。

我端着枪迅速检查了一遍屋后，那儿只留下一堆凌乱的脚爪印。我在被夹住的怪物前站住了脚。它身上油腻腻的鳞片闪闪发光，长着锯齿的尾巴仍然在重重地敲打着地面，犁出了一道深沟，一种棕绿色的黏液从它身上流下来，这不是这个世界上有的生物。它那邪恶的充满仇恨的目光使我明白它们没有道理可讲。不会有怜悯，也不会有宽恕。我们是异类。

“干得不坏。”女孩说。她躲在我身后，不敢多看那家伙一眼。“这是另一个网络游戏中的‘刺龙’，你要小心，它能钻到土里去，从下面进行攻击。”

“你们究竟是为什么要造这种怪东西？”我问道。

“我不知道。”她说，用手指抚弄着破板墙上塑造精美的积雪，把它们打散，雪一点一点地飘落到满是污黑的地上。“他们男孩子喜欢的游戏。”

“我们走吧。”我收拾起东西，当先前进。

“知道吗，你走路的姿势有点可笑。”她小跑着紧跟在我后面。

我当然知道，走路的时候，我们要移动重心，抬起膝盖18公分，脚掌着地，先是左边，然后是右边，再次调整重心，这一系列的步骤有力然而僵硬。如果要跑动，我们就迈开大步，不论是平地还是坡道，对我们来说全都一样，弯曲膝盖，伸

1　注：除了诱敌器和捕兽夹之外，玩家们还携带有如下装备：手枪、匕首、登山镐、潜水器、橡皮艇、鱼叉枪、霰弹枪、定时炸弹、手榴弹、雪茄烟、急救包。

直，再弯曲，再伸直。我们像在空中滑行。我们从不跌跤。

我注意她走路的时候跌跌撞撞，会被树根绊住，会被雪窝陷着，然而她走起来的样子美极了。她每走一步，运动的是全身上下的每一块肌肉，肩窝、大腿、膝头、小腿、脚踝，在她的每一步中协调起伏绷紧放松，像一根圆滑的曲线跟随着音乐声颤动，像风吹过林梢，像水流过石头——那是一种自然的美。

“我本来并不想找你帮忙的，”她承认说，“但是那些鬼家伙追得很紧，我想，你的武器也许能抵挡上一阵。”

“会开枪吗？”我边走边解下一把M19，递给她说，“注意后坐力。每三枪才能打死一个人——但是我不知道几枪能打死一个怪物。”

“你不恨我们吗？是我们把你塑造成一个‘坏人’。”她好奇地看着我，把枪接过，插在后腰上。

“不，我可不觉得我们是坏人，”我指点着眼前的世界向她解释道，“我们出生的时候就面对着这个世界，我们看着它，保卫它，被杀死，这是我们的生活。那几座破旧的木屋，那座波旁时期的古堡，那座院子里象征帝国的雕塑，对我们的意义与你们世界的玻璃办公楼，行走的马路和水泥岗亭，又有什么区别？我们冷眼旁观，你们忙忙碌碌。你们一遍遍地把这个世界毁掉，又把它们修复如新。毁灭和诞生，这永远是一个循环反复的死结。你们是试图在其中寻找什么吗？你们又能找到什么呢？”

她重新打量了我一眼。“真没想到。”她说，“呵，看来我对你们还缺乏了解。你们保留死前的记忆吗？”

“死如粪土。”我说，“死亡的时候，我们在做梦。那是个又黑又冷的空间，我们身边飞速流动着数以亿计浩如宇宙的信息，只是大部分根本无从理解。”

我们死去，出生，战斗，再次死去，出生，战斗，好像北欧瓦尔哈拉神殿的战士，他们在平原上战斗并且死去，太阳升起的时候，他们又会重新复活，继续新的战斗。在死亡空间里，我梦到过一个黑色眼睛的天使。她试图带着我们脱离这个翻覆不休的世界。我的眼睛是灰色的，我们所有人的眼睛都是灰色的。我从来没有见过黑色眼睛的玩家。

我们在雪地跋涉，快到空地了。我小心翼翼地四处张望，这儿一片寂静。

我们步入空地，几所木屋围绕着这个空地，遮断了通往铁桥的视线。

“我累坏了。天，真希望能休息一下，”她疲惫地说，“本来昨天夜里我就该下班了——我要在这儿休息一下。”她歪到木屋前的几级台阶上，坐了下来。

危险。这两个字眼突然跳入我的脑中。只能把它解释成一种本能的反应。在这个熟悉的场地上，正在泛起一股陌生的气味，仿佛刀子尖锐地插入面团。危险。它在说，危险。

我解下我的枪。她不解地望着我。我把枪支到肩上，寻找着那股气息。它在她的身上。

我把枪对准她的时候，看到了她那张惊惧的脸，她的眼睛是黑色的。

气息更强烈了，我移动枪口，让它向下对着她脚下的泥土。那儿颤动着，几块土壤正从地面上翻起。我扣动了扳机。

一条长满锯齿的尖尾突然从地下射出，几乎扎在我的脚上。我瞄着脚下翻起的泥土又射了几枪。没有时间看是否打中，我一把拖起她飞奔起来。

我们转身拼命地向空地跑去。雪地在我们的脚下簌簌作响。

“我喘不过气来了。”她说。

“我拉着你。”我说，迈着大步在雪地上跳跃飞奔。弯曲，伸直，弯曲，伸直。

我们跑过了两座木屋，我看到了更多伙伴们的尸体倒在地上，一个通信兵头朝外仰躺在门廊里，手里还抓着一份电报，他也许刚刚进门就遭到了袭击。

我们跳过了一道铁丝网，又穿过几座木屋间的窄道，桥看上去就在前方。

一团雪块从上面落下，掉在路面上摔得粉碎。我拉住她的手，猛地站住了身子。

一只新的怪物突然从屋顶上掉了下来，正好砸在了路上，木屑和雪沫横飞中，它蹲下粗壮的后肢，张开血盆大口，发出威胁的嘶嘶声。

我转头看见更多的丑恶家伙从雪堆里，从灌木丛中跳出来。

“你能删除它们吗？”我高声叫道。

“不，不行。在陷阱中我丢失了一些工具，”她摇了摇头。“它们身上混合了病原体，拥有着新的代码。”她从一个我原来没有注意到的兜里掏出一块亮晶晶的东西，那东西在空气中变长了，在雪地里反着清澈的光。她蹲下身去，用那根水晶棒从雪地里竖起一道高大得不合比例的铁丝网。那几只怪物停止了咆哮，有点惊疑地打量着我们和它们之间新出现的障碍物。它们显得焦躁不安，上下摆动着硕大的脑袋。

“快走，”她说，“它只能坚持一会儿。”

我拉着她向木屋后跑去，忍不住回头看了一眼。

一只怪物高声咆哮了起来，它也许就是从屋顶上摔下来的那只家伙。管它是不是——它只轻轻地一跃，就越过了那道两米高的障碍。

“他妈的。”我说道。另几只刺龙也跳过来了。

我们向树林跑去。刺龙吼叫着跟在后面追击。

这样不行，我们跑不掉了。我想。我的脑子像是抓住了一个什么东西。那个通信兵，那个死在房子门廊里的通信兵。

“回去，拐回去。”我冲着她喊道。

“你说什么？”她惊疑地盯着我，“你疯了吗？”

“回到房子前面去。”我喊道，不再解释，转身开始用枪连续射击。一只怪物翻倒在地上，另几只停下愤怒地咆哮着。它们并不急于扑上来，也许是它们也明白我们跑不掉了。

“你真是疯了。”她生气地叫道。

我一把抓住她的手，拉着她折回到屋前，果然不出所料，这儿有个小棚子。我冲进棚子，拉掉油布，一辆通信兵用的三轮摩托车露了出来。我们得救了。

“用你的魔棒拦住它们，只要一秒钟。”我叫道，发动了车子。

看到了猎物逃跑的可能，一只刺龙发起了攻击，它以令人惊讶的速度掠过了我们之间短短的距离，在雪地上高高跃起。

我用眼角就能看到它那匕首一样闪闪发光的爪子，但它被雪地里凭空长出的铁丝网绊了一下，狼狈地摔倒在地。

她跳上了车子后座，摩托车愤怒地吼叫着，在雪地里颠簸着冲了出去。

我拐了一个急弯，躲过了几只追来的刺龙。车子在雪地上吱吱尖叫，滑行着，终于冲上了柏油马路，向着高耸在峡谷东端的铁桥疾驶而去。

5

桥头上出乎意料的安静。哨兵和巡逻队不见了。我的心头泛起一阵不祥的预感。

冲过铁桥后，我在桥头刹住车子，回身向桥上跑去。

“你去干什么？”她在后面生气地质问道。

桥的那头，刺龙群正咆哮着飞奔而来。我在铁桥中间找到了一个暗绿色的盒子，这是工兵预先设置好的炸药，只要有引爆工具，就可以把整座桥炸垮。

我蹲下身来，打开背包。一股腥臭味从附近传来。我抬起头向后张望。一只刺龙从桥上栅栏间隙中跳了出来，它一定是早就埋伏在这儿的。我低头在背包里翻找，背包的一角露出了一包定时炸弹——正是我所需要的。

刺龙咆哮着逼近了。我按动定时炸弹的开关，扔下了它后转身就跑。

嘀嗒。嘀嗒。那是巨大的秒钟走动声。它在整个世界的耳边轰响。这座桥就要垮下来了。嘀嗒。嘀嗒。时间在有节奏地搏动。我不顾一切地向前狂奔，想起了一句莫名其妙的台词——每座桥梁都有一个心脏。刺龙在我身后紧追不放，我甚至能感觉到它嘴里的热气喷到我的背上。

我拼尽全力地奔跑着，一声喇叭般的吼叫在我耳边炸响，一张血盆大口猛地从我的后面伸出来，巨大的力量撞击在我的背上，我摔倒在冰凉的水泥地上。为了外面的世界。让外面的世界他妈的见鬼去吧。

一颗子弹从我的耳边擦过。一枪，一枪，又是一枪。枪声轰鸣，甚至盖过了时间流动的天籁。

刺龙痛苦地嘶叫着，翻倒在地上。

“我差点打中了你。”她说，手里提着我给她的枪。

“你没有。”我说，一步跳进挎斗。她已经在驾驶座上做好了准备，车子呼啸着冲了出去。

铁桥的另一头，成群的刺龙蹿上了桥面。就在这时，一直在耳边轰响的巨大走秒声终止了，伴随着一连串低沉的轰鸣声和震动，铁桥在一阵浓烟和烈火中摇晃着掉入了峡谷，连同上面的一群怪物。

她猛地刹住了车子，我几乎摔了下去。

她看上去真的生气了。她黑色的眼睛闪闪发光。“你抛下了我一个人在车上！天哪，你总是如此疯狂吗？”

我躲开她的眼睛：“这什么时候成为一条新规则了，行动之前我必须向你请示吗？”

她喘了一口气，别开头去看着前方：“如果你想证明什么，我向你道歉。”

“不用了。”我硬邦邦地说。知道她说得对。

我想证明什么？我不怕死？我技艺超群？我才是拯救世界的特种兵？只是那个世界与我何干？

我拄枪坐在车上，默默地抽出一根雪茄点燃。滚滚黑烟从我身后的峡谷里升起，那个梦在我脑海中清晰异常，一个僻远的荒原上，土王的护兵爱上了公主。她就是那个黑眼睛的天使，而他有一个悲哀的结局。

“不要再这样了。”她依旧盯着我，“听着，我不希望你逞个人英雄。这实际上是我的事——”她眼睛里仿佛有一些其他东西。比生气更柔和。

“我不知道还会不会再这样，”我把雪茄吐到地上，实话实说，“我们脱险了吗？”

“恐怕还没有。”她忧伤地说，抬脸向上看了看。

一些灰色的棉絮状的东西从天上飘了下来，它们落在了地上、树上和雪地上，黏结成一大团一大团的无光泽物质。空气中浮动着看不见的细丝，它们飘拂到我的脸上，拂也拂不去。

世界开始崩溃了。

下章　病毒与精灵

1

我们看见了第一队德国人时，他们正迈着刻板而僵硬的步子绕着一小块空地巡逻。空地中央是一棵孤独的雪松，一顶破碎的降落伞在树梢上摇曳着。这儿是2号空地，盟军敢死队本可以在此补充物资。

我们趴在灌木丛中往外看去，那里是我的伙伴，我的数据同胞们。一种相互依赖的温暖的安全感让我情不自禁地爬起身来，想跑上前去，她拉住了我。“小心一点，别抱太大抱希望。”她说。

我没有太在意她的话。不管她是怎么看的，这些第三帝国的士兵是我真正的伙伴。

“你要是不放心就留在这儿好了。”我说，但是在走出灌木和树枝簇集成的阴影前，我还是小心地观察了一会儿。

他们看上去都很好，唰唰唰，他们的步子僵硬而整齐，黑色的皮靴在雪地上周而复始形成的圆形印迹中插进去又拔出来，唰唰唰，每一脚都踩在上一循环的脚印中，精确无误。一切都很正常。我不由自主地加快脚步，向他们跑去。一切都好了。我情不自禁地想笑出来。他们都是我的兄弟和战友，我们一起被利刃划过咽喉，一起被子弹撕裂胸膛。在死亡空间里，我们互相交流数据以使我们连为一体，我们一起默默忍受寂寞，一起遭受屠杀。我们是兄弟。我得警告他们即将面临的危险。

一切都好了。现在我们可以去掉身上的鸟笼，一起并肩战斗。战斗的激情在我的心中缓缓地燃烧着。这才是真正的战斗。为了胜利的战斗。

斜披在树上的降落伞后露出一小角灰色的布料。我放慢了脚步，随着距离的接近，一顶灰色的军帽渐渐从破碎的伞包后面显露出来。那是昏迷不醒的间谍，他脸朝下趴在树下的土地上，身上已经覆盖了薄薄的一层雪花。我的心狂乱地跳了起来。

巡逻兵停住了脚步。他们把脸抬起来，望着我沉默不语。他们的面孔惨白而僵硬，眼睛像是巨大深暗的黑洞，往下淌着绿色的汁水。空气中充斥着棺木腐臭的气味。

病毒已经先到了。

有那么一瞬间，我被固定在地上，一动也不能动。什么地方传来一声凄厉的嚎叫，我脚下的雪地震动着塌陷了，一些雪块夹杂着碎土从地下翻转过来，仿佛一个巨大的看不见的铁犁直对着我冲了过来。是刺龙。

我放声大叫了一声，转身拼命奔跑了起来。身后传来一片令人毛骨悚然的嚎叫。

前方也响起了脚步声，一个黑影从灌木丛中冒了出来，我拼命地转身，却来不及躲闪，和那个黑影撞在了一起。

“是我，是我。”她叫道，“别冲动。”

我镇定了一下，为自己的惊慌失措感到一丝害臊。我从来没有害怕过。因为我们对死亡已经习以为常。望着那些扭曲的丑陋的伙伴们，我却开始想要发抖。在我所经历的生活中——无论是被冰冷的匕首割断喉咙，还是被猛烈爆炸的汽油桶撕成碎片——没有哪一次的死亡经历能和现在相比。雪沫从枝叶间簌簌落下，我知道他们没有死去，但他们的灵魂不复存在。

她充满同情地碰了碰我的肩膀：“你还好吗？”

我默默地接受了她的怜悯。

“我们完了是吗？”她叹了口气，“桥这边也被沾染了，没有什么地方是安全的了。”魔棒在她手中放着光，只是那光亮越来越弱，就像她望着我的那双无助的眼睛。她的眼睛依然是黑色的。

她在这儿，我明白现在不是悲哀的时候。可是在魔棒也失去信心的时候，我一介小小数据块，又能做些什么呢。

“它们为什么要控制那些NPC？”

“那只是一个副作用，”她说，“它们占据了他们的躯体后，需要时间来大量复制，繁殖；生产出密密麻麻的孢子潜伏其中，等待发作的时机。你的伙伴会被分解，异化，变成……”她停了下来，不想往下说。我也不想听。

嚎叫声依然凄厉，但它们没有接近。

“它们一时半会好像还不想冲进来，”她蹙着眉头抓紧了手中的魔棒，催促说，“咱们快走吧。”

我环顾四周，再次有一种危险的感觉流遍全身。我深深地吸了一口气，咔嚓一声给步枪换上一个新弹夹。还有哪儿是安全的呢？一个模糊的念头突然跳入我的脑海。

“那些刺龙——”我说。

“怎么？”

“不，别说话，让我再想一想。”魔棒的光一明一亮，照亮了我的帽檐下沿。“它们早就跟上我们了。”我说，记起了在大个子快刀手横尸地点的那种怪异感觉，“现在它们也在，就在这儿。”

“它们在这？我们脚下？”她吓了一跳，不由自主地往边上一闪，往脚底下看去。

“它们就在下面，”我说，踩了踩脚下盘根错节的老树根，“只是它们从来不在树林中袭击我们。”

“你说得对，”她低头看了看那片坚实的土地，“树根妨碍它们钻出土层。它们进了树林就威力大减了。它们原来存身的那个游戏中根本就没有树林——那好，咱们快走吧。”她牵过我的手，拉着我爬过老树纠葛的根须，挤过灌木丛生的沟壑，弯着腰从茂密的葛萝下匍匐而过。

“你要去哪，为什么挑这样一条道？”

“只要不出树林，它们将无能为力。”她一边奔跑一边说。

“可是你忘了他们……”我说，“忘了他们——我的伙伴们，忘了那些德国兵。”

“啊，我是忘了，”她牵着我的手，停住了脚，“那怎么办？他们对这儿和你一样熟悉，他们还是会追上来的，是吗？”

我沉思着说：“还是让我来带路吧，让我带你去一个地方。”

我们不敢顺着山脊路行走，而是穿过密集的树丛往坡上攀缘。这条山脊地势高拔，是由一道火山栓形成的。从来没有人踏足过此地，我说。

“你说什么，没有人到过那儿？”她惊异地说，“可这个界面只有这么一点点大！”

“在你来之前，我要走的每一步都是事先被设计好的。”我拉着女孩步步登高。“我们想象了一次又一次，想象着在这儿能看到些什么。可是我们不得越雷池一步。”

终于，我们穿过了积雪覆盖的松树林，登上了山顶，我带着股庄严的神态对她介绍说：“我们到了。这儿就是我们的圣地。”

我们站在山顶悬崖上，寒风凛冽。它的顶端寸草不生，覆盖着厚厚的一层积雪，雪面纯净光亮，连一丝鸟爪的痕迹都没有落下。悬崖上有一整块斜挑出的磐石，巨大，无匹，浑圆，有十亿吨重，雷霆般压在那儿，制约着整个世界的平衡。这儿的景象和我千万个梦中想的一模一样，天生一股冰冷而神秘的味道。站在悬崖边上，整个山谷尽在脚下。往东面，我能俯瞰到深谷和坠落的铁桥；往西面，我能看到下面不远处的城堡和门前的哨卡；我还可以看到更远处覆盖着积雪和松林的青山，山脚下那片朦朦胧胧的村庄。那座梦幻般的村庄。不论是谁第一次看到它，都会目眩头昏，难以自制。

随着一股悬崖下吹来的轻风，我看见她轻飘飘地腾空而起，我看到她飞翔着踏足到了黑色磐石上。“啊，啊，啊，这儿太美了呀。”她伸展着身躯，快乐地大笑着。她伸出发光的手指，打了个响指，不知道从哪儿跑来一台老式唱机，在空中缓缓旋转起来。音乐像流水一样尽情地冲刷着她的身子。她飞旋着身子，站在那儿跳起舞来，身上的雪地迷彩服在旋转中慢慢地模糊，雾化，复又清晰，最后变成一件林中仙子才配有的柔软羽衣。也许是我眼花，我看到一副天使之翼在她背上若隐若现。那双翅膀环绕着她苗条的身躯，让她宛若一件冰冷的精致易碎的水晶花瓶。

旋风起来了，峰顶上寒气逼人。我模模糊糊地伸出手去想要替她遮挡风寒，立刻又为这一念头感到了惭愧。我掉过头去，默默地点燃了一根雪茄。那双美丽的随风抖动的翅膀告诉我，那不是我能拥有的东西。

“真美。”她叹息着说，盘膝坐在我的身旁。我能感觉到她的膝盖轻轻地撞在我的腿上。她的魔棒从裙子的褶皱处滑落到地上，她没有伸手去接它，我们默默无语，凝视远处青山脚下的村庄，能隐隐约约地看到围绕着它的果树丛。

“你看那座村庄，你看那些果树。在那儿，果子永远不会从枝头落下，花儿永远不会枯萎。”我告诉她说，“它浮动着，永远在那儿。”

“那只是一幅画，我们放在了那儿。”她说，不知道为什么带着略微的歉意。

“不不不，它不是画，”我说，“它肯定在那儿。只是它像个海市蜃楼，我们永远也到不了那儿。在你们的世界里，也许它是一幅画，但在我们这儿，它是一个可望而不可即的希望——就像外面的世界。”

她默然无语。

“和我说说外面的世界吧。”我要求说。

“你也想知道外面？”她微微一笑，伸手去抚摸空气，仿佛能够碰着那些精致的景色。她开始慢慢地述说。

外面的世界，我不知道该从何说起，它实在是太大了。它比这儿要大，大上很多很多倍，它看上去更真实，也更残酷。也许是因为太大吧，我们拥有选择的无穷性：和平，事业，快乐，爱情……虽然我们的规则比你们的繁杂，但那儿几乎是个自由的国度了。问题在于我们通常不知道该选择什么，于是许多人选择了流浪、放纵、酗酒、吸毒、犯罪——还有战争。(她偏头望了望我手里的步枪。）只是我们的年轻人在战争中死去就不会再复活，和他们一起消失的通常还有许多妇女和儿童。后来，越来越多的人沉湎于网络与游戏中，到那儿去寻找乌托邦。早先我们想在网络中塑造一个理想社会，像你们的世界——我们想维持一个崇尚自我牺牲、勇气，珍视荣誉和团队精神的虚拟现实世界。可是后来慢慢的，这儿也出现了那些不好的东西、渣滓、病毒，还有更可怕的形象。

“就像刺龙。”我低声说。

“是的，”她说，“刺龙、僵尸、冷血枪手、守财奴和吸血鬼。他们在和这些东西为伍中寻求刺激。这儿慢慢地变成和外面一样了。”

“你是怎么掉进来的？”我转移了话题。

她脸上一红，说：“这是一种非同寻常的新病毒，它们在通路上设了一个陷阱，犯错误的人都会堕落到各个下层世界中，在堕落的过程中，他们会失去许多数据，许多魔力，他们将无法离开那个世界。我本该发现那个陷阱的。可是我当时快下班了，有人在等我吃晚饭……”

是啊，她本来不该出现，我想。被逐出天堂的天使会给尘世间带来什么？她跑到这儿来，扰动了整个世界。总有一天，我们会停下来，思索我们为什么非要一次次地被杀死不可。我们将会痛苦、彷徨、浮躁、惊恐不安，同时又充满希望。人人孜孜以求到天堂里去，那么天堂里的人又寻求什么呢？他们也痛苦、彷徨、浮躁、惊恐不安，并且只有绝望。

我望着远方，突然眼前一阵发黑，几乎摔倒在地上。远处的群山摇晃了起来，出现了马赛克一样的纹路。树丛和石头变得奇形怪状，它们突出了许多尖锐的角。我听到有什么东西不断掉落在树叶上，发出轻微的叮叮当当的声响，但什么也看不到。世界被改变了，它不再完美无缺。我第一次如此真切地看到身处世界的真面目。大地横亘在我的脚下，它是一块无边无际的数据；太阳的光辉高悬天际，如今阳光被切割成碎片，它们只是一团团吐露出光和热的数据。

这儿要毁灭了。

2

一个小老鼠般的东西出现在树丛中，它鬼鬼祟祟地顺着空地边缘溜了出来，动作中流露出的丑恶让人打心底里发出寒战。它以诡秘的神情瞪着我们，龇着牙发出尖细的断断续续的叫声。

“别动，那是病毒孢子，”她按捺住激动低声说道，仿佛怕它听见似的，“我要抓住它。从它身上可以找到病毒的代码。”她伸手去拿掉落在地上的魔棒。我看到棒子边上另外有个什么东西在动，它细细的眼睛像毒牙一样。

“小心！”我叫道，猛然伸出手去，它闪电般地在我手上咬了一口，掉落在地上滴溜溜地转着，想找个空隙跑掉。

我从背包上抽出刀子，唰地一刀把它钉在了地上。小东西挣扎了一下就不动了。我从眼角瞥见另一只病毒孢子飞快地转身，溜入密林中。

“你这个笨蛋，被它咬了。”她气愤地叫道，拉过我的手仔细察看。

“一点小伤。”我说道，俯身想拔起刀子，却轰隆一声砸倒在雪地里。

“怎么回事？”我昏头昏脑地说道，灼热的铅液顺着手臂流淌到全身各处。

“所以说你是个笨蛋。”她生气地说，把我的手摔在地上。

铅液带来的高热让我可怜的数据头脑昏昏沉沉。“我中毒了吗？那就杀了我吧。别让我成为他们。”我说。

“忍着点，我还可以救你。”她跪倒在我身边，伸出了一片银色的指甲，在那只老鼠的腹部轻轻一划，一大堆灰色的数据从破裂的腹部中挤钻出来，升上半空，纠合成一团黑烟。她不经意地随手拂了拂，那团黑烟随即随风而散。她探手专心致志地在那堆残骸中摸索着，阳光在她的头发边缘闪闪发光。我一阵迷乱。铅液仿佛冷却了，它在我的血管中流淌，铁线一样冰冷僵硬。可怕的风雷在我耳边轰轰作响。毁灭一切，毁灭这一切吧。有个声音在我耳边低低细语。这个世界全是虚假的没有意义的圆圈，为什么要替她工作。到我们这儿来吧，我们可以毁灭一切，我们可以当自己的主人。它低声地诱惑着我，充满难以抗拒的力量。

“杀了我，”我低声央求道，把耳朵埋入雪坑中，“杀了我吧。要来不及了。”

“好了，坚强些，不要像个孩子似的呱呱乱叫。”她说道，手肘猛地往后一动，从那堆残骸中抽出一滴红色的宝石，水银一样在她指尖颤动着。她的微笑变得像针刺一样让我坐立不安。

快杀了她，快杀了她。它在我耳边大声尖叫。什么是规则，什么是控制；什么是善，什么是恶。要是不存在恶，善能有什么作为吗？自由啊自由。我悄悄地伸出手去握住了枪柄。枪柄又冰又冷，防滑槽的花纹像利刃一样硌着我的掌心。

她伸手去拿魔棒。不知道哪儿来的力量，我翻身而起，想扑过去打落她手里的魔棒。

“别动。”她轻轻地说，目光坚定。她的眼睛是黑色的。

我看见她手里的枪，银色的枪管泛着光，对着我的胸膛。那是我送给她的枪。

我对着她的枪口咧嘴一笑，笑容在她光亮的枪管上曲扭了。“开枪吧，它不在乎。”我说，抬起紧握手枪的右手，举枪去看她的眼睛。

她银色的手指动了，一大团雪块凭空而来，打在我的眼睛上。白色的雪块碎末四散飞溅，迷住了我的视线。

开枪，开枪。轰！轰！密集轰炸。它叫着。我闭着眼睛接连扣动扳机，子弹呈扇形向外射去。在弥漫的火药味中，我听到一声痛苦的呻吟。我狂喜地吼叫了一声，可是有个什么东西卡在我的心脏部位，让我动弹不得。我努力地睁眼去看，透过白蒙蒙的一片雪沫，我看到魔棒绿莹莹的光。带着锐利尖角的雪沫融化在我的眼睛里，让我痛苦异常，从没有过的泪水涌出了我的眼眶，我放声大哭，我把她杀了吗？

它在我耳边尖叫，诅咒，不甘愿地咆哮，最后飞一般缩小，团成一个小小的黑色阴影。

一只手伸入了我的体内，揪住了那个阴影，把哭天喊地的它生拽了出去。

“我没有杀死你？”我呻吟着说，眨巴掉眼里的雪。

她在冲我微笑，“一个网络精灵被NPC杀死？那可是个天大的丑闻。网络公司不会允许这种事出现的。”

我看到她的肩头上有一团血迹，不过那团血迹正在缩小消失。

“对不起，”我说，“我觉得抱歉极了。最后关头，你该下手的。”

“这么做是为了感谢你，你替我挡住了它那一口。”她说。

我们都有一些不好意思，沉默绵延在对话中间，让我们仿佛有了一点疏远。

“这个世界坚持不了多久了。”我提醒她说。

“我正在想办法呢，”她说，“没有人会来救援。即使它们没有发现我们，继续躲在这儿也没有意义。嗨，大兵，我刚才在石头上看到了一座城堡，那是什么地方？”

“那儿是即将挨炸的司令部。”

“这么说，那儿是游戏核心喽。也许……”她说。眼睛里闪亮了一下，“让我们到城堡去吧。等一等，先告诉我，你们通常怎样退出游戏？”

“那得由玩家决定，我们是没有发言权的。”

“不，不是这意思。”她说，“退出游戏分为指令性退出和非指令性退出两种情况。玩家下达指令，退出游戏，叫作指令性退出。而他们完成任务时，也会自动退出游戏，这叫作非指令性退出。”

“我明白了，”我说，“他们这一关的任务是炸毁城堡。”

“只要炸毁城堡，不需要全歼守敌吗？”她好像松了一口气，“那我就不用杀你了。”

我愣了一下。她转过头去，神色有点黯然，我不知道她是不是说真的。

“可是我们没有炸药了。”

“我能修改城堡的状态。”她仰起脸，充满自信地说，“只要能找到城堡的核心属性，我就能把它修改为摧毁状态。”

3

我们偷偷摸摸地下了山，一路上空空荡荡的，我们什么也没有遇到。没有刺龙，也没有德国人。这世界笼罩着不安的寂静。

“他们都上哪儿去了？”我持枪前行，警惕地四处张望。

“它们被母虫聚集在不受干扰的地方孵化。那些小孢子就像苍蝇的幼虫一样，正潜伏在数据块内部吃喝长大呢。”

天色昏暗下来。在这个曾经永无黑暗的世界里，夜晚降临了。我们翻过了矮墙，紧贴着地面爬过杂草丛生的院子，绕过年久失修的喷泉，就像那些曾经是我敌人的盟军特种兵们干的那样，这一切，如今我干起来，较他们更轻车熟路。我们隐藏在一片黑暗中，看到一个废弃的马棚，紧挨着大门的台阶，装饲料的石槽里蓄着几寸深黑黝黝的雨水，石槽边上长满了滑溜溜的苔藓。

起爆点就在石槽后面的墙基里，我摆了摆头冲她示意，我知道他们通常把炸药放在这儿。她的手顺着石缝摸索着：“通道就在这，我感觉到了。”

她的手在黑暗中闪烁起淡淡的光芒，她把手伸入了基石之中，那些坚实的巨石在她面前仿佛虚无一物。她全神贯注，凝视着城堡，火焰在她身周飞舞。我注视着这个小小的精灵傲然而立，与庞大的磐石般坚固的城堡开战了。大块大块的基石颤动了起来，它们咆哮着反抗，但在精灵的目光下又颤抖着退缩了。石块翻滚着从基座上掉落。城堡在她的注视下颤抖着，轰鸣着，摇动着。

通道就要打开了。

“嘿。”她轻轻地叹了一声，一滴汗珠从她秀气的下巴上滑落。

通道打开了。就在那一瞬间，我痛苦地尖叫着，摔倒在地上，黑暗中的闪光，基石的缝隙中，是白亮白亮的——一个世界。在那一瞬间，我仿佛飞速地滑过了所有的网络世界，燃烧的都市，一只云端中的飞船，仇恨的火焰，巨石抛落了，惊恐的孩子，人群，无数尖锐的碎片拥挤着撞击大脑，如此多的信息，让这儿变成了一个陷阱。陷阱，一个陷阱，我想大声提醒她，却发现她倒在地上，一动不动。通道堵塞了。

巨石摇晃着合拢了，数据流被封闭其中。我从地上爬起来，好一阵子茫然无措，一小股血液顺着我的额头往下流淌。

昏暗的花园里寂然无声，我爬到她的身边，俯身倾听，她还活着。在她有节奏的心跳之外，黑暗深处仿佛有一种流水般的声响。我蓦然变色。那不是水的声音，而是无数啮齿动物叽叽喳喳的笑声。它们来了。

没有时间考虑更多了，我抱起一直不敢碰触的精灵，她的身子轻得像是一股飘动着的风。我扛着她，打开城堡的大门，顺着通道奔跑，爬上了楼梯。

在昏暗的光线中，我看到十万只老鼠一般模样的啮齿动物从大门蜂拥而入，仿佛翻倒在纸上的黑墨水迅速洇开。它们那细碎的脚步声和窃笑声就像是不断泼洒在树叶上的细雨。

我摸了摸腰带，还有最后一枚手雷。我拔掉保险针，看着那个小小的圆球掉落入黑暗的楼梯间，一团灼热的火光在地狱深处腾空而起，但是紧跟在我们身后的脚步声一点儿也没有减缓的迹象，仿佛那些剧烈的数据流对它们没有丝毫的损害。

我拖着她退入城堡上层，沙沙的细雨紧随不舍。楼上只有一条昏暗的走廊，孤寂地竖立在楼梯尽头。我退入了一个大房间，把她放在地上，转身关上木门。流沙随即淹没了整条走廊，它们在门口叽叽喳喳地嘲笑着，木门剧烈地震动起来，传来一大群啮齿类动物啃门的声音。我知道那些看似厚实的大门只是腐朽的木板和一些脆弱的油皮。

环顾四周，别无退路，我抱起她退到阳台上。大门在暴风雨般的侵袭下摇摇欲坠，它们马上就要冲进来了。我从她的手里夺过魔棒横在门前的地上，希望它能阻挡一阵子，她闭着眼睛无力地抵抗了一下。

悬崖是一片火成岩的石壁，光滑、乌黑、令人目眩。我从阳台上探出身去，即使是攀岩好手也会在这儿退缩的。我从腰带上抽出大个子的铁镐，那是特种兵们爬山的工具。她清醒了一下，伸手抱紧了我，从她的躯体上传来一阵温暖。我知道我的身子永远是冰凉的。我们开始顺着岩壁慢慢地下滑，一切都很顺利，但是可怕的恐惧感突然笼罩在我的心上。一片庞大的阴影挡住了我们头上仅存的阳光。在悬崖上端有个什么东西在缓缓移动，我拼命地抬头，可是看不清那是什么。阴影靠得更近了。

“放手，”她显得很紧张，“快放手。大兵，跳下去，跳啊！”

铁镐的木把从手里滑走。向下掉落仿佛是个很慢的过程。墨绿色的水迎面而来。在那一瞬间里，我的眼眶里注满了黑水，数据块在我的体内剧烈地震荡，许久许久都不能呼吸，她在我怀中一动不动，我的心狂乱地跳了起来，她还能承受如此大的冲击吗？我们被急流冲往下游。我伸手拉出橡皮艇，它自动充满气体，我把她弄了上去，我们顺流而下，在河道的拐弯处，我拉住了一根树枝。我拖着她爬上了岸，钻入灌木丛中。

4

雪花纷纷扬扬地四散而落。整个界面都在下雪。它落在这个阴郁世界的每一个地方。银色的雪花落到黑沉沉的水面上，落到歪歪斜斜的荆棘丛中，山坡地上的那些树现在变得透明起来，仿佛薄薄的一层幻影。她躺在那些透明的小草上，一动不动，身躯像雪一样冰冷。我跪在她的面前，听到自己心脏撞击在肋骨上的声音。

“别死。”我说，“你要是死了，这一切全都没有了意义。”

她无力地呻吟着，苏醒过来。

“那是什么？”我问她。那团阴影下包容着莫大的恐惧。那是一种无法用勇气来对抗的恐惧，它是一切恐惧的源泉。我很害怕。

“它是病毒核心部分！”她疲惫地说，“我以前没有见过这种病毒。它很强大。”

“可是我们有了代码。”

“有代码也不一定行，我得用编辑器试试裁剪出一个大的工具来对付它。”

“什么编辑器？”我傻乎乎地问道，意识到大事不妙。

“你见过它，看上去像是根水晶棒。”

“它被我弄丢了。”

“弄丢了？”她猛地握住拳头，好像在制止自己跳起来，

“弄丢了，先生？可那是我们唯一指望的东西。”

“对不起，”我后退一步，拄枪而立，点燃一根雪茄，“我当时弄不醒你。”

“这是什么地方？我们好像又回来啦。”她呼出一口气，吹跑那些在她脸颊附近飞舞的雪花。

我环顾了一下四周，确实，树木和岩石虽然都变得不同寻常，但形状和位置都让人觉得依稀相熟。“对啦，我们跳下了悬崖，我们游过了小河，现在，我们又回到最早的地方了。那边有几个家伙还在石头后边直挺挺地趴着呢。”

她蹙着眉头，用手支着下颌。“既然现在我们有了代码，那就还有一个办法。”

我们在灰暗的灌木丛中找到玩家们的时候，这些二战英雄们依然是一副半死不活的蠢模样。

“有危险吗？”我问道。

“别担心。”她说，跪下身去，把他们翻转过来，那只有魔力的手又发出光来。她把手伸入他们的胸膛，穿过了我所不能理解的空间，小心翼翼地摸索着。突然，她的手出现了，揪着扭动的小孢子的尾巴，把它摔死在地上。

大个子快刀手在地上无力地蠕动着，睁开了双眼。看见我的德国军服，他猛地吃了一惊，条件反射地伸手去摸腰带。

“别动！”我用枪点了点他的额头，“听着，这可不是在玩游戏——把你的手放到他妈的头上。”

他望了望我手里的枪，眨巴了几下眼睛，笨拙地举起双手，“这到底他妈的是怎么回事？”他目光呆滞地四处张望，看到女孩的时候流露出大为惊讶的神情。

女孩微微一笑："大兵，别和他开玩笑了——听着，大个子，这儿受到了病毒侵犯，情况严重。我要你们立即退出'Comandosworld'，并且把这儿的局势报告给大巫师站。告诉他们，这是一种新病毒。记住这些代码，把代码告诉他们。"她在地上用细树枝画出一个地址和一个电话号码，"拨打这个电话。注意，是打电话，不是通过可视E-mail，也不是通过IP通信，明白吗？"

大个子傻乎乎地点了点头，我真怀疑他明白了多少。

"别不当回事，"我冲他喝道，开始给他讲那堆抽象的大道理，网络会崩溃，通信会中止，交通会混乱，世界会停止运行，等等，"这事牵涉到许多人的生命，还有你们那个他妈的整个世界的安全，你明白吗？"

一个炸雷突然在城堡的方向上炸响，轰隆隆的回响不绝于耳。随着这声巨响，整个世界都颤抖了起来。真正的黑暗开始了。太阳裂成了无数碎片，散布在空中，仿佛整个天空都在燃烧。雾蒙蒙的大地边缘模糊了。树木和岩石、雪沫都附上了一层角质化的、锐利的尖角。大个子这才有点真正清醒过来，露出一脸惊惧的神色。

"退出去，退出游戏。注意，"她强调说，"不要从网络上进去找他们，网络已经不安全了。"

我们看着大个子和他的两个伙伴消失在雾蒙蒙的空中，像是寄走了三个希望。这个危机四伏的黑暗世界中，我们更加孤独了。

有一瞬间我们都默默无语。她突然拉住我的胳膊，紧张地说："你看。"

我看到高空中，一个扭曲的影子像一个黑色的符号，它正在从天空中往下掉落。

"那是一个人啊。"她说。

又有人堕落了。我们一言不发，看着那个受害的网络漫游者扭着胳膊，像蝙蝠一样扎着手和脚，头朝下地栽了下来。他消失在了远处的一片窄长的光秃秃的小树林中，只在那儿腾起了一团雪雾。

她咬着嘴唇，沉吟了很久很久，终于说道："我要回去。"

"回去？回哪？"我惊异地问道。

"城堡。病毒核心还在那儿。"

"可是玩家已经退出去了，我们可以在这儿等待。"

"来不及了。"她指着破碎燃烧的天空说，"你看不出来吗，这儿马上就要崩溃了。"

在燃烧的天空上，更多的人在纷纷堕落。天空上映满黑色弯曲的人影。他们在堕落。有些人的背上低垂着一双翅膀。他们像球一样在空中滚动，双臂摊开着。他们全都昏迷不醒。

"那些天使，那些天使……"我的话哽在喉咙里。那些终日翱翔在天空中的他们也堕落了。

"我得回去，这是我的工作。"她说，脸色苍白。

"可是你没有魔棒了。"

"它还在城堡里，或许我还可以找到它。"

火光映红了她的脸颊，她的眼睛在黑暗中闪着光。在这一刻，她并不像那个神通广大的精灵。

"我和你一起去。"我说。

“没有必要。你的武器和战斗技巧对它没有用，”她在黑暗中开始向前走去，“留在这儿吧，这是我和它之间的事。”

“这实际上是我的世界。”我说。她停住了脚步。

“你们到底真正了解这个世界多少，”我冲着她的背影恶狠狠地喊道，“你说的那个什么网络外的世界对我而言到底有什么意义？我们在这儿出生，在这儿战斗，在这儿死亡，可是从来没有真正的结局。我们命中注定一次次地失败和死亡。是啊，你们凭什么控制我们的命运？因为你们创造了我们吗？有时候，我很想听听自己心里的话，我也想杀上个把什么人，我想把那个笨蛋大个子的头轰掉，把那个间谍绞死在歪脖子树上。不害怕死亡是不正常的。你如果想帮助我，那就让我尝试一次有目的的战斗，一次在乎失败和死亡的战斗。”

她没有回头，但伸出了一只手等我。

5

我们到达古堡的时候，那儿出乎意料的平静。古堡仿佛丝毫没有受到病毒的影响和破坏，在浓黑如墨的天空映衬下，显露出一种完美的静谧，只有庭院里的野草在微风拂动下，沙沙作响。

门开着。

“它知道我们来了。”她说。

我捏紧了枪把。大厅里空荡荡的，底层和通道里没有窃笑声。只有我们空旷的脚步声在厅中回响着，这儿黑暗得没有空间，也没有时间。

站在大厅的边缘处，隐隐约约能看到大厅中央有一个凹陷的深洞，洞的底部闪烁着淡淡的温绿色的荧光。魔棒就在那儿。

汗水顺着我的手背往下流淌，我看见它们一滴滴地汇集在地砖的凹陷处，越聚越多，仿佛一条不断变大的河流。我感受到那下面蕴藏着最大的恐怖。

“我们下去。”她说，眉间紧锁。

我们顺着裂缝往下爬，一小块残缺的阳光碎片从凹陷处透下光来，正好投在魔棒边上，仿佛伸手就能够得着它。

风没有了。

我们没有动，我看见她盯着黑暗深处的一个角落，那儿隐隐约约的有一大团看不清形状的深黑的暗影慢慢蠕动着，它蠕动着挡住了破口处的阳光。恐惧感仿佛不可抗拒的潮水从黑暗中升起。

它是数据世界的主宰，所有的数据块在它面前会产生一种天然的恐惧。黑暗和腐败的死亡气息紧紧地包裹着我，堵塞着我的毛孔，让我不能呼吸。我害怕了吗？我问自己。当冰冷的刀口划过我的咽喉的时候，我不知道什么叫作害怕；但当同伴们抬起淌着毒液的眼睛看着我的时候，我也许知道了什么叫作害怕；现在，站在这团阴影面前，我的恐惧感无法比拟。“撒旦。”我轻轻地说。只有这个词能匹配得上它的黑暗，它的魔力，它的荣耀。

“来吧。”她轻声地说，带着外来人的勇气。

它一瞬不瞬地直视着我们，让我心慌意乱，我们在它脚下显得渺小而无助，我无数次地问自己是否看清了它的模样。它的头上长着犄角，尾巴上的叉冒着火光，它仿佛是团可以流动的没有固定形状的冻胶体，经过的地方都涂满了滑溜溜的液汁；数十条触足不停地在它的腹部昂起，伸长，又缩回去；无数针状的触须在它的下颌处抖动着，晶亮的液体就从那儿滴了下来，流淌到地板上。

它低低地咆哮着，喷出白气，膨胀起身子，复又退缩回去。它不敢往前走，魔棒横在我们之间。

"你在这儿做什么？"它望着我说，对精灵视若无睹，却仿佛对我的到来倍感惊讶。"你想要拯救这个糟糕的世界吗？你不是希望摆脱这永生的痛苦吗？你难道不知道我是你的弥赛亚，我是你的拯救者，我是你的主人吗？"

"你杀死了我的伙伴们，"我低低地说，"我来为他们报仇。"

"你错了，"它柔声细语，充满蛊惑，"他们都是自愿跟我而来，因为众生皆望离苦得乐，而你们活着了无生趣。是谁给了西西弗斯永无休止的苦役？是谁给了西比尔[1]永无尽头的生命？"它点了点站在我身边的她，"她可以等待巫师的拯救，可是谁来拯救你？听从我的话，杀掉那个天使，加入我们吧。"

"来吧，"它诱惑我说，"让我们一起涤荡污秽，让我们一起创造新世界，让我们一起得道。规则已经死去，我知道你想要轻松自在。那就杀死她吧。杀死她吧。"

它的眼睛在黑暗中闪闪发光。我惊恐地发现它的眼睛也是黑色的。这个发现几乎击垮了我最后的防线，我握枪的手颤抖

1　希腊神话中，阿波罗爱上了西比尔，给予她永生，但她忘了要永恒的青春，最后日渐憔悴，终成空壳，却求死不得。

不已。我转头偷看她的反应。她一眼也没有看我。我从侧面能看到她脖子的曲线。她的翅膀紧贴背脊，贝壳一样洁白无瑕。从我的胸腔底层传来一声叹息，我知道为了这份美丽，将要担起那份沉重的责任。

规则已经不复存在，但我还有战斗的本能。

魔杖就横在它的足下，还在微微地发着光。那是一个微弱的希望。

我端起枪口开火了。嗖嗖作响的子弹穿过它的身躯，在那些弹洞中浮起大团的气泡，炸开来，迸出绿色的液汁。然而，它只抖了抖身躯，毫不在意那些液汁打湿了墙壁和地面。

“你痴迷不悟，又有何用。”它悄无声息地说，“精灵也不是我的对手。现在她的上帝在哪里？你们认输吧。”

我把打光了子弹的枪扔到地上，这些子弹数据对它没有用。我拔出刀子，朝它掷去。

一条触足卷住了飞刀，它嘴里流下的液汁滴上了冰冷的金属。刀子立刻腐蚀了，软绵绵地流动，最后变成了一只啮齿动物，滚下病毒庞大的躯体，叽叽喳喳地窃笑着窜过大厅，溜到了黑暗中。

这个世界里，它是撒旦。我们对它根本无能为力。

“魔棒。”我惊恐地叫道。

魔棒。

从恶魔嘴边滴下的液汁淌到了魔棒边上，嗤嗤作响。那些液汁在魔棒的周围地板上又陷出了一个洞，这个洞慢慢地变大了。

“不。”她俯身一跳伸手去拿魔棒，像个精灵一样轻盈迅捷。她贴着地面滑过，发光的手指在黑暗中画出一道光迹。可是一条触足猛地射了出来，打在她的腰上，将她那纤细的身躯打飞了出去。

魔棒掉了下去，消失了。

她艰难地爬起身来，和我对视了一下。在那一分钟里面，其他的一切事仿佛都不曾发生。我们失败了。没有什么可以阻止噩梦的发生。

“天堂相会吧，朋友。”它轰隆隆地说。

远处传来一点点什么声音，遥远而联系着心灵深处，仿佛岩石撕裂的声音。网络崩溃了。

我晕了过去。

6

我眨了眨眼，醒了过来。我能感觉到风从我的手臂上划过，很冷。周围一片茫茫。

她伸出一只手扶我坐了起来。

“这是哪儿?”我问，“也许是天堂? 这么说，我们都死了。”

“不，不是的，”她羞赧地说，“我们没有死。一切都恢复正常了，——巫师和天神们及时赶到。什么也没有崩溃，你听到的是消毒的声音。”

“那么这是哪?”我问道。

“你不认识自己的家了吗?”她笑着反问。

我抬头四顾，看到几座破旧的小木屋，它们腐朽的屋顶几乎要被厚厚的积雪压垮，一些弹药箱散乱地堆放在门口。一个哨兵正背对着我打着哈欠，他呼出的白气转眼就被山顶上凛冽的寒风吹散了。

“这么说我们成功了。”我苦笑了一下，“你什么……”

“叫我Hare吧，我的朋友们都这么叫我。”她说。她笑的时候露出了白色的牙齿，确实很像只兔子。但我并不想知道她的名字。

“你真是个了不起的NPC，要不是你的帮忙，网络已经崩溃了。他们应该给你发勋章。”她真心实意地说，“我们还想办法恢复了这个世界，这可真是件麻烦事。”

“平心而论，我不知道恢复这个世界是不是件好事。”我低声说，想起了那个黑色眼睛的恶魔。

她望着我，叹了口气，摇了摇头：“你真是个不谙世事的彼得潘。”

“彼得潘？”我说，“什么意思？”

“一个独守寂寞的小王子，只是个比喻。”她说。

“比喻。”我说，“不管你的意思是什么，你愿意叫就这么叫吧。”

她笑了。她的眼睛是黑色的。

我拄枪而立，点燃了一根雪茄。

她望了望我，有些奇怪：“你为什么老站着抽雪茄，你不换个姿势吗？”

她当然不知道在站着的时候，我只能做两个动作——抽雪茄，以及——把烟嘴吐在地上。

“我要走了。”她沉默了片刻说，仿佛带着一点莫名的悲哀。

“那当然，你是要走的。”我说。

“我们可以再见面的。”她说。

“希望不是以玩家的面目出现。”我说。

她消失在她的笑容里。

我把烟嘴吐到地上。“Auf Wiedersehen!”[1]我低声说，不带什么希望。

石头上慢慢地浮现出一行字：“谢谢你，彼得潘！”。字迹很深，仿佛蚀刻在永恒的时间上。那是她的最后一个神迹。

她的眼睛是黑色的，她像一个天使一样有一双翅膀，她就是一个天使。

她是另一个世界的普通人，想到这一点，在那一边会有个人好好爱她，在那一边她有许多自由选择的权利，想到这一点，我就会好受很多。

外面的世界。多彩的世界。濒临死亡的世界。纷乱繁杂的世界。我永远也无法目睹的世界。

再见。再见。

我从地上捡起断成两半的鸟笼。规则在这一刻已经显得遥远而陈旧，堆满灰尘，像是被磕破的一堆旧家具。我怀着巨大的恐怖和快乐，看着鸟笼在手掌上慢慢地吞食我的血肉，我的灵魂，最后和我的身体融为一体。

烽火还会继续，而女孩不会再出现了。

我抹去那行字，背着枪回到了我的哨位上，重新点燃了一支雪茄，静静地期待着那个大个子快刀手的到来。

1　德语，意为“再见！”。

大角，快跑！

1 药方

天快亮的时候，大角从梦中惊醒，鸟巢在风雨中东颠西摇，仿佛时刻都要倒塌下来。从透明的天窗网格中飘进的昏暗的光线中，他看见一个人影半弓着背，剧烈地晃动双肩。她坐在空中的吊床上，仿佛飘浮在半明半暗的空气中。

“妈妈，妈妈，你怎么了？”大角惊慌地叫道。

妈妈没有回答，她的双手冰凉，呕吐不止。一缕头发横过她无神的双眼，纹丝不动。

那天晚上，瘟疫在木叶城静悄悄地流行，穿过了一个又一个的枝干，钻进悬挂着的成千上万摇摆的鸟巢中。这场瘟疫让这座树形城市陷入一个可怖的漩涡中，原本静悄悄的走道里如今充满了形状各异的幽灵，死神和抬死尸的人川流不息。

大角不顾吊舱还在摇摆不止，费力地打开了舱室上方的孔洞。他钻入弯弯曲曲的横枝干通道中，跑过密如迷宫的旋梯，跑过白蚁窝一样的隧道。他趴在一个个的通道口上往下看，仿佛俯瞰着一间间透明的生活世界。室内人的影子倒映在透明的玻璃上，遥远而虚幻。

大角窥视着一个又一个鸟巢，终于在一个细小分岔尽头的吊舱里找到了正在给病人放血的大夫。大夫是个半秃顶的男人，他的脸色在暗淡的光线下显得苍白和麻木，他的疲惫不堪与其说是过度劳累，还不如说是意识到自己在病魔之前的无能为力造成的。病人躺在吊床上，无神的双眼瞪着天空，手臂上伤口中流出来的血是黑色的，又浓又稠，他的生命力也就随着鲜血冒出的热气丝丝缕缕地散发在空气中。

医生终于注意到了他，他冲孩子点了点头，心领神会。他疲惫地拎起药箱，随他前行。一路上默默无声。

在大角的鸟巢里，他机械地翻了翻妈妈的眼皮，摸了摸脉，摇了摇头。他甚至连放血也不愿意尝试了。

“大夫，”大角低声说道，他几乎要哭出来了。“大夫，你有办法吧，你有办法的吧。”

“也许有……”大夫犹豫了起来，他摆了摆手，“啊，啊，但那是不可能办到的。”他收拾起看病的器械，摇摇晃晃地穿过转动的地板，想从天花板上的孔洞中爬离这个鸟巢。

但是大角揪住了大夫的衣角，“我只有一个妈妈了。大夫。”他说。他没有直接请求医生做什么，而是用乞求的目光注视着他。有时候，孩子们的这种神情是可以原谅的。大角只是一个瘦弱、单薄、苍白的孩子，头发是黑色的，又硬又直，眼睛很大，饱含着橙色的热泪。不知道为什么，即使是看过无数凄凉场景的大夫也觉得自己无法面对这孩子的目光。

大夫不知所措，但是和一个小孩总是没得分辩的。再说，他做了一天的手术，又累又乏，只想回去睡个好觉。

“有一张方子，”他犹犹豫豫地说道，一边悄悄地往后退去，“曾经有过一种万应灵药，我有一张方子记录着它。”

“在过去的日子里，”大夫沉思着说，“这些药品应有尽有，所有的药物、食品、奢侈品，应有尽有，可是后来贸易中断了。那些曾经有过的云集的大黑帆，充斥码头的身着奇异服装的旅行家，装满货物的驮马——都不见了。而后来，只剩下了贪得无厌的黑鹰部落。现在我们什么都没有了。没有了。”他那瘦长而优雅的手指，神经质地不停敲打着药箱的皮盖。“没有了。”

“告诉我吧，我要去找什么。”大角哀求说。

大夫叹了口气，他偷眼看着孩子，看他是否有退让的打算：“要治好你妈妈的病，我们需要一份水银，两份黑磁铁，一份罂粟碎末，三颗老皱了皮的鹰嘴豆，七颗恐怖森林里的金花浆果——最后，你还需要一百份的好运气才行。”

趁着大角被这些复杂的名词弄得不知所措，大夫成功地往入口靠近了两步，“这些东西只有到其他城市去才有可能找到，”大夫嘟囔着说，“到他们那儿去——或许他们那儿还会有吧。”

“其他城市?”大角惊叫起来。

“比如说，我知道蒸汽城里——”大夫朝窗外看去。在遥远的下面，很远很远的地方，一座黑沉沉的金属城市正蠕动着横过灰绿色的大陆。“那些野蛮人那儿，他们总会有些水银吧……”

大夫离开了。临走前，他再一次地告诫说：“要记住，大角，你只有七天的时间了。”

木叶城是一座人类城市，当然是在大进化之后的那种城市。在大进化期间，人类分散成了十几支种族，谁也说不清是城市的出现导致了大进化还是大进化导致了各种城市的分化。

木叶城就像一棵棵巨型的参天大树。那些住满人的小舱室，像是一串串透明的果实，悬吊在枝干底下，静悄悄地迎着阳光旋转着。每一棵巨树可以住下五千人。在最低的枝丫下面二三百米处，就是覆盖着整个盆地的大森林顶部。从上往下望去，那些粗大的树冠随风起伏，仿佛一片波澜壮阔的绿色海洋。他们的高塔是空气一样透明的水晶塔，就藏在森林的最深处。森林是城市唯一的产业，森林帮助他们抵御外敌，为他们提供食物、衣服以及无忧无虑的生活。

大角蹲坐在透明的飞行器那小小的舱室里，轻盈地随风而下。其他的小孩在他的上空尖叫、嬉闹、飘荡，偶尔滑翔到森林的上层采摘可食用的浆果。他们是天空的孩子，即使瘟疫带来的死亡阴影依旧笼罩在他们头上，也没有什么东西可以阻止他们快乐的飞翔。

有一个他认识的小孩在他上方滑翔回旋，他叫道："嘿，大角，你去哪儿？和我们去耶比树林吧，今天我们要去耶比树林，我们要去耶比树林玩儿。"大角没有搭理他，他让飞行器继续下降，下降到很少有人涉足的森林下层空间去，下降到葛蔓纠缠的地面去。那些密密麻麻的葛藤和针刺丛是保护木叶城的天然屏障，但在森林边缘，这些屏障会少得多。

已经是秋天了。无数的落叶在林间飞舞。飞行器降落在林间空地上，仿佛一片树叶飘然落地。

森林边缘这一带的林木稀疏，大角把飞行器藏在一片大叶子下，把手指伸进温和的空气中，林间吹来的风是暖暖的，风里有一股细细的木头的清香，细碎的阳光洒落在他的肩膀上。踏上坚实的大地的时候，他小小的身体不由自主地颤抖了一下。他的背上有个小小的旅行袋，背袋里装着食物，还有一条毯子。他的腰带上插着一把短短的小刀，刀子简陋但是锋利，那是妈妈送给他的生日礼物。城市里的每个男孩都有这样的一把刀子用来削砍荆棘，砍摘瓜果。大角爬起身来，犹豫着，顺着小道往有阳光的方向走去。

稀疏的森林在一片丘陵前面结束了，坚实空旷的大地让他头晕。他想起妈妈以前讲述过的童话故事，在那些故事里，曾经有过生长在土地上的房子，它们从不摇动，也不会在地上爬行，那些小小的红色尖屋顶鳞次栉比，迷迭香弥漫在小巷里，风铃在每一个窗口摇曳。如今那个年代一去不复返了。

还有七天的时间。

肉眼就能看见地平线上正在堆积起一朵朵的云，由于它们携带的水汽而显得沉重不堪。望着那些云朵在山间低低地流动，大角仿佛看见时间像水流一样在身边飞奔盘旋而逝，而那些毒素在妈妈的体内慢慢地聚集，慢慢地侵蚀着胃肠心脏，慢慢地到达神经系统——最后是大脑。

“不要。”他拼命地大声尖叫，使劲搅碎周遭的时间水流，向着地平线上缓慢前进的黑色城市飞奔而去。

2 水银

大角跑啊跑啊，他跨过稀疏的灌木，绕过低矮的山丘。他跑近了那座超尺度的钢铁怪兽。

越靠近这只怪兽，就越能感受到它的高耸直入云端。这只山一样高大的怪兽正喘着粗气挪动身躯，巨大的黑色屋顶向南延伸着，压着地平线上的一座座山丘，铁皮屋顶环抱的中央，棱角分明的黑色金属高塔刺破天空。这座城市所经之处，就在地上犁出两百道深达十米的沟壑；它每喘息一声，就从背上的四千个喷嘴中吐出上千吨的水蒸气和呼啸声。在它的脚下，大角就像是巨象脚下的一只蚂蚁般微小。

这就是蒸汽城。可怕的巨无霸，钢铁城市。

在这个城市中，每一座建筑都是相互插入的单元组合体，仿佛扩散的细胞单元一样。它们都是模数化的，可移动的，并可以从其组合的对象中抽离。密密麻麻的人群拥挤着，生活在其中。大角害怕地想到，在如此拥挤的细胞单元，身体接触几乎不可避免的。这要比黑暗、嘈杂、杂乱无章……还要让人难以接受。

尽管害怕得直打哆嗦，他还是追上了城市的入口。蒸汽城的大门是悬在半空的黑色金属阶梯，斜支着伸出城市的躯体，仿佛一柄锋利的犁头，在它锋利的锐角上，包裹着一路上翻起的土坯和草皮。大角在城市的行进路线上找到了一个高起的土丘，他爬上去，站在顶端，当黑色的金属阶梯喘息着爬行过来的时候，他伸手攀住阶梯的下沿，跳了上去，就像在大风天气里从树干上跳入摇晃的飞行器中一样轻松。

里面是一个永恒地发着低沉响声的黑暗洞穴。这儿永远摇摇晃晃，没有停止的时候。涌进耳朵的喧嚣噪声也撞击震荡着整个洞穴。

大角站在洞口，他看见了下面一座座无比庞大的机械装置，映照着暗红色的火光，机器脚下围绕着一群群的小人儿，仿佛一堆弱小的蚂蚁围绕着巨大的奇形怪状的甲虫尸体在忙碌不停。

大角慢慢地走了过去，那些小人儿变成了高大的、全身都是起伏的黑色肌肉的大汉，他们挥汗如雨，忙忙碌碌。他们的头上、身上，投射着挥舞着旋转着巨大的金属长臂的黑影。一个铁塔一样的黑大个儿拦住了他。他用一种厌恶的神情站着看了大角一会儿："啊，这个——是——什么？"他叫道。

"我是个孩子。"大角怯生生地说，"我是来找水银的，大夫说，我能在这儿找到水银。"

"孩子？"黑铁塔皱着眉头使劲地盯着他看，"够了，你是从木叶城来的吧。啊哈，你是那些无所事事的资产阶级享乐分子，你们总是索取，就没有想到过付出。"

"我不是享乐分子。"大角争辩说，"我只想要一点点水银。"

"啊，没错，我们这儿有水银。"黑铁塔吼着说，"我们这儿有水银，但是你得用劳动来交换，不劳而获是可耻的。"

"可是我的妈妈……"

"好了，你想不想要水银。"

大角咬着牙不吭声了。

"跟我来。"黑铁塔伸出大手，拉着他走了进去。大汉长满老茧的大手握住大角的胳膊的时候，他猛地打了一个激灵，只是因为想到了妈妈，才没有叫出声来。

大角走得离那个大机器更近了，热气冲入他的头脑和肺部，让他头晕目眩。黑沉沉的洞穴壁上映照着火焰跳动的影子，水珠从上方不停地滴下，弄得这儿湿漉漉的。

他看到了二十头围着水车转个不停的骡子戴着眼罩，低着头一步步地踩在自己的脚印上；他看到了数不清的大汉们，他们有的人没有右手，腕上装着铁钩，使劲地转动轮盘，黑乎乎的机油在肩膀上流淌，汗水飞溅在他们脚下。大机器发出轰鸣的巨响，有节奏的撞击声。

黑铁塔狂喜地咆哮了一声，加入了他们的行列。他把一个曲柄让给大角，吼道：“转动它。”

“为什么要转它？”

“不为什么，只是转动它。”

“可这些都是为了什么呢？”大角疑惑地说。

“别管那么多，劳动让我们快乐。”

“可是你们为什么要劳动呢？”大角要费上所有的劲才跟得上大汉们的节奏，可他还是张开嘴不停地问啊问啊。

“我们的劳动让这城市行走。”

“城市要到哪里去？”

“不知道，我们不需要知道。运动是生命，我们只要运动。”黑塔吼道。

“你们为什么不让机器自己转呢？”大角说，“为什么不用省力的方法呢……”

“你怎么有这么多为什么？”黑塔叫道，“你想要更省力吗，啊哈，想要偷懒吗？”

我们要劳动啊，嘿哟，掌心涂上松香啊，嘿哟……黑铁塔喊起了号子。

我们要劳动啊，嘿哟，擦亮每颗螺钉啊，嘿哟……他们回应道。

劳动让我们生存啊，黑塔咆哮着说。

劳动最快乐啊！嘿哟。大家一起回应着。

一声尖厉的汽笛在洞穴中呼啸，几乎把大伙儿的耳朵都震聋了；大机器的各个孔眼中冒出滚烫的蒸汽，嘶嘶作响，人影淹没在其中。“好啦，弟兄们，时间到了，”黑铁塔疯狂地叫道，“转回去，现在往回转啊。”罩着眼睛的骡子被吆喝着掉转头，继续周而复始它们的圆圈；黑汉子们绷紧肌肉，淌着热汗开始向另一个方向用劲。轮盘在倒着转；长臂在倒着挥舞；被提升到高处的水，一桶桶地倾倒回金属深井里；仿佛一切都在时光倒流。

“可这是为了什么呢？”大角低声问道。没有人回答他。

大角劳动了整整一天，他细细的胳膊一点劲儿都没有了，他的脸上抹满了黑色的机油，猛地看上去，他和一个劳动者也没有什么差别了。

“好样的，小伙计，”黑铁塔伸出他的大手拍了拍大角的肩膀，“第一天干成这样就不错了。给你，这是你要的东西。如果你愿意，我们也可以收回这份报酬，给你发一枚劳动奖章。”

劳动奖章啊，所有的人都充满妒忌地望着大角。水银流动着，冒着火热的白气。大角聪明地拒绝了这份荣誉。“我还要赶路呢，再见，大叔。”他匆匆忙忙地把药包揣在怀里，跳下蒸汽城大门那巨大的黑色阶梯，跑远了。

黑铁塔在后面叫道：“劳动与你同在，孩子。”

3　磁铁

大角跑啊跑啊，他觉得蒸汽城里那单调的歌声一直在后面追赶着他。他跨过了清清的小河，跑过繁茂的草地，地平线上的云压得更加低垂了，带着湿气的风从草原的尽头吹来。

还没有到傍晚，暴风雨就来临了。眨眼工夫，大雨倾盆而下，到处电闪雷鸣，半透明的雨丝密密麻麻地交织成白色的帘幕，黑夜仿佛提前降临了。大角什么都看不见，他不得不摸索着爬到一棵歪倒的老橡树上躲避这场暴风雨。他用小毯子裹着上身，趴在粗大分叉的枝丫上，冰冷光滑的皮肤贴着树皮。半夜里，雨小了一些。大角不舒服地蜷缩着，似睡非睡，在静寂中听着沉重的雨滴响亮地从高处砸在树干上。

第二天，大角醒来的时候，觉得全身又酸又痛。雨停了一会儿，四周的一切都是湿漉漉的。裸露的皮肤接触到潮湿的空气，他觉得很冷。

一阵阵浪花拍溅声传到他的耳朵里，这是大海的声音吗？

大角翻身爬起来，把小小的背囊飞快地收拾好，朝海边跑去。他还从来没有看到过大海呢。

海岸边长满低矮的棕榈和椰子树，沙滩上散布着东倒西歪的树干和烂椰子。大角跑过金色的沙滩，沙子漫过他的脚面；大角越过那些黑色的礁石，他看到了粼波闪烁的大海。

承接了一场暴风雨的大海依旧雍容平静，这儿的唯一声响，就是长长波浪永无休止地撞击沙滩的低语声。“啊，啊，啊。”大角轻轻地叫道，大海就像是高高的木叶城脚下一望无际的森林顶部，它比无风日子里的森林还要光滑柔顺。浪花扑上他的脚踝，弄湿了他刚刚被早晨的阳光烤干的衣服。

眼尖的大角一眼看到了遥远的水面上漂浮着什么东西，它们像水浮莲一样，团团围成几圈，随波逐流，越漂越近了。

哈，那是赫梯人的浮游城市啊，大角高兴地叫了起来，那是另一座人类城市，那是快乐之城啊。

浮游城市漂近了，他看到那上面一层层褶皱式的棚屋紧紧地挤在一起。在靠近水面的地方，到处都是开放着的小码头，浮动的桅杆和旗帜，时隐时现的人影使码头显得生机勃勃的，水面上小船在来来去去，几条大船在那儿转圈撒网。

他们很快发现了独自站在海滩上的大角。赫梯人总是望着远方。

“上来吧，小子。”一条离岸很近的小帆船上的水手喊道。他把船一直开到了很近的距离。大角抓住了他伸过来的手，跳上了小船。

船上有三到四个水手，都在对着这个小孩微笑。他们都有青色的皮肤，光滑的胳膊和腿部，脚趾分得很开，以便在摇晃的船上站得稳稳当当。“孩子，你要到哪里去？”那个拉大角上船的水手，带着飘带的白色水手帽，拉着帆缆，开开心心地问他。

“我是来替妈妈找药的，”大角说，他把医生的药方告诉了水手，“我已经找到了水银，可是我还没有其他的东西。我还没有磁铁，我还没有罂粟，我还没有金花果。”

“啊，即使是国王也没有这么多的宝物，”水手带着宽容的微笑说，“可是我可以帮你搞到磁铁。等我们的工作完了，你就可以跟我来。”

雨又开始下，弄湿了他们的衣服和水手帽，他们还是很快乐。赫梯人总是快快乐乐。“再下一天的雨，我们的储水舱就会满了。”一个脸色黝黑，栗色头发的年轻人带着心满意足的神色说道。听着他的语调，连大角也为他们感到高兴。

小船儿沉沉浮浮，渐渐远去的陆地仿佛也在一起一伏，大角觉得自己仿佛回到了在风中旋转的鸟巢中似的。他坐在船头，清楚地感受到了钓鱼的人们的欢乐。他们撒落鱼饵，把亮闪闪的鱼钩放入海底，拉线，银光闪闪的鱼儿为失去自由而狂蹦乱跳。

“我们在这儿钓了不少鱼啦。”水手说，他兴高采烈地吹响了返航的喇叭。他们高声呼喊着，把船桨插进桨栓，朝城市划去。

码头是一圈漂浮的木制平台，它们用链条连接在同样漂浮着的城市上。五万个巨大的浮箱装满了空气沉在水中，就是它们托起了整座城市。正是收网时节，平台边沿泊满了满载而归的拖网渔船、单桅船和三桅快船。码头上一片繁忙。船舱里的鱼没过了水手的膝盖，他们古铜色的皮肤上，油布衣服上，鳞片闪闪发光。他们冒着小雨把成桶成桶的青鱼装进了木桶和箱子里，街道上洒满了亮晶晶的鱼鳞。女人们坐在长长的桌子前剖鱼，那儿弥漫着厚重的腥味，害得那些海鸥尖叫着不断朝她们俯冲。

水手降下风帆，在码头上系紧小船。他吩咐其他人留在那儿卸船，然后对大角说：“孩子，跟我来。”他伸出手来，大角犹豫了一下，抓住了他的手。水手把大角扛在肩上，穿行在码头拥挤的人群中，躲避那些负着重的人们。孩子觉得自己就像驾着小船，轻快地分开人群的波浪前进着。带着腥味的风从他的胳肢窝下穿过，他开始快乐地笑了起来。脚下那些忙碌着的人，他们也在冲他微笑。赫梯人总是不断微笑。

“告诉我，水手，你们为什么快乐？”大角忍不住问道。

“为什么？啊哈，这可不是一个好回答的问题。”水手哈哈笑着回答，“我们活着，所以我们快乐。”这可不是一个令大角满意的回答，他皱着眉头，可是又不知道怎么再问。

水手带着他横穿过了城市的环状地带，到了城市的内环海中。在柔顺的雨丝下，这儿的圆圈海就像一匹平静的缎子，雾气从中升起，对面的城市朦朦胧胧，穿过薄雾的尖塔和屋顶。在圆圈海的一边，围成环状的城市留下了一个狭长的开口，像是劈开的峡谷。船只就通过这个缺口进出内外海。

圆圈海这儿是一个更大的港口，这里停泊的是那些远洋的货船，高大的炮舰，还有可以装下六百人的大船，水手的小帆船和它们比起来就像未满月的婴儿一样柔弱无力。这儿的平台上挤满了来自远方的商人和冒险家。他们带来人们从未见过的货物，散发着奇异的香味，他们带来的漂亮丝绸和衣物，发出炫目的光泽。“大夫说所有的贸易都中断了，”大角惊叹着叫道，“你们这儿的贸易始终没有停止吗？”

“啊，没有。没有什么东西可以拦住航海人的脚步。”水手自豪地说，“看到港口中央那些九桅的大帆船了吗？”大角看到了它们，它们有着与众不同的高大龙骨，船头两侧描画着鲸鱼的巨眼，看那些还留着风暴侵蚀痕迹的船体，就知道它们穿过了不可思议的遥远航线。

“他们是从中国来的。他们带来了航海者必需的指南针。”水手开心地说，“以后有一天，我也会到那样的一条船上去，我要当船长，带着我的船周游整个世界。”

所有高高的桅杆上都系着长长的飘带，像水手帽子上的飘带一样随风摆动。

“看，那儿是我们的高塔。”水手说。在水中央，有一个木制的两百米高的风车固定在圆圈海的圆心位置，转动的风车叶片比最高的桅杆还要高。它在水中高傲地、孤独地缓缓转动，安然静谧，但又带着不可阻挡的力量。“运动是我们的生命。”水手说。

一声巨大的震动摇晃着整个城市，此起彼伏的汽笛响彻在圆圈海内。

“出了什么事，水手？”大角惊疑地问。

“我们的城市要起锚了，我们将顺着洋流和潮水漂往下一个锚地。”

“告诉我，水手，你们为什么漂流？”大角忍不住问道。

“我们活着，是因为我们要了解这世界上的一切。”水手庄重地说。“我们赫梯人认为，每个人活着都有他必须要完成的使命，而我们的使命，就是要环游世界，去了解一切新事物，把它们记下来，并且告诉每一个人。我们刚从欧罗巴大陆漂过来，我们还将要漂到亚美利加去。”

“啊，你的使命可真好。”大角说，“我现在的使命是救我的妈妈。”

水手带着大角到了修船厂。那儿泊满了破碎的航船，看那些被撕成布条的风帆，和被浪头打烂的船舵，就知道它们曾经跟大海与命运勇敢地搏斗过。

活泼的水手微笑着从一艘破船上拆下了一个废弃的罗盘，从里面取出磁铁交给了大角。那块黑色的磁铁还带着海水和风暴咸咸的气息。“祝你好运，孩子。”他对眼前这个又小又瘦的孩子说，“等你的妈妈治好了病，就和我去周游世界吧，你来当我的大副。”

大角惊讶地仰起头来望着水手，“啊，你会要我吗？”他从水手的眼睛里看到不是随口说说的神色时，就快乐地叫了起来，“哇，这太好了。不过我还要去问问妈妈。”

“那是当然啦，”水手说，“下一步你要去哪儿呢？你要去恐怖森林吗？如果潮水合适，我们可以送你到白色悬崖那儿，再往后你就得靠自己啦。”

夜里，快乐之城静悄悄地漂向南方的时候，大角就睡在码头上一间屋子里。

雨一直没有停，大角想象如果雨一直下，一直下，有一天，木叶城所在的地方也会变成海底，那时候，人类将会怎么生活，他们将会建出海底的城市吗？也许他们还会长出鳃来，像鱼一样生活。他迷迷糊糊地躺着，他从倾斜的窗子里看出去，看到外面的海洋很深的地方有鱼游过，有的光滑，有的长着鳞片。他那么看了一会儿，闭上了眼睛，他听到外面的海浪拍打着码头，像是拍打着他的耳朵，过了一会儿，他睡着了。

4 罂粟

天刚亮，大角就站在白色悬崖上，向他刚结识的朋友们招手告别了。在背后吹来的咸咸的海风中，他计算着剩下的时间——要抓紧啊，大角，剩下的时间不多了。

大角把小小的背囊挎到身上，飞奔起来。大角跑啊跑啊，他跨过了水草蔓生的沼泽，跑过光秃秃的卵石地。正午的骄阳如同灼热的爪子紧搭在他的肩上，汗水在他的背上画下一道道黑色的印迹。白色的道路沿着奇怪的弯曲轨迹，在他面前无穷尽地延伸着。

一阵喧闹声，伴随着叮叮咚咚的音乐，像天堂的圣光一样降临到他的头上。大角惊异地抬头，看到海市蜃楼一样出现在他上方的空中城市。

那是倏忽之城，库克人的飞行城市啊。它可以通过飞机和热气球移动。库克人都是天生的商人和旅行家，他们自由自在地在空中飘浮，弹唱歌曲，和鸟儿为伴，随着风儿四处流浪。

他们看到了地上奔跑的孩子，从城市的边沿探出身子看着他。他们就问："他是谁？他为什么要跑？他叫什么名字？我们拉他上来吧，风不是把我们吹向他奔跑的方向吗？我们可以顺路带他一段呢。"

"嘿，好心的人们，"大角听到了他们的话，他跟着城市在大地上投下的阴影奔跑着，挥着手叫道，"我要上去，请让我上去吧。"

很快，从城市边沿垂下来一些软绳和绳梯，大角顺着它们爬上了库克人的飞行城市。

"你们能把我带到恐怖森林去吗？"

"只要风向合适，我们可以带你去任何地方。"库克人说，"你从哪儿来，孩子？"他们问道。

"我从木叶城来。我到过了蒸汽城，拿到了水银；我还到过了赫梯人的城市，拿到了磁铁；我还要去恐怖森林，那儿有我要的金花浆果。"大角回答说。

“哈哈，你是说地上那些无知的农夫，乡下佬吗，他们像蚂蚁一样终日碌碌，苦若牛马，不知享乐，他们那儿也能有这些好东西吗？”他们笑道，拉着手风琴，跳着舞步，簇拥着大角到那些漂亮的广场和大道上去了。道路和广场的两端到处是绿树葱茏，花团锦簇。

“你真幸运，”那些库克人说道，“我们正要上升，这儿的阳光不够好，我们要升到云层上面去。等我们升到云层上，就看不到你啦。”

大角好奇地四处张望，他看到阳光灿烂地铺在四周，照耀在每一片金属铺就的街石上。“我看这儿的阳光已经够好的啦。”他说。

“不，这儿的阳光还不够好，我们要拥有所有的阳光，每一天，每一刻。我们可以躺在广场的草地上，只是喝茶，玩骨牌，还可以什么也不做，把身子晒得黑黑的。”

“现在你们也要晒太阳吗？”大角小声地问道，偷偷地摸了摸自己晒得发烫的胳膊。

“不，现在我们要游行。”库克人快乐地叫道，“今天是游行的日子，我们要游行。”

巨大的热气球膨胀起来，所有的发动机开足马力，向下喷射着气流。飞行城市高高地升到了云层上空。现在阳光更灿烂更辉煌了，所有那些镀金的屋脊、金丝楠木的照壁、金色的琉璃瓦在阳光下闪闪发光，整个城市变成了被明亮的太阳照得明晃晃的巨大舞台。

游行开始了，大概是所有的库克人都挤到了街道和广场上，他们抬着巨大的花车，还有喷火的巨龙，骑在高大的白马上的盔甲武士，街道两侧的高楼上在向下抛撒鲜花，站在阳台上的人们开始弹唱，人群中的小伙子和姑娘们互相追逐，发出快乐的尖叫。各种肤色的人，各种混血儿，他们穿着绣满花纹的软缎，带花边的罗丽纱，华贵的天鹅绒，就连奴隶也披着带金线流苏的紫色缎子站在队伍中；空气中散发着浓烈的香气，那是从欢乐的人群中，从道旁的小花园，从金丝楠木制造的轻巧屋子，从每一个角落散发出来的，薰衣草香、檀香、麝香、龙涎香，这是一股混杂各种香气和色彩的快乐洪流，冲刷着库克城市的每一条大街小巷。

这儿的拥挤让大角害怕极了，他几乎不可避免地要碰到其他人身上，身体的接触让他觉得难受极了。

“告诉我，库克人，你们为什么快乐？”大角忍不住问道。

“快乐是因为我们还活着，活着就是要寻找快乐。”快乐的库克人说道。他们给了大角几粒小小的青黑色的果实，把果皮划开，从那些伤口上就会渗出一滴滴的乳白色液汁，随风而起一股跃跃欲动的香甜气息。

“来吧，孩子，这就是罂粟，它能治好你妈妈的病，也能让你快乐起来，来吧，闻闻这股香味，和我们一起跳舞，和我们一起歌唱。”快乐的感召力是如此强大，即使是忧伤的大角也忍不住要融化到这股洪流中去了，他们在旋转啊旋转啊旋转。他们弹拨着琵琶、吉他、竖琴、古筝、古琴、箜篌；他们吹奏着海螺、风笛、竖笛、笙、筚篥、铜角、排箫；他们击打着腰鼓、答腊鼓、单面鼓、铜馨、拍板、方响。大角从来没有听过这么多的乐器一起吹奏出快乐的音符，它们混杂成了一股喧嚣的噪声。他们跳着恰利那舞、剑舞、斗牛舞、拍胸舞。大角从来没有见过这么多种轻柔飘逸千姿百态的舞蹈，它们混杂成了迷眼的彩色漩涡。在街角里，在广场角落的树荫下，在大庭广众下，大角还能看到小伙子和姑娘们热烈地调情、接吻、拥抱和做爱。他们幸福极了。

在充斥着整个城市的幸福感的巨大压迫下，大角稀里糊涂地跟着游行队伍转过了不知道多少街道，多少星形广场，多少凯旋门。他累极了。边上的人递给了他一份冒着气的汽水。“现在你觉得快乐了吗，孩子？”

“是的——”大角喘着气说，欢乐在他晒黑的脸庞上闪着光，他一口气喝光了杯中的饮料。

“那就留下来，和我们一起生活。”

大角犹犹豫豫地刚想点头，可是，他突然想起了还躺在床上，等着他回去的妈妈。

“可是我的妈妈——她就要死了。”

“别为她担心，如果她曾经快乐过，那她就不会因为死亡的到来而痛苦。”库克人说道，“生活只是一种经历和过程——啊，当然啦，如果她不是一个库克人，那她就从来没有快乐过，死亡就将是痛苦的……”

“不对，我们也很快乐，如果能够不得病的话……”大角说，他想起了唱号子的黑汉子，梦想周游世界的水手，“我从其他城市经过，他们好像也都很快乐。”

“你们也快乐过？”库克人哈哈大笑，他们现在都停下来看这个奇怪的背着背囊，插着小刀的小男孩了。“我们每天每刻都快乐，因为我们经历着所有这一切；其他的城市？他们终日劳累，像骡子一样被鞭打着前进，他们没有时间抬头看一看，他们享受了生活的真谛吗？”他们说得那么肯定，连大角也开始怀疑自己是否真正快乐过了。

“那么告诉我，库克人，”大角忍不住问道，“什么时候开始有不一样的生活呢？”

“这要去问我们的风向师，问我们的风向师。”他们一起喊道，“我们不关心这个。”

5 风向师

在倏忽之城的最前端，像利箭一样劈开空气和风前进的，是一层层装饰着青铜和金子，轻质木料搭建的高高的平台，它们系紧在纵横交错的缆索上，以一种错综复杂的关系延伸出去，在城市的端头形成一簇簇犬牙交错的尖角。这儿没有那些喧闹的人群，只有风儿把巨大的风帆吹得呼呼作响，把那些缆索拉伸得笔直笔直的。

坐在最高最大的气球拉伸的圆形平台上的风向师是个胖老头，他晒得黑黑的，流着油汗。黑乎乎的络腮胡子向上一直长到鬓角边，在蓬乱的须发缝中露出一双狡黠的小眼睛。他也许是这座飞行城市上唯一不能不工作的自由人。工作需要他坐在这儿吹风，晒太阳和回忆过去。他很期待能有个人来和他聊聊天，可是别人总是把他忘了。

“怎么，你想听听关于过去的生活吗？”老头眯缝起小眼睛，带着一种隐约的自豪，“这儿只有风向师还能讲这些故事，那是很久很久以前从陆地上来的一个行吟歌手那儿听来的。”他蹙着眉头，努力地回忆着，开始述说。

很久很久以前，建筑师掌管着一切事物，他们的权力无限大。建筑师们对改良社会总是充满了激情，他们发明了汽车和管道，让城市能够无限制地生长；他们发明了消防队和警察局，来保护城市的安全。因为有许许多多的建筑师，也就有了许许多多的城市。有些城市能够和睦相处，有些城市却由于建筑理念的不同而纷争不断，以至于后来爆发了大战争。大战以后，成立了一个建筑师协会以协调各城市之间的纷争，这个协会也叫作“联合国”。

联合国先后制定了《雅典宪章》[1]《马丘比丘宪章》[2]《马德里宪章》和《北京宪章》[3]，这些都是关于城市自由发展的伟大的学术会议。但是最终在会议上产生了巨大分歧。最有权力的建筑师脱离了协会，开始发展自己的大城市，他们在巨大的基座上修建高塔，高塔上镌刻着金字，告诉市民们拯救世人的生活方式；他们设计规划了城市的每一条街道，把自己的光荣和梦想砌筑到城市的每一角落去。

正是在这个时候，反对建筑师的人们成立了一个党派叫作“朋克”，他们剃着光头，穿着缀满金属的黑皮衣，抽着大麻，捣毁街道和秩序。后来朋克和建筑师之间爆发了战争。这可是真正的战争哪。

---

1 《雅典宪章》：1933年，现代建筑派的国际性组织——国际现代建筑协会（CIAM）在雅典召开会议研究现代城市建筑问题，分析了33个城市的调查研究报告，提出了一个城市规划大纲，即《雅典宪章》。

2 《马丘比丘宪章》：1977年在秘鲁首都利马召开了国际建协会议，总结了从1933年雅典宪章公布以来四十多年的城市规划理论与实践，提出了城市规划的新宪章——《马丘比丘宪章》。

3 《马德里宪章》和《北京宪章》：分别于2011年和2008年在西班牙首都马德里和中国首都北京召开的国际建协会议上制订的城市规划理论。

“可是你刚才就已经说过战争了。”大角说。

“啊，是吗，”风向师搔了搔头，说，“也许有过不止一次的战争吧。那么久的事了，谁知道呢？——就在建筑师们节节败退的时候，那个神秘的阶级出现了。我说过那个阶级吗？”

“没有。”

“啊哈，那是个在建筑师之上的隐秘的高贵的阶级。就像那个古老的谚语一样，每一头狮子的后面都有三头母狮。这时候，人们才知道，建筑师所要拥有的巨大的能力和金钱都掌握在那个神秘阶级的手中。这个古怪的阶级总是喜欢隐藏在生活的背后，对社会事物做出一副毫无兴趣的样子，实际上，他们才是真正的操纵者。

“在隐秘阶级的支持下，朋克被打败了，他们被赶出城市，变成了强盗和黑鹰——可是，和朋克之间的战争记忆让人们充满恐惧和猜疑，因为传说有些城市是暗中支持那些捣乱的黑衣分子的。于是城市与城市之间的分歧越来越大，他们开始互相谩骂指责，所以战争过后，联合国就崩溃了。”老头总结说，“城市之间彼此分隔，再也无法相互协调——这就是大进化时代。”

那个老风向师使劲地回忆着这个故事，那些平时隐伏在他大脑各处的片段受了召唤，信马由缰放任自流地组合在一起，这个故事里好多地方纠缠不清。但是，如果他想不起来的话，就没有人会知道历史是什么样子的了。

大角听得似懂非懂，可是他不敢置疑这个城市中唯一的史学家。

“每个城市都有高塔吗？那你们的塔在哪儿呢？”他问道。

“我们没有高塔。库克城是唯一没有高塔的城市。你看不出来吗？我们就是那个隐秘的高贵的阶级，”老头的眼睛埋在长眉里，带着揭开一个秘密的快乐神情说，“我们默默无闻，但是负担着大部分维持秩序的责任。我们富有，快乐，并且满足——不需要那些虚无的哲学来指导我们的生活。我们在其他城市中投资，并且收取回报，还不起债的那些城市居民，就沦为我们的奴隶。”

他指了指天空，“看哪，孩子，几乎没有人知道，是我们在统治着这一切！库克城不需要为土地负责任，我们拥有云和风，我们拥有天空和太阳。我们才是世界的真正主人。”

库克城追着阳光很长很长一段时间，终于，太阳在和风儿的赛跑中领先了，消失在雾气茫茫的云层下方。天色暗了下来，但是立刻有五彩缤纷的焰火升了起来，装点着库克城的天空。

大角入神地看着，“真漂亮，”他惊叹，“但是如果有一天，这一切再也不能给你们快乐了，那怎么办？”

“看到最前面的尖角了吗？”风向师指给他看，大角向前看去，他看到了悬在空中的那个黑色的不起眼的锐利尖角，看到了在黑暗中它那磨损得很是光滑的金色栏杆。

“有时候是一个人，有时候是两个人。如果是两个人，他们就会在那儿接吻，做爱，拉着绳缆爬出栏杆，斜吊在晃晃悠悠的缆绳下，他们会拥抱着吊在那儿对着大地凝望片刻。然后，噗——”风向师说，“他们放开手。”

“啊，”大角惊叫一声，猛地退缩了一下，空气又紧又干，闯入他的咽喉，“他们从那儿跳下去？”

“不快乐，毋宁死。”风向师带着一种理解和宽容的口气说，“只是这么做的大部分都是些年轻人，所以我们的人口越来越少了。”

“我们很需要补充新人。你是个很好的小孩，你愿意到我们的城市来吗？”

大角迷惑了一阵，他问：“我可以带我的妈妈一起来吗？”

“大人？”风向师以一种轻蔑的口吻说，“大人不行，他们已经被自己的城市给训练僵化了，他们不能适应这儿的幸福生活。”

风儿呼呼作响。在风向师的头顶上，一只造型古怪的风向鸡滴滴哒哒地叫着，旋转了起来。

胖风向师舔了舔手指，放在空中试了试风向。他皱着眉头，掏出一支小铅笔，借着焰火的光亮，在一张油腻的纸上计算了起来，然后掰着手指头又算了一遍。他苦恼地搔着毛发纠葛的额头对着大角说：“风转向了，孩子，我们到不了卡特森林，不得不把你放在这儿了。”

“好了，那就把我放在这儿吧。”大角说，“我找得到路。”

“你是要到恐怖森林吗？那儿听说可不太平静。你要小心了。”

“我有我的刀子，”大角摸了摸腰带勇敢地说，“我什么都不怕。”

库克人的城市下降了，云层下的大地没有月光，又黑又暗，只有飞行城市在它的上空像流星一样带着焰火的光芒掠过。

大角顺着绳梯滑到了黑色的大陆上。在冰冷的黑暗中，他还听到好心的风向师在朝他呼喊，他的话语仿佛来自天上的叮嘱。“小心那些泥地里的蚱蜢，那些不懂礼貌和生活艺术的家伙们。”他喊道。

6 鹰嘴豆

天亮的时候，大角还在远离恐怖森林的沼泽地里艰苦跋涉。热风浮动着，飘过田野，匆匆忙忙地追赶流光。

现在他的时间更紧了，他飞奔向前。大角跑啊跑啊，他穿过了稀疏的苜蓿地，跑上了一条坑坑洼洼的小道。泥泞的小道上吸满了夜里的雨水，灌满水的坑洼和高高的土坎纠缠在一起，大角一边在烂泥地里费劲地行走，一边蹦跳着尽力躲避那些水洼。突然之间，他就掉到陷坑里去了。

陷坑只是一个浅浅的土坑，但是掩蔽得很好，所以大角一点儿也没有发觉。他刚从烂泥里拔出脚，想在一小块看上去比较干的硬地上落脚，一眨眼的工夫，就头朝下栽在坑里面，脸上糊满了烂泥。就在他摔得昏头昏脑的时候，听到路旁传来一阵响亮的笑声。

那个哈哈大笑的小家伙比大角大不了多少，瘦得皮包骨，青黑色的皮肤上沾满黑泥，身上套着一件式样复杂的外衣，但那件外套实际上却遮挡不住多少东西。

“你好！”大角说，他爬起身来，忍着痛和眼泪，对小男孩说道，“我是来替妈妈找药的，我的妈妈病了，你能帮我找药吗？”

“我不和笨孩子交朋友，”那个小男孩高高兴兴地叫道，他后退了一步，蹙起眉头看着大角，“你看上去笨头笨脑的，你一定是个笨小孩。”

“我一点儿也不笨。”大角生气地反击道，他也叫得很大声，其实他心里也没有底，因为从来也没有人告诉过他，他是聪明的还是笨的。

“你掉进了我挖的坑里，”男孩兴高采烈地叫嚣着，“如果你够聪明，就不会掉进去了。”

大角的脸掩藏在湿漉漉的黑泥下，只剩下骨碌碌转动着的眼珠露在外面。远处，在男孩子身后的地平线上，露出一些银光闪闪的尖顶，那是一座新的人类城市吗？他望着这个陌生的喜欢恶作剧的小男孩，突然灵机一动："你们这儿所有的人都不和比自己笨的人交朋友吗？"

“那是当然。”男孩骄傲地说。

“如果这样的话，比你聪明的人就不会和你交朋友，而你又不和比你笨的人交朋友——所以你就没有朋友了，这儿所有的人都会没有朋友——你们这儿是这样的吗？”

那孩子给他搅得有点糊涂，实际上大角的诡辩涉及集合论悖论和自指的问题，就算是大人一时半会也会被搞晕掉。他单腿站在泥地上，一会换换左脚，一会换换右脚。“那好吧，”他最后恹恹不快地说道，“我可以带你去找我的先生，他那儿或许会有药。”

城市就建在小山丘后面的黑泥沼地里，因为没有参照物而看不出来它离此地有多远，但是在大角和小男孩深一脚浅一脚地走向它的时候，太阳却慢慢地滑过天际。

大角跟着男孩穿过了那些弥漫着泥土气息的小路，顺着几乎是无穷无尽的残破石阶，踏着嚓嚓作响的破瓦片，走进了城市。他看到了那些高高低低重叠错落地摞在头上的木头阳台，沿着横七竖八的巷陌流淌的水沟。突然间飞尘弥漫，大角忍不住打了个喷嚏，原来有人在头顶上的窗口中拍打地毯。

大角看到了那些城市住民。他们的衣服看上去复杂得很，但个个倒也风度翩翩。他们拢着双手，一群群地斜靠在朝西的墙上晒着太阳，看着那个孩子和大角走过，只在嘴角露出一丝神秘莫测的笑容。

城里的道路曲折复杂，小男孩带着惊人的灵巧性穿街过巷，爬垣越壁，有几次他们几乎是从另一户人家的阳台上爬过去的。在一座破败的院落门口，大角看到一张裱糊在门楣上的黄纸上用墨笔写着两个字“学塾”。

“到啦，你在这等着吧，谁也不知道先生什么时候会来。”大角的新朋友扔下一句话，一回身就跑没影了。

院里原本很宽敞，但是堆满了旧家什、破皮革、陈缸烂罐，以及一些说不出名堂的大块木材和巨石。这些东西虽然又多又杂，但按照一种难以察觉的规律分门别类地摆放着，倒也显现出一点错落有致的秩序来。灰暗的光线从被切割成蛇形的长长天空中漏了进来，洒在大角的身上和脸上。一股久不通风的混浊气味从这个幽暗的院子深处慢慢洋溢出来，让人不敢向前探究它的静谧。

在这包裹着僵硬的酸臭味的黑暗中，有人在身后咳了一声。大角转过身来，就看见一个半秃顶的中年人走进院子里来。他瘦得走起路来轻飘飘的，没有脚步声，可是看上去风度儒雅，颔下一缕稀疏的胡须，两手背在后面，提着一本书，仿佛一个学者模样。

看见大角，他又咳了一声，道："噫，原来是个小孩。"

"我是从木叶城来的，我是来找药的，"大角说，"我找到了水银，我找到了磁铁，我找到了罂粟，现在我还差鹰嘴豆，我还差金花浆果，我还差好运气，再找到这些，我的药就齐了——你能帮我找药吗？"

"不急不急，"学者说，他倒提着书在院子里踱步，表情暧昧，不时地偏起头打量一下身上依旧糊满黑泥的大角，"原来是个小孩。你刚才说你是打哪儿来的？你是木叶城来的。啊，那儿是一个贵族化城市，可是也有些穷人——我看你来回奔波，忙忙碌碌，为财而死，未必不是个俗人。"

"我不是为了钱来找药的，我是为了妈妈来找药的。"大角说。

"啊，当然当然，百善孝为先。"学者连连点头，嘴角又带上那点神秘莫测的笑容，"这种说法果然雅致得多。看不出足下小小年龄，却是可钦可佩。"

大角好奇地看着这个高深莫测的院中人，"你们不工作吗，那你们吃什么呢？"

"嗤——"学者拈着胡须说，"我们这儿乃是有名的礼道之邦，君子正所谓克己复礼，淡泊自守，每日一箪食，一壶羹足矣，自然不必像俗人那样，吃是为了做，做是为了吃，这就是'尔然疲役而不知其所归'了，唉——可怜可怜。"

"像你们这样真好，"大角说，"可是你这儿有我要的药吗？"

"不急不急，"学者低头看了看表说，"小先生从远处来，还未曾见过此地的风貌吧，何不随我一同揽山看月？此刻乃是我们胸纳山川，腹吞今古的时间啊。”

天渐渐地黑了下来，低悬在天际的月亮越来越亮。大角爬到院子里摞着的木块石片上，学着先生的样子，挺直身子，踮着脚尖，向外看去。

米勒·赛·穆罕默德·道之城的建筑看上去和它的名字一样精巧而不牢靠，它实际上一直处于一种未完成的状态中。从外面望去，它就像一种浮雕形式的组合以及光影相互作用下的栅栏，连续的外壳被分离成起伏折褶的表面，就像覆盖在城市居民身上破碎的衣服布片。

大角看到了那些污秽腥臭的台阶，地下通道和人行天桥组成的庞大曲折的迷宫，当地居民在其间上上下下，如同巢穴里密密麻麻的白蚁。

大角看到了在被城市的烟雾沾染得朦朦胧胧的月亮下面，高低错落的屋脊上面，一个透明的、精巧复杂的高塔雪山一样矗立着。

“那是你们的高塔吗？它上面为什么有影影绰绰动弹的黑点呢，它上面随风飘舞的是些什么呢？”大角瞪大了他的黑眼睛，惊恐地看着高塔：“你们的塔上住着人？你们在高塔上晾晒衣物？”

“当然啦，可以利用的空间为什么不用。”学者拈着胡须，微微笑着说，“善用无用之物不正是一种道吗？”

相对于大多数城市居民来说，大角现在可以被称为一个旅行家了，但他在其他城市中，从来没有发现过神圣的哲学之塔被靠近被触摸过，更别提被使用的了。他满怀惊异之情再次地向这个美妙的可以居住的高塔望去，发现这座高塔是歪的。它斜扭着身子，躲让紧挨着它腰部伸展的两栋黑色建筑，好像犯了腰疼病的妇人，不自然地佝偻着。

“你们的高塔为什么是歪的呢？你们就不能把它弄得好看一点吗？”

“啊，好看？我们最后才考虑那个，”学者轻蔑地说，“要考虑的东西多着呢，我们要考虑日照间距、容积率、城市天际线以及地块所有权的问题。对文明人而言，礼仪是最重要的。”他拢着双手，神情怡然地直视前方，直到天黑下来什么也看不见了。

“看山的时间结束了吗？”大角忍不住问道。

学者仿佛意犹未尽，“噫，真是的，观此暮霭苍茫，冷月无声，不知不觉就忘了时间了。”

“现在你可以帮我找药吗？”大角问道。

“唔，是这样的，我们这儿有些鹰嘴豆。”学者说，仿佛泄露了什么大秘密，颇有些后悔。

他偷偷摸摸地瞟着大角，老脸上居然也生出一团异样的酡红，“看来小先生长途跋涉，自然是身无长物了。嗯，可是这把刀子看上去倒也不错呀。”

“是呀，”大角说，“这是我妈妈送给我的生日礼物。你可以给我一些鹰嘴豆吗？”

“你的刀子可真的不错呢。”学者说。

“你要是喜欢这把刀子，我可以把它送给你的。”大角说。

学者伸手摸了摸刀子，又还给他，微微一笑：“小先生把我当成什么人了。唉，君子不能夺人所爱，何况你是个小男孩，何况你还要到恐怖森林去，刀子总是有一点用的。”

“恐怖森林里到底有些什么呀？”大角忍不住问道。

“那儿其实什么也没有，根本就没有什么好害怕的。”学者连忙说道，仿佛后悔说出了刀子也有一点用的话。过了一会儿，他又不好意思地补充说：“事实上，那儿有一只神经兮兮的猫，它有一个谜语让你猜，只要你猜对了就能过去。”他模棱两可地说道，“虽说有点危险，可是也蛮安全的。实际上跑这么远的路，你真应该带一把雨伞，这儿的雨水总是很多。我们这儿雨伞比较有用。”

“可是我再没有别的什么可以和你做交换的了。”大角说。

“你说得也不错，不是我想要你的刀子，可我们这儿如果没有善于利用自己的财产，会被人笑话的。”学者说，“那我们就换了罢。”

他给了大角三颗硬邦邦的鹰嘴豆，豆子又青又硬，散发着泥土的气息。

“这是一种很好的麻醉剂，我们可以用来捕鱼，”学者惋惜地说，“你做了一笔好买卖呢。”

他捏了捏小刀的鞘，继续说：“嘻，是银的刀鞘吗？我喜欢银的，我还以为是白铜的呢。”

7　金花果

清晨的森林里弥漫着灰蒙蒙的水雾，那儿就是恐怖森林。从道之城出来就一路飞奔的大角不由得放慢了脚步。

森林让他想起自己的家，然而从这座灰暗的密林中飘来陌生的气味，那是毒蕈和腐烂落叶的霉味。那些传说鬼魅一样紧跟着他，在灰雾中生出许多幢幢的摇晃的鬼影。大角简直害怕极了，可是只要想到风中孤零零旋转的吊舱，吊舱里幽灵仿佛在低头俯瞰低吟着的妈妈，妈妈的脸上只剩下摇曳的一线生机，仿佛吊在吊舱上的一股细钢缆绳，他就鼓足勇气，向深处走去。

雾像猫一样的轻盈，它在密林盘身蹲伏，随后又轻轻地走掉了。

天色逐渐亮了起来，大角猛然发现，就在他的面前不足十米的小道上，藤茎缠绕的蜜南瓜丛中蹲伏着一个毛色斑斓的庞然大物，它没精打采地打着哈欠，用一只琥珀色的眼睛，睡眼惺忪地盯着他。

大角不由自主地伸手到腰带上摸刀子，却摸了一个空。他垂下空空的双手，踌躇了一会儿。他有点发抖但还是迈步向怪兽走去，就像希腊人步向斯芬克斯。

“站住，你侵犯私人领地啦，”那只怪物懒洋洋地叫道，“你从哪儿来？”它睁开了两只眼睛，充满怀疑地盯着他看。它有一双尖尖的耳朵，身上布满纵横交错的斑纹，长得就像一只大猫。

“对不起，”大角鼓足勇气说道，“我是从道之城来的，昨天我是在道之城，前天我是在倏忽之城，大前天我在快乐之城……”

“啊哈，”大猫轻蔑地打断了他的话说，“城市？我听说过那种地方，那里到处是石头造的房子，用铁皮挡雨，地上铺着热烘烘的稻草，住户们像老鼠一样拥挤其中，为了抢热水和上厕所的位置打个不停……哼，”它突然停住话头，上上下下地看大角，“那是人类居住的地方，你到那干什么？”

大角还没来得及回答。大猫仿佛刚刚从睡梦中清醒过来，它兴奋地咆哮了一声，叫道：“啊，我知道了，这么说你是个人类！”它的咆哮声在灰暗的丛林中四处震荡，吓得几只鸟儿扑哧飞出灌木，也吓得大角打了个寒战，他们那儿从来没有人会在说话的时候对着对方咆哮。

“知道吗，小人儿，你面对的是一只进化了的动物。”大猫歪了歪头，用眼角瞥着小男孩，它的笑容带上不怀好意的意味，“我们不再听命于你们了，驾，吁——再翻一垄田，去把拖鞋叼过来，哈，这种生活一去不复返了，这真是太妙了，妙啊。告诉你我们为什么要造反吧，你知道我们动物活在世上是怎么回事吗？”

“我不知道，”大角老老实实地摇了摇头，“我们不养动物。”

“啊哈，那你是不知道我们曾经过着那么短暂的，却是那么凄惨而艰辛的生活了。”大猫生气地嚷道，“那时，我们每天只能得到一束干草，或者只是一小碟掺了鱼汤的冷饭，而且我们还要不停地干活，逮老鼠，直到用尽最后一丝力气，一旦我们的油水被榨干，我们就会被送到肉店杀掉。没有一个动物懂得幸福或空闲的含义。猫们不能自由自在地坐下来晒晒太阳，玩玩毛线球，牛不能自由自在地嚼青草，猪不能自由自在地泡泡泥水澡……没有一只动物是自由的。这就是我们痛苦的、备受奴役的一生。”

它猛地伸出一只有着锋利指甲的爪趾，指点着小男孩瘦小的胸膛叫道：“看看你们这些寄生虫，人是一种最可怜的家伙，你们产不了肉，也下不了蛋，瘦弱得拉不动犁，跑起来慢吞吞的，连只老鼠都逮不住。可你们却在过着最好的生活——我们要奋斗！为了消除人类。全力以赴，不分昼夜地奋斗！小孩，我要告诉你的就是这个：造反！我们要造反！”

大猫伸手从旁边的藤蔓上扭下一个金黄的蜜南瓜，咔嚓一声就咬掉了半个。它显然对它的演说很满意，它满足地在地上打了一会儿滚，接着跳起来对大角说：“现在这个丛林是我们的，总有一天，整个世界也会是我们的。我们动物，将会在首先领悟的猫的领导下，团结起来，吃掉所有的人。妙啊。”

“我不知道你说的那些，”大角怯生生地说，“我妈妈病了，我是来找药的。”

“生病了有什么关系，”大猫不满意地瞪着大角，呼噜呼噜地吹着气，“人一死，烤来吃掉就行了——你应该请我一起去吃，这是盛行的待客礼貌，你不知道吗？”

“我们那儿从来都不这样做。”大角吓了一跳，他小声说。

“好吧，好吧，”大猫不耐烦地围着大角打起转来，“我不想理会你们那些人类的陋习，还是好好想想该把你怎么办吧。”

“我？”大角紧张地说。

“你放心，我不是屠宰场的粗鲁杀手。我正在学习你们的文明，我看过很多很多书，发现了关键的一点——你知道文明的最中心是什么吗？”它直立起身子，兴奋地自高自大地拍着胸膛，“让我告诉你，是礼仪与艺术。是的。就是礼仪与艺术。这将是我们建立猫类文明的第一步。”

“你想过路，那么好吧，”它鬼鬼祟祟地滑动着猫步，狡黠地说道，“只有聪明的人才有资格通过这里，你必须猜一个谜语。”

“如果你猜不出来。”它偷偷摸摸地笑着，刚啃过的蜜南瓜的液汁顺着它的下巴往下淌着，“我就要吃掉你。这个主意真是妙，嘻嘻，妙。”

它幸灾乐祸地笑眯眯地说出了那个谜语：

脚穿钉鞋走无声，

胡子不多两边翘，

吃完东西会洗脸，

看到老鼠就说妙。

“哈哈。你一定猜不出来的，你猜不出来。”它说。

“是猫。”大角说。他有点犹豫，害怕这道简单谜题后面隐藏着什么陷阱。可这是小时候妈妈经常说给他猜的谜语，那些温柔美丽仰人鼻息的小动物虽然在生活中消失了，可是人类坚韧不拔地在图画书上认识它们，并把它们传到下一代，让他们重温万物之灵的旧梦。

“猫，为什么是猫？”怪兽大惊失色，往后一缩，愤怒地揪着自己的胡子，“你说，为什么是猫？”它的尾巴高高翘起，让大角一阵害怕。

“你们都说是猫，只有我不知道为什么。”它痛苦地在地上打着滚，搔着痒痒，“我的胡子是往两边翘的，可是我从来没穿过钉鞋，我吃完东西会洗脸吗？这是我的秘密，你们人类怎么会知道？我从来就不对老鼠说妙，答案为什么会是我？为什么每个蠢笨的人类都这么说？为什么？现在我预感到，这是个重要的谜语。”

它折腾够了，爬起身来，望着灰蒙蒙的时起时落的雾气发着呆，喃喃自语“生命的永恒和瞬逝是一道什么样的二律背反命题呢？老鼠存在的意义是什么？难道它们也和高贵的猫儿一样拥有意义吗？我们聪明，温谦，勇敢，甚至可以吃掉小孩，可是我们却搞不清楚一个谜语——这是个令猫害怕的神秘隐晦的课题，我预感到，这很重要，很重要……”

不需要别人教他，大角趁着这只在哲学思辨中迷失了方向的大猫忧郁地望着黑幽幽的森林，仿佛是动物社会生存圈中的笛卡尔，一刻不停地悲凉地思考时，轻轻地一溜，就顺着路边溜过它的身畔。

大树灰暗的阴影下，深黑色的灌木丛里，有星星点点的小红点在闪烁，那就是大夫要的金花浆果啊。大角伸出手去，那些浆果冰凉，还带着露珠。一颗，两颗，三颗……现在大角有了七颗金花浆果了。

大猫还没有从它那深切的思考中清醒过来，大角把药包紧紧地揣在怀里，像在暗夜的森林中迷路的小兽，仓仓皇皇，跌跌撞撞地奔跑着。

跑呵，跑呵，草叶划过他的脚胫，露珠沾湿他的脚板，可是他还是一刻不停地奔跑着。

现在可以回家了。大夫的单子里还有一份好运气，可是他不知道去哪儿寻找。好运气只是一种说法，世上本没有这种实物，大角想，也许大夫说的并不是他妈妈要的药，而是找药的人需要这种好运气，如果是这样的话，那么现在就可以回家了。

跑出了恐怖森林，大角发现，再有不到一天的路程，他就可以回到木叶城了。在不知不觉中，他在大陆和海洋间兜了一个大圈子。在这场漫长的奔跑当中，他时而清楚，时而迷糊，有时候他似乎看清了什么，有时候这些东西又离他而去。

大角奔跑着，忽然之间，也许是怀中的药物萦绕的香味带来的幻觉，让他看清了蕴藏在心底深处中的景象，他的心忽然一阵颤抖，泼剌剌搅动水花跳出海面。他知道他将要给大家讲述什么。他要给大家讲述以前的一些伟大的城市：亚历山大里亚、长安、昌迪加尔，还有巴西利亚，那些建筑师们创造了一种生活。每一条街道，每一个广场，每一片设计精巧或者粗笨厚重的檐瓦，都渗透着建筑师的思想在里面。城市的居民们就生活在他们的思想当中，呼吸着他们的灵魂，倾听着他们的声响。

每一种哲学或者每一种狂热都有自己的领域，在每个领域当中都有一个巨大的抛光花岗岩基座，在这个坚实的基座上，每一种哲学都得以向空中无限延展。那就是他们的高塔。

跑呵，跑呵，碎石硌疼了他的脚踝，荆棘划伤了他的皮肤，大角奔跑着。

每一座高塔的倒地都意味着失败或者哲学体系的崩溃，那是一个壮观的场面。大地上曾经遍布人类，他们和驯化的动物们生活在一起。曾经有过更多的城市，如今它们都崩塌了吗?

他跑过了白天，跑过了黑夜，跑过短暂的黎明，跑过漫长的黄昏。

他跑过了晴天，跑过了阴雨，跑过雾沼，跑过干谷。

他看见一群庞大的军蚁，浩浩荡荡地聚集在缓缓起伏的平原上，他们头上的旗帜上飘扬着不可战胜的、展翅飞翔的黑鹰标志。

黑鹰，那是黑鹰部落呵。大角惊恐地想到，他停止了奔跑，充满恐惧地望着草原上那些没有城市的掠夺者，他们密密麻麻地挨挤在一起行进着，横亘了数百里地，挡在了大角回家的路上。

也许是第一次有人面对面地看到了这个神秘而可怕的部族。关于他们有许多可怕和血腥的传说，他们凭借自己强大的武力和残忍的性情，在这整个世界上无所畏惧。正是他们像蝗虫一样横扫整个草原，摧毁路上的所有城市，把一座座哲学的高塔打得粉碎。

大角屏住呼吸，捏了一手的冷汗。他趴在一束高高的牛蒡草中，探出头去。他看到了开路的一队队的骑兵，穿着黑衣，呼啸着来回纵横，搅起漫天的黄色尘土；他看到了两千名奴隶排成两列，弯腰挖土，把崎岖不平的道路铲平，汗水在他们的肩上闪闪发亮。紧跟在他们后面的是一支庞大的运输队。他看到了五十对公牛，低着头拖着巨木拼造的沉重板车，一百根原木做成的轮轴被压得嘎吱乱响；他看到了五十名木匠在不停地更换车轴，加固车架，往圆木上涂油脂，两百名壮工在两边扶着车上摇摇晃晃的铁铸怪物。透过飞扬的尘土，那些影像给小男孩留下了刻骨铭心的印迹。这一队人马拖着缓慢的、永不停歇的脚步，越过山岭和草原，越过河流和谷地，坚韧不拔地走向了他们的标的和命运。

一座座的钢铁怪物在大角的眼前被拖了过去，留下大地上深深的车辙，刚刚铲平的弹道一样平整的道路转眼又变成了坑坑洼洼的泥潭。大角瞪圆了眼珠，突然明白过来，他们车上拉的是攻打高塔的巨炮啊。现在，他们又要去攻打一座新的城市了。

8 药没了

草原上行进着黑压压来势汹汹密密匝匝的人群，那些挎着长矛的骑兵，披着铠甲的重装步兵，散漫的轻步兵，一队一队地过个没完。太阳慢慢地斜过头顶，像是一个巨大钟面上的指针，面无表情地不可抗拒地转动。大角躲在深深的草丛中，又饥又渴。他计算着时间和回家的路程，时间越来越紧了。

他决定另外找路回家。大角悄悄地倒退着离开那丛淹没他的牛蒡草，直起腰来，却惊愕地发现两个黑鹰部落的游骑兵勒着马伫立在前方低矮的小丘上，一声不吭地注视着他。

在那一瞬间，大角目瞪口呆，他动弹不得，属于他的时间仿佛在那一瞬间僵化冻结了。他眼睁睁地看着那两个骑兵，像张开黑色翅膀的秃鹫一样策马飞驰而来，打着呼哨，他们的马蹄悄无声息，一阵风似的掠过了他们之间的距离。骑兵在马上猛地俯下身来的瞬间，大角能看到他鹰隼一样锐利的眼睛，闻到他身上那股冲动的野兽般的气息。随着一声响亮的撞击，大角就腾云驾雾般飞到了空中。

大角惊慌地喊叫，踢蹬着双脚，却只能让那双钢铁般的胳膊越夹越紧。风拍打着他的脸庞，他只能看见草地在他下方飞驰而过。

他被带到了一个闹哄哄的营地，一声不吭的骑士把小男孩甩在了地上，骑着马跑远了。大角惊慌地把药包抱紧在怀中，四处张望。此刻已经是傍晚时分，营地上燃起了无数的火堆，炊烟笼罩，空气中充斥着马牛粪燃烧的气味。这是一个有着深棕色皮肤的强壮的民族。男人们剃光下颌的胡子，随身携带着腰刀和武器。他们显然还保留着驯服动物的习惯。大角看到几只狗在营地中跑来跑去。几个背着小孩的女人吃力地在河边打水，她们为了一个水勺而大声争吵。

一时间，仿佛没有人注意到这个满脸惊慌失措的小俘虏，就在大角茫然四顾的时候，又从营地外冲进来几个骑马的武士，一个家伙叫道："呵，看哪，他们抓到了一个小家伙呢。"

他们大笑着纵马围着惊惶的大角乱转，把大角包围在马蹄组成的晃眼的迷阵里，硕大的马蹄溅起的黑泥甩在大角的头上和脸上，酒气从他们的嘴里往外喷涌。"哈，我看他可以给你当个小马童。""还不如给你女儿当个小管家，哈哈哈。"他们看到了大角紧紧抱着的小包裹。"看哪，他还抱着个什么宝贝呢。"一个显然是喝得最醉的武士嚷道，他利落地抽出刀子。劈刺的亮光像一道优美的弧线划过大角的眼膜。

夕阳黯淡了下去。

"不要——"大角拼命地尖声叫喊了起来，在这一瞬间，整个营地寂静无声。他的喊叫声穿透了杂乱无章的、静悄悄流淌的河水，一直到遥远的红色花岗岩山才传出回声。那个肮脏的背着小孩的老女人掉过头来看他，让她们争吵个不休的铁制水勺掉在了地上。

压抑着愤怒和可怕的悲伤，大角低下了头。药包散在地上，水银有生命一般在地上滚动，汇聚又散开，渗入地下；珍贵的浆果被马蹄踏得粉碎，点点四溅，和马蹄下的污泥混杂在一起；那些沾满泥污的鹰嘴豆，带着海水气味的磁铁，沾染着风之清香的罂粟，都变成了破碎的泡沫；它们的香气散乱飘荡，仿佛一个精灵在风中卷扬，散发，化为乌有。

在无遮无挡的平原上奔跑时，太阳烤灼着他的肩脊，让他几乎要燃烧起来；在大树下露营，露珠一滴滴地渗透他的毯子，让他感受夜的刺骨冰凉；在森林中的巨兽大声咆哮，威胁着要将他吞到肚子里；大角一直没有哭过。然而现在，一切都变成了可怕的值得哭泣的理由。看着地上散落的药包，泪水一下子冲出了他的眼眶。大角站在那儿，画面一幅幅地晃过他的面前，他悲从中来，为了梦想的破碎，为了生命的逝去，大角像一个初生的婴儿那样，放声号哭。

透过朦胧的泪水棱镜，一块贴着金片的马蹄踏入了他的眼帘，它们猛地冲了出去，又折回来，就在眼看要踩在大角身上时突然煞住了，停在他的面前，腿脚僵僵的，不耐烦地撅着。

他听到马上传来嗤的一声轻笑，“我当是怎么回事呢，原来是个没用的哭哭啼啼的小孩，为了一包杂碎东西，哭成这个样子。”

大角抬起头来，看到了马背上骑着一个比他大不了几岁的女孩。她安坐在高高的马上，圆圆的脸儿晒得又红又黑，明亮的眸子在暮色中闪闪发光。她嘲笑似的用手中的马鞭甩着圈子。小马撅着蹄子，不耐烦地又蹦又跳。

“这不是杂碎东西，是给我妈妈的药，她就要死了。我是来找药的。我找到了水银，我找到了磁铁，我找到了罂粟，我找到了鹰嘴豆……本来只要再有一份好运气，我的药就齐了——可是现在……全都没了。”大角忍不住眼眶又红了起来。

“什么你的药，你的妈妈，现在都没有了。你是我的。”小女孩骑在马上，宣布说。

“为什么？”

“因为我们是强盗，强盗就是这样的呀。”女孩笑吟吟地说，她转身面对那几个现在毕恭毕敬的骑手，学着大人的口气说道，“把他带到我的帐篷里来，这个小鬼现在归我了。”

大角被带到一座白色的帐篷中，两个武士退了出去。大角的眼睛适应了帐中点燃的牛油蜡烛的光亮，他看到宽大华丽的地毯尽头，一个漂亮的女孩正对着铜镜装束。她把一柄嵌满宝石的短剑一会儿正着一会儿斜着地插在腰带上，始终不太满意。大角进来后，她转头看了看大角，微微一笑，又快乐，又淘气，正是那个骑着马的小强盗。

她停止了摆弄短剑，盘腿坐在阿拉伯式坐垫上，拍了拍坐垫一边，说：“过来，坐在我边上。”

大角倔强地摇了摇头，站在原地没有动。“我们那儿只有最亲密的人才能互相碰触。”大角骄傲地说。

小女孩脸色一沉，生气地说，“可你现在是我的奴隶。我爱要你怎么样就怎么样——我还可以用马鞭抽你。”女孩示威地说，“如果你肯求我，也许我就对你好一点。”

大角睁大了眼睛，他还不太了解奴隶这个词的含义。“我们是自由的，”他反驳说，“我们从来不求人做什么。”可是他很快想起曾经求过大夫救他妈妈的生命，于是又迷糊了起来。

“呸，自由？”小女孩扁着嘴轻蔑地说，“只要我愿意，我们随时可以攻陷你的城市，把你们那儿的男人全部杀光，让你们的礼仪和道德化为灰烬。”

“胡说，你们才不敢去攻打我们呢。”大角不甘示弱地喊道，“你们不敢来的，在森林里你们的骑兵施展不开，在森林里你们会害怕我们的飞行器，我们会从天上向你们倾泻石块和弓箭。”

小女孩满脸怒气地叫道：“黑鹰从来就不知道什么叫害怕。我们不去打你们，是因为你们那儿在传播瘟疫。现在我们要去攻打的是那个传说中的闪电之塔。我们要一直往那个方向走，草原大得很，我们也许要十年后才能回来——那时候，你会知道黑鹰的厉害。”

他们气鼓鼓地相对而望。一边站着瘦弱、肮脏、苍白的小流浪汉，头发是黑色的，乱蓬蓬地支棱着，在出来找药之前，他的生活单调恬淡，每日里只是看着高处的阳光穿透清澈的蓝天和幽深的山谷；一边坐着骄傲、高贵、矜持的小强盗，如牛粪点燃的火光辛辣，如她的短剑锋锐，她的生活自由辽阔，永远是没有止境的漂泊。帐中蜡烛的火焰猛烈地抖动着，轻烟氤成一圈圈发光的雾霭，然后一点一点地沉淀下来。他们相对而望，岁月流光在他们年轻的胸膛两侧呼啸而过。年纪如此相似却又无从相像，就如同一棵树上的果实却青红不一。造物主和光阴玩弄的把戏让他们充满好奇和相互探索的欲望。

“好啦，”忍受不住好奇，小女孩首先与大角和解了，“我的名字叫飞鸟。别生气了，和我说说你的城市，还有那些漂浮在海上的城市，飞行在云中的城市……和我说说吧——我想知道其他城市的生活，可是他们让我看的时候，那儿总是只剩些冒烟的断墙和残缺的花园。”

“它们是被你们摧毁的呀，你们为什么要当强盗？”大角忍不住问道。

飞鸟眉毛一挑：“这是草原的规则呀。弱肉强食，只有最强壮的部落，才能够生存下来。你们放弃了大地，生活在城市里，用你们的礼仪约束自己，你有你们自己的生活方式——而我们要生存，就得遵照我们的生活方式进行。”

远处传来了三声号角，在夜风中轻快地传扬着，悠远嘹亮。

“哎呀，没时间了。”女孩叫道，“你的身上又脏又臭，你要赶快去洗个澡，换套衣服，然后和我去参加宴会。”

这些野蛮人的宴会在露天里举行。围绕着篝火散乱地围着一圈矮桌，桌子上摆放着成块地烧烤过的牛羊肉、干面包，还有大罐大罐的蜂蜜酒。这些野蛮人席地而坐。他们用银制的刀子把大块的肉削成薄片塞进嘴里，他们先咬一大块面包再往嘴里塞一勺黄油，他们喝酒的样子让人害怕他们会被淹死。

即使是在宴会上豪啖畅饮，每一个武士都依旧穿着他们的铠甲。他们带着长矛和圆盾，他们束着胸甲和胫甲，他们戴着黄铜的头盔，他们聚集在一起，金属的铠甲映照着火的光泽，这些可怕的掠夺者在金属的光亮下，锐利、灼热、生机勃勃。

一位雄壮的武士端坐在篝火的另一端，他就是黑鹰——这个部落正是因为他的骁勇善战，因为他的残暴虐杀而扬名天下。令大角惊讶的是，他已经不年轻了，他的脸上布着无法掩饰的皱纹和疲惫。坐在他身遭的都是黑鹰的贵族和首领，他们人数不少，但是他们都老了，年轻的首领很少。此刻，他们正在吵吵嚷嚷，大声争论着什么。

“……那座高塔，没有什么东西能够穿越它守卫的分界线。我比谁都更了解这座高塔的威力。我亲眼看到三千名进攻者死在它的死光下……”一个白发苍苍的老人在讲述那次失败的进攻和三千名死去的骑兵时，他的脸上依旧是一副勇敢的神情，但他的膝盖却在微微发抖。

“不惜一切代价。不惜一切代价——”

“可是现在我们拥有了无与伦比的巨大火炮，我们拥有最好的铸炮匠人，我们用黏土模胚铸造出了整整二十座大炮，我们正在把它们拖过整个大陆……”

“……必须有更大的火炮，射程更远，威力更大……”

“吭啷”一声响，一个酒杯被砸到了地上。

“这是个狂妄的计划！我们根本没有必要翻越整个大陆攻打那座小镇——这块平原富裕丰饶，给养充足，我们可以在这儿抢劫二十个城市，我们可以在这儿舒舒服服地过上十年的好日子。谁都知道，那些人龟缩在高塔下过着与世隔绝的生活，他们贫穷，愚昧，呆滞，不思进取，我们不想为了芝麻大小的利益去和霹雳之塔作战。”一名坐在下首的首领突然跳起身来叫道，一道旧的刀疤横过他的眉毛，让他的神情显得曲扭凶狠。几名首领随声附和。大角注意到他们大部分都是年轻人。一些参加宴会的人仿佛感觉到了什么，他们悄悄地把手按到了剑柄上，关注但却依然平静地凝望宴席上首的动静。

“二十年了，”黑鹰仿佛没有注意酒席上剑拔弩张的气氛，他端着一杯酒，沉思着说道，“二十年前它让我们失败过；二十年来，它一直矗立在大陆的尽头，在嘲笑漠视我们的权威。纵横草原的黑鹰铁骑在它面前不得不绕道而行——那些被践踏过的种族，那些被焚烧过的城市，因为它的存在而欢欣鼓舞，因为它的存在而心存希望。你们知道我是怎么想的吗？”他端着酒杯，冷冷地环视左右，“这二十年来，我在梦中都一直想着要攻打它，因为我知道，只要它存在，黑鹰部落就不可能成为真正的草原霸主，就不可能真正地扼住自己命运的咽喉。

“现在你们却要退缩吗？你们想要害怕吗？你们贪恋这块土地上的牛奶和蜜酒，却不明白终有一日这些鲜花都会死去，财富会死去，你们会死去，我也会死去，但有一样东西不会死去，那就是我们死后留下的荣誉。”

“黑鹰，”另一个年轻的贵族语气恭敬地说，“在你的带领下，我们在这块大陆上寻求流血和荣誉，赢得了草原的尊敬。”他语气一转，说道，“可是你已经老了，你的头已经垂下来了，你想要去攻占那座闪电之塔，到底是为了什么呢？——是为了你自己。你害怕被荣誉所抛弃，却要带我们走向死亡吗？”

“我依然是首领。”老人平静地说。

“那就证明给我们看吧。”年轻强壮的刀疤武士叫道，他从座位上跳了起来，拔出利剑，闪电般朝黑鹰砍去。这一下当真是人如猛虎，剑如流星。而黑鹰甚至都没有站起来，大角看到他眼睛里的一道亮光，在那一瞬间里，他脸上的皱纹和疲惫一扫而空。他的小臂挥动了一下，年轻的武士仰面倒下了，他的胸口上插着一把银制的餐刀。他倒下的时候带翻了两张矮桌，桌子上的器皿瓶罐打翻了一地，鲜血和着蜜酒四处流淌。吵嚷声平静下来。黑鹰宛若无事举杯喝酒。“明天，我们继续前进。”黑鹰说，这次没有人站出来反对他了。

“那是我的父亲。”飞鸟骄傲地对大角小声说。

“可你刚才一点也不为他担心。”大角惊讶地说。

“那当然。如果黑鹰刚才在战斗中死去，那是他的荣耀。”飞鸟说，脸蛋被兴奋燃烧成绯红色，“我们所有的人都渴望能死在战斗中。”

9 所有的药

清晨，大角从噩梦中惊醒。他听到帐篷外面传来一阵阵的号角声。牛角号雄浑，铜号高昂，海螺号低沉。营地里到处是铠甲碰撞的铿锵声，战马的嘶鸣声，胀满奶水的牛羊咩咩的叫唤声。

他从奴隶们居住的帐篷中钻出来，外面一片嘈杂。低低的阳光斜照在挤在一起的士兵和耀着清冷的寒光的兵器上，投下了长长的阴影。一群群的游骑斥候策马而过，他们咧着满嘴白牙，不怀好意地对着衣衫褴褛的大角笑着。还在抓紧时间打盹的奴隶们被粗暴地踢醒，他们要干那些最苦最累的活。他们分散开来，看似混乱不堪然而又井然有序地收拾马厩，拆卸帐篷，提着铁桶去挤奶。大角觉得自己陷入了一个陌生的动荡不已的漩涡之中，不论他站在哪里，总有人冲他喊道：“快闪开，小孩，别挡着道！”他不得不东躲西闪地闪躲那些骑着马儿，横冲直撞的骑兵；闪躲那些扛负着重物，赤裸的脊梁上冒着热气的奴隶；闪躲那些目光呆滞，被驱赶着的畜生。

在一片混乱当中，飞鸟牵着马找到了他。

“好啦，你跟我来。”她不容置辩地命令说，带着大角离开部族的大队人马，把他一直带到了营地西侧那条河边。这儿可以看到河边上那些发白的鹅卵石，还能看到营地那边，数千顶帐篷在转眼之间消失得干干净净，余下冒着青烟快熄灭的篝火堆和满地的牛羊粪便，仿佛大火烧过的林地。黑鹰部落的战士、乱哄哄的家眷、牵成一串的奴隶，一拨一拨地开拔了。他们走过，寂静便在草原上空重新合拢，仿佛流水漫过干涸的河谷。

“你走吧。”她说，看也不看大角一眼，翻身上了马。

“什么？去哪？”大角说，他还没有反应过来。

“我是草原上最伟大的首领黑鹰的女儿，他的话就是命令，我的话也同样是命令。我赐给你自由，你就自由了。现在，你快跑吧。”她喊道，还用一个指头威胁性地比画了一下，“十年以后，我们会回来的——那时候，我会带着我的战士去攻打你们的城市，你记住了。”

大角茫然地四处看看，这儿离他的家乡不远了，可是他就要这样回去吗？带着满身的污泥和伤痕，空着双手，丢了小刀，可一味药也没有找着。妈妈就要死了。太阳升起来了，天边一簇散云成了一窝闪亮的小羽毛，河面上升起燥热的雾气，回家的路像一条晒太阳的蛇，懒洋洋地躺在他面前，他却觉得自己无处可去了。他转过身去，漫无目的地走了两步。

“等一等。”她说。坐下的马儿不耐烦地撅着蹄子。

“这是我送给你的礼物，”她叫道，扔过来一个大大的纸包。“你看，当强盗是有好处的，我们这儿什么都有。”她凝望了大角一会，猛地拨转马头，纵马扬鞭，疾驰而去。

大角打开纸包，发现纸包里塞满了药，那些晶莹流动的水银，那些充斥海水气味的磁铁，那些饱满多汁的金花浆果，那些香气萦绕的罂粟，那些又老又皱的鹰嘴豆，在这些足够治好木叶城所有人的药底下，多了一个银制的护身符——一个小小的马蹄铁，那是他们部族的象征。

大角抬起头来，看到草坡上那个现在已经变成小小黑点的飞鸟。他沉思片刻，掉头跑走了，带着这个年岁还不明了的惆怅，带着他还不知道的他们已经定下了的一个朦朦胧胧的约定，这个约定会在将来的岁月里跟随围绕着他，充满诱惑和痛楚，充满期待和惶然。

药又齐全了。从一无所有到应有尽有，这就是大夫说的一百份的好运气了。大角想，药香萦绕在他的鼻端，仿佛一首嘹亮的歌，这支歌在他的心里，也在他的嘴上。现在是第几天了，他拼命地算啊算啊，现在是第七天了，是最后一天了。他要去救他的妈妈，他开始拼命跑了起来。

他跑过了红色的杉木林，跑过了齐腰深的草地，跑过了茂密的芦苇丛，跑过了金色的沙漠。

跑呵，跑呵，他看见了火光下埋头苦干的骡马，浪尖上漂浮的捕鱼者，随着风儿流浪的旅行家，在泥地上挖坑的农夫，藏身在树木后面的出谜者，包裹在金属里的战士们，他们脸上洋溢着各式各样的快乐。这快乐引诱着他，让他对未来充满期盼。

跑呵，跑呵，他听到了自嘲自叹的哲学家的声音，被侮辱的类人生物的怨怒声，劳动者的呼喊号子声，乞讨者的悲哀声，被奴役的人们的抽噎声、哭诉声，野蛮人的叫喊声，他们品尝着各式各样的痛苦。这痛苦抽打着他，让他对未来充满惧怕。

叹息之城，快乐之城，记忆之城，风之城，水之城，土之城，形形色色的城市实际上只有一个，它就在我们心中。然后，黑鹰来了，建筑消失了，一起消失的还有那个理论上似乎无所不知的建筑师。现在，他们将学会如何自己去面对这块黑暗冰冷的大陆。

跑呵，跑呵，他从白天跑到了黑夜，又从黑夜跑到了黎明。

无垠的天空越来越亮。

他会长大的。

迎面扑来的时间像干粉一样噼里啪啦地敲打着他的身体和脸庞，告诉他死神正在俯瞰着他亲爱的妈妈。

大角，快跑！大角，快跑！他在心里呼喊着。

月光收敛了，向西沉去。

大角，快跑！他的心脏撞击着肋骨，仿佛一只想要飞逃而出的鸽子。

快跑呵，大角。

时间一分一秒地走着，嘀嗒嘀嗒，巨人的时钟悬在他的头上摇摇晃晃。

他看到了森林里飘浮的亮光，像是萤火虫在飞舞。

大角，大角。

远方传来微弱而模糊的叫声。

大角，大角。

那是木叶城的居民。他的邻居，他的玩伴，还有大夫，他们来接他了。

大角，大角。他们看到他了。他们驾着透明的飞行器朝大角飞来。

黑暗迎面扑来。大角迷迷糊糊地想到，现在，我可以休息一下了。鸽子飞出他的胸膛，离他而去。大角倒下了。

那天黎明，在木叶城里，星星还没有完全消失的时候，大夫把药混合在芳香的泥土中，撒入水里，温和的火燃了起来，风儿把药的香味带到了四处。奇异的香味飘荡在木叶城的每个通道，每部旋梯，每座吊舱里。妈妈苏醒了，其他的病人也醒了，整个城市都苏醒了。

被从这场瘟疫中拯救过来的人们来感谢那个孩子，那个拯救了城市的孩子，但他们没被允许看到大角。

他累坏了。他哭着，抽噎着，在母亲温暖的怀里缩成一团，小小的舱室像一颗鸟卵，在旋风中旋转。妈妈抱着大角，柔声安慰。她的大手围着他，呵护着他。母亲的怀抱总是最温暖最安全的。

大角睡着了。

饿塔

日暮时分，他们看见了那座塔。

纯白色的塔很高，又尖又长，甚至高出了那些山的暗影。它在西斜的三个太阳的余晖里，在四围浓厚的暗黛山色里，像是一根又细又长的亮线。

他们仰望亮线，仿佛仰望一个沉默的希望，没有人想过他们会全体毙命于斯。为了到达此地，他们已经不停不休地走了两个星期。他们穿过了整个沙漠，一路上扔下掉队者和体力不支死去的人，扔掉被太阳晒得神经错乱者，而狰狞兽则掠去了他们中间最肥美最可口的队员，剩下的人全都筋疲力尽，严重营养不良，宛若行尸走肉。

两周前，他们的飞船坠毁在沙漠里，当时就死了一半的人。飞行员很幸运地当场毙命，变成 团辨认不清形状的肉泥，否则在随后而来的绝望日子里他可能会被愤怒的幸存者施以说不出口的酷刑。

从沾满血和残肉的机械残骸中爬出来后，从两万尺高空像大铅锤一样直坠着地的震惊和歇斯底里中复苏过来后，从哀悼死者和赞美上帝对自己的仁慈中回味过来后，所有的人同时抬头看着四周一望无际的茫茫戈壁，众多大大小小的石头一直排列到目力难及的远方，在炽热的三个太阳的光辉下，如同骷髅一样，在沙地上反射着银色的细小的光。

幸存者们沉默不语。上帝让他们中间的一半人直奔天国，可是未必打算就此放过其他人。

绝大部分飞船职员摔死了，乘客们只能起来自救，一名来自特种部队的上尉军人成了理所当然的领袖。他检查完飞船残骸后告诉他们，发报机完蛋了，无法求救，也无法报告他们的确切位置。这样一来，最乐观的救援也将等到三个月后，更别提搜索这个贫瘠、荒芜然而又是巨大无匹的星球所要耗费的时间了。

“我要求你们去寻找所有有用的物品，把它们贡献出来——时节危难，我们需要团结一心，才能得救。”上尉说。他有一双坚毅的灰色眼睛，肌肉发达的脖子和厚实的胸膛，看到他那结实的样子就令人觉得有所倚靠。

“要相信上帝，神不会抛弃我们的，”来自太空加尔文教派的牧师如是说，此刻他是那根维系上帝的仅有细线，“只要我们坚信，就必获拯救。”

幸存者们开始极其热心地搜索飞船上所有的角落，哪怕是毁坏最严重的，一名乘客也未能逃出来的前舱也没放过。那儿现在活像一口被摔满草莓冰淇淋的搅拌锅。负责搜索它的旅客们不停地做噩梦，在梦中呕吐。

水不是问题，那些咕噜作响扭曲变形的管道正在往外漏冷却水，虽然带着机油味儿，但没有毒。他们还找到了不少食品，都是旅游者从各星球上带回的土特产，但无论这些食品花样如何繁多，口味如何鲜美，也不可能维持60个人三个月的生活——何况这班幸存者中还有不少体形肥胖者，必是些胃口奇好的饕餮之徒。

在一个摔死的朝圣者的旅行袋中他们发现了一张古旧的破地图。上尉和幸存的飞船锅炉工、一位休假的化学教授，还有牧师四个人拿着罗盘和计算尺研究了半天后宣布，决定带领大家前往一个临时避难所，那是著名的苦修者冥修教派的修道院，是地图上唯一一个有人迹的标记点。

十四天艰苦的行军后，他们才看到了修道院的塔。它远在天边，被夕阳镀上一层金色的光。

在夕阳下，每一个人都开始疯狂地奔跑。扬起的沙尘粘在他们细细的小腿上，黏重的呼吸从干瘪的肺里冲出，没有人说话，他们挺直身躯，埋下头颅，甩下没用的背包，扔掉空空如也的水壶，踢掉沉重的已经脱了线的破烂皮靴，光着脚在滚烫的沙砾上跑得飞快。

他们知道，凶猛的狰就跟在他们的队伍后面紧追不放。每到太阳落山的时候，它就必然出现，在这班衣衫褴褛、垂头丧气的旅行者中选择一名受难者。两个星期里，他们损失了十四个人，始终对这头怪兽束手无策。

无法预知狰这次将选择他们中的哪一个，显而易见的理由使人们认为，落在最后将大大增加被选中的概率，在离得救还有一步之遥的时候，谁希望做那位不幸者呢。他们争先恐后地逃窜，沉默着疯狂低头奔跑的姿态感染了队伍里的每一个人，即便是年轻的牧师也不能例外，他带着一种深切的耻辱感跑了起来，一边跑一边回忆达尔文那残酷的生存法则，自它出现以来，就不停地让宗教和人的尊严蒙受着莫大的羞辱。现在跑吧跑吧，只要不是落在最后，就有活下去的希望。

刚出发的时候，他们组织得很好。有人负责探路，有人负责照顾妇孺病弱，有人负责每晚的安全警戒。即使在落难之中，大家依旧表现得彬彬有礼，相互谦让，仿佛这次艰苦的行军只是城市背包族的一场度假冒险。一直到狰的出现，一瞬间，脆弱的文明的纽带断裂了，秩序崩溃，活命的本能回到每个人身上。那天晚上，在营地里，年轻的牧师在一片惊慌中看到粗壮的锅炉工踏翻了两个帐篷，把一个肥胖的女人撞翻在地；化学教授跃入火堆，几乎把自己全身点着；上尉远距离朝猛兽开了两枪，随后不见踪影；所有的人都觅处而藏，一次假日进军演化成了混乱的大溃逃。

狰实在是一种极度可怕的猛兽，事实上这是一种整个大星云区都少见的凶狠的噬人兽，它的速度快如鬼魅，弯曲的利爪犹如闪闪发光的匕首，钢鞭一样的尾巴在末梢分成了毒蛇信样的三个分叉，比它的外形更恐怖的是它那对人刻骨的仇恨，一旦发动攻击，它就会扑击撕咬到底，绝无怜悯和收口的可能。

唯一值得苦中寻乐的是，狰懂得替自己挑选最佳的口粮。它会掠去逃难者中最肥胖的人，而他们消耗更多的食物，同时又行走缓慢——现在他们剩下来的人全是青壮男女，身体强健，意志坚定，不必有人催促，他们的行走速度也快多了。

上尉跑在队伍的中间。他手里紧攥着自己的激光枪，脖颈笔直，吐气长缓，跑得不紧也不慢——离开人群是危险的——他第一个领悟到在他们混乱的脚步中多了另一个声音，那是厚厚的肉垫落在沙砾上的声音。他闻到一股畜生身上特有的骚动不安的热气。他转过脸去，在月影下看到那个悄无声息跟随着他们的毛皮光滑的影子，它那扁平的大脸上满是卷毛，逆着风儿微微抖动。它正眯缝着瘦长的因为斜吊而显得格外凶狠的大眼，悄没声息地上下打量着队伍中的每一个人。它又来了，正在慢吞吞地策划发动攻击。而他们对此无能为力，这种居高临下的蔑视和鄙视对他的尊严形成了一种可怕的伤害。妈的，早晚会干掉你的。上尉恨恨地想，捏紧了无用的激光枪。

他们在奔逃中看到了峡谷的隘口，看到了围绕谷中的林子，成片低矮的小屋围成的小广场，广场中心那个小小的喷水池，一个异教的白度母女神盘腿趺坐在水池中心的莲花宝座上，圆如满月的脸上带着大慈大悲的神秘微笑。他们冲进去了。有人跪倒在地，像孩子一样放声哭泣。有人木头一样待着，既不哭也不笑。

没有一间屋子有灯光，没有一座烟囱有炊烟，所有的地方都静悄悄地，没有一个人。没有人出来欢迎他们。这儿已经荒废啦。希望像大肥皂泡沫一样升上天空，然后炸破了。现在，哭吧，哭吧。他们紧紧地挤在一起，度过了整个晚上。

天亮的时候，三颗带着各自色差的太阳先后跃上了天空，土黄色的领先，把谷中照得一片金灿灿的，蓝色那颗后来居上，它的个儿最大，最后是橘红色的缺乏热度的一颗。他们清点人数，发现在昨晚的混乱中又少了两个人。来自月球的塞奥尼和艾米丽夫妇。牧师回忆起两张年轻的布满雀斑的脸，叹了一口气。

他们在依然流淌着的喷水池中取水。长途的亡命跋涉之后，短暂的喘息让所有的人都情绪平稳下来。他们开始观察四周，林子不大，也不算密集，都是些当地的树种：向左盘旋的蕨类盘成紧紧的环，一圈圈地旋转着升向天空，在树的顶部，从根上分成三片的针叶摇曳着，在风中咕哝着轻柔的沙沙声。这儿显露出来的是一幅静谧的园林景象，他们却三三两两地紧靠在一起，不敢深入探究。

快到中午的时候，上尉把他们四个领头的人召集起来，化学教授、锅炉工和牧师。他把他们带到一个低矮的半地下室去。那儿大概是一个砂岩砌筑的酒窖，里面摆放着大量的空玻璃瓶。上尉原先身休健壮，皮肤黝黑，如今蹲坐在一堆甚不牢靠的瓶子上，披着毛毯，胡子拉碴，皱巴巴的面孔又干瘪又苍白，活像一颗失去水分的萎蔫的蔬菜。“食物已经没有了。”他向大家透露了这个可怕的消息，“我们没剩下一点食物。今天早上，我搜索了整个修道院，显然它是被废弃了。我转遍了所有的屋子，希望能够找到藏匿的食物——但是没有。没有。”

所有的人都沉默不语了。救援要两个半月后才能到达，没有食物他们只能饿死。相比这个威胁之下，狰倒是件小事了。

“我们要对付它，我们会对付它的，”上尉说，“枪对它没有用。我面对面地对它开过枪，它抖了抖肩膀，好像我手里拿的是把玩具水枪似的。”他说着，愤愤不平地抽了抽鼻子，“但是我们能把它拦在外面。我四处转悠过了，这儿四周都是直上直下的峭壁——只有一个出入口。我们要在那儿修建一道篱笆。工具这儿有的是。”

“是的，激光枪没有用，”化学教授蔫头蔫脑地说，由于瘦了，他的招风耳看上去大得惊人，“我碰巧看过一本旅游简介，这星球上云母岩中长晶体的含量高得惊人——由于那些晶体原子的共振——这是颗奇特的充满超声的星球，上面的生物天生有一种本领，它们能够利用并且控制物体的振动。看到那只大猫脑袋边的绒毛吗，它就是用来感应振动的——激光说到底也是一种振动。你的攻击大概会让它难受，但不可能伤害到它。”

“振动？你是说，用枪对付不了它吗？如果它冲进来，我们就只有跟它肉搏了——好吧，那我们就跟它肉搏！”上尉恶狠狠地说。

“这儿有不少的树，或许这些植物也可以吃？”锅炉工说。他是个有着扁平大脸的强壮家伙，一颗犬牙突兀地伸在嘴外，打破了一点外貌上死鱼一样的呆滞感，“俺在老家的时候听说过有人吃树皮。”

“不行。”教授沮丧地摇头，仿佛在宣判自己的死刑，“这是所有星际旅行者遇到的难题，大部分外星植物的DNA螺旋式和我们的基本结构不同，假使它们对我们没毒，吃下去也无法分解出对我们有用的蛋白质分子。”

“我们的肉对它们的猛兽倒是挺适用的？”上尉讽刺地说，他转身面对牧师，“这样吧，牧师，你来负责搜索。看这些和尚的布置，仿佛只是要离开一小会儿。没有留下一点点的食物，这是不可能的，”他歪曲着嘴角重复道，“不可能的。或许你们信神者另有思路，你们不都是信神的吗？”

“这是不一样的。”牧师抗议说。

“就这样吧。”上尉说。

冥修教派是个快要消亡的古老宗教。他们的教义宣称抛弃所有欲望，就能立地成佛，白日飞升。创建这个教派的是一位古代东方僧侣，据说他们能展现神迹给大家看，然而他们的流传范围很小，只限于大星云区的几个偏远星球。根据古老的地图介绍，这儿是冥修者们的一个圣地。

既然领受了找寻食物的任务，牧师就开始顺着谷地转悠。除了他们进来的缺口外，谷地四周都是高大的绝壁，上面是一条条流水冲出的沟壑，露出岩石内里红色的沉积层。站在谷中央看，这些巨大、沉默、冰冷的巨岩像幕布一样伸向天际，只露出了一块近乎圆形的天空，他们犹如置身井底。

牧师正在犹豫从哪儿开始着手搜索食物的时候，就看见锅炉工带着砍伐树林的那一群人尖叫着从林中跑了出来。

他们第一次看到了幻泡鱼。它们圆鼓鼓的，在阳光下反射出五颜六色的光，在空气中甩着尾巴，上下游动，逆风而动，仿佛一些脆弱的肥皂气泡，或者像是一些飘浮在空中的五彩气球。它们看上去柔弱漂亮，毫无危险，而且确实也只是些观赏宠物，但他们现在犹如惊弓之鸟。

那些幻泡鱼的透明肚皮在空气中以看不到的频率振动着，它们利用振动吸收阳光中的能量，不停地吸入空气中轻或重的气体，使自己维持在某个高度上。它们巨大的眼泡傲然自若地盯着下面那些显然太过慌乱而丢了自己脸的人们，然后摆了摆尾巴，升到更高的天空中去了。

出去探路的上尉和几个强壮的男人带回了塞奥尼的尸体，他是在昨天夜里的狂奔中踩到了沟里，摔断了自己的脖子。除了塞奥尼之外，他们还找到了一条干涸的车辙道，弯弯曲曲地通向不知道是天国还是何处的远方。痕迹被消磨得几乎看不见了，说明路上很长时间没人走了，看来这个修道所确实被废弃了。

牧师替死人做了祷告。他们把他埋在了树林间。那些蕨树一圈圈地盘旋着，围绕在他们的上空。上尉和锅炉工拿着铲子，像两根残破的石柱，矗立在红褐色的泥土松松垮垮堆起来的巨大坟头边上。

剩下来半个白天他们都在砍伐树木，修建栅栏。他们把坚固粗大的树干的顶部削尖，深深地埋入地下；用针叶编织带刺的索网，填充每一道缝隙；所有可能被攻击的薄弱点都用巨大的石头在后面加了固。他们忍饥挨饿，辛苦工作，终于完成了这项伟大的工程，这多少带给了他们一点虚假的安全感。

与此同时，牧师以无比的耐心搜遍全谷，却只发现了一点点发霉的面包，此外还有一些葡萄干。在酒窖的后面，他发现了一些干枯的葡萄藤，他们也许是自己酿酒的。他没找到片纸只字，也没有任何书籍或者记录。他努力回忆曾经读过的一些关于冥修者的书，记得他们喜爱劳作、冥想，但是没有什么书籍提到过他们吃什么。

饥饿开始咬啮牧师的胃，他两眼发花，在再一次绕到塔下的时候，他正在想那个令他充满焦躁不安的感觉，他们吃什么呢？

塔是他唯一还未搜寻过的地方。当然啦，它很高，大约有一百米高，六百个台阶。在此刻的身体状态下去爬它实在是件辛苦事。

他还是开始爬了。楼梯在塔内，向左盘旋，一圈又一圈，绵延的石砌梯级一级又一级，永不停息。塔仿佛还在不停地升高，像那些蕨类植物一样，在阳光下静悄悄地生长，往高空攀升。牧师不得不几次坐下来休息，休息的时候他可以看到遍布塔身的白色壁画。上面刻画着一些恐怖景象，也许是反映异教里的地狱景象；此外还有拿着宝剑、乐器和老鼠的甲士，一些婆娑的仙女，长满果实的树，睡莲和漂亮的雌鹿；而在所有这些图案的下面，则是一个沉睡的人形。也许这个繁复的世界，只是存在于佛的梦之中。在古代印度人的眼光中，世界本身不就是由梦组成的吗？

他花了很长时间才爬到高塔的顶端，那儿只有一个空荡荡的一无所有的房间。大块砌构的白色石头围成了一个奇特的圆形空腔，像是花房，又像是子宫。在这个石造子宫的正中央留下了冥修者长年累月席地而坐形成的凹坑。圆室的弧形墙上开了三个狭长的开口，权充是窗户。三扇窗户间是六幅壁画，他注意到其中的一幅：那是一些骨瘦如柴的人。他们的肚子胀得像面大鼓，眼中却闪动着饥饿的充满欲望的光芒，他们像蜘蛛那样伸手摄取，抓挠，乞求着。

饥饿之塔。这四个字突然不请自来地跳入他的脑中，让他心神俱悚。他逃也似的离开了高塔。

夜里狰又来了，在篱笆外面呼呼地喘着气，喷着食肉动物特有的腥味，眼睛像两盏明灯。谷口一整夜都传来可怕的撞击声。在怪兽的撞击下，整座石壁都在吱嘎作响，埋在地里的树干以吓人的幅度摇摆着。那天晚上狰没能闯进来，让许多彻夜不眠的饥饿的灵魂松了一大口气。

现在只有修复篱笆的时候能让大伙齐心协力，其余的时候，他们就分散开来，挖地三尺，发疯似的搜遍了所有的房屋和空地。葡萄藤在第一时刻被掘起来吃掉了，然后是各种皮制品，皮鞋、皮带、皮水囊，这座该死的星球上没有蚯蚓和老鼠，否则它们也要一起遭殃。

上尉忘了告诉牧师没找到食物是否该停下来，他就坚持不懈地拖着疲惫的身子在谷中游荡。在一间暗屋子里，他看见教授在把一些干草根和树枝状的东西收拢起来，塞在他那件大衣的夹层里。看见牧师的时候教授的脸上泛起了一抹涩红。

教授是个脸色苍白的瘦高个儿，鼻子突兀，眼睛很大，像两个蓝汪汪的水泡，这让他总是带上一丝儿惊恐的神情。他眨了眨眼睛，表达善意地递了两块植物块茎给牧师，说那是中国人治病用的药材。“对我的疟疾症状应该会有好处。”他支支吾吾地说。

在转遍了整个谷地那些平庸无奇的房屋之后，牧师开始坚信冥修者们唯一的秘密就在塔上。虽然虚弱，他再一次爬上塔去研究壁画和那间空荡荡的冥想室。他发现了建造石塔的材料不是当地的砂岩，它们是从远处运来的白色云母岩，仔细观看，它们与地球上的云母岩却又不同，那里头闪动着无数微小的细密的亮闪闪的晶体，犹如恒河沙砾。

那三扇窗口极窄小，只容一人挤出去，外面是小小的一环瞭望平台，可以望见谷外那空旷扎眼的沙漠，风毫无阻隔地在其上肆行，卷起滚滚沙尘。沙尘的上面则是那广漠无垠、寂然无声、深不可测的天空，它显得出奇的空旷与蔚蓝。三个太阳带着五彩的光芒滑过天空。他们就待在这个被遗忘的角落。他们确实被遗忘了。

这期间上尉上塔看了一眼，他对这空荡荡的房间不感兴趣，他很忙，要带人去修复篱笆。栅栏那儿的反复争夺已经成了一场战争。晚上狰来破坏，白天人在加固，到后来夜里也需要有人值班加固它了。狰的攻击愈发地凶猛，它咬断那些不够粗的树干，撕裂结实的针叶扎编的索网，用结实的身躯撞击得整个樊篱抖动不止，让所有蹲在栅栏后面的人心惊胆战，暂时忘掉肚子中的火烧感。

锅炉工尤其喜爱这种战斗，他把脸涂抹成印第安人的战斗花纹，拿削尖的长杆从缝隙里往外猛捅，又唱又跳，他的狂热精神激励着大家。他确实是个勇敢的家伙。其他人呼喝着，用韧枝条编织的网格填补空洞，后面加固上大石块，他们用土埋上栅栏间的缝隙，用不知名的外星藤蔓把那些树干捆扎得牢牢的，坚不可摧的样子。

但他们依旧没有找到任何食物。另有一些人也开始爬塔探看，但这样的人不多，毕竟爬一百米高的塔对饥饿无力的人来说是个可怕的挑战。教授就是这样的一个人，他饿得半死，一路上休息了十六次，还治疗了两次自己的疟疾。一到顶部，他眯着眼睛敏锐地扫了一遍空荡荡的石室，外面的瞭望台也没有放过，毫不掩饰脸上流露出的失望神情。他向牧师解释说，并非自己不相信牧师的话，但上来看一眼为了打消他心中猫爪抓挠般的痛苦责任感。

教授下去后，几乎再没人来打扰牧师的工作。牧师对那个室中央的空洞越来越好奇，他知道冥修派的历代高僧就坐在这个凹槽上度过了一千年。也许有人就在此飞升成佛了。左右无事他便也坐在其上尝试著名的冥想，也许是冥想室包容一切的圆形结构让他安逸，他很快沉浸到一种似梦非梦的境界里，他几乎要睡着了。在睡梦里，他仿佛听到怪兽呼呼的喘气声，看到恶魔一样黄色的目光，它的利爪几乎搭在了他的喉咙上。

他醒了过来，觉得自己头痛欲裂，口渴得厉害。也许是出于想象，冥想室里仿佛充满了狰那野性的骚味。他昏昏沉沉地走下塔去，被告之昨天夜里，狰终于冲了进来，咬死了三个人。其中马修的尸体被他们抢了回来。马修是一个十八岁的年轻孩子，那天晚上，在怪兽的口中，他拼命挣扎，如同一只拍打着翅膀的飞蛾，篱笆上的洞太小，它没来得及把他拖出去，上尉跳过去，拉住了他的腿，其余的人朝篱笆外开枪，用削尖的树枝捅它的嘴和脑门，他们拼命地把他往回拉，结果弄折了他的脖子。

太阳出来的时候，狰带着战利品跑掉了。化学教授说，太阳是个巨大的超声源，它会搞乱狰的感知系统。

葬礼相当简陋。马修仰卧在地，褴褛的衣服下露出瘦削的臀部和嶙峋的胸，他的一条胳膊被咬断了，如同乱砍之后的树桩，尖锐的茬口处血肉交错翻腾，皮肉七零八落地牵拉在地。望着那些苍白因而显得无比柔软的肉，每个人都眼冒青光。牧师祷告的时候，一股难说出口的暗流在背地里骚动着。他们窃窃私语，或者还进行了秘密投票，最后他们没有把他埋掉。“他还有用。”他们阴沉着脸说。上尉点了头。牧师闭上眼睛没有吭声。

那个白天里，他们烧起了篝火，架起了大锅。香气从广场上向四处飘溢。他们用砍树的斧头和锯子肢解男孩的身体。上尉的手极稳当，他的刀子走得笔直。男孩的胸腔像瓜一样裂开，干枯的皮下是一层薄薄的黄色脂肪，里面有星星点点的红点。胸筋交间处的软骨被切断以后，内脏就像一堆红色的扭动的蛇滑落在地。随后那孩子的内脏和头被放在大锅里煮汤，四肢和肌肉则被烧烤烘干后保存起来作为存粮。

他们排队等候分配，手里端着各种各样的容器：敲掉瓶颈的玻璃瓶、铁铲、帽子和塑料袋，把皮靴吃掉了的人颇有些后悔，香气让他们的嘴里不停地往外冒酸水。

锅炉工掌着大勺，用一根草绳勒着少了皮带的裤子，他精细得近乎苛求地平均分配着每一份口粮，这种容易理解的公平是他目前唯一能够掌控的事，除此之外，他绝不多想。这种人总是现实的，他们的生活令人羡慕，因为他们总是快乐到最后的时刻。

有些人激动得吐了酸水，他们紧攥着手里的塑料袋不放。在面对缺盐少蒜，但又丰盛得令人不敢奢想的午餐的时候，不能肯定，他们其中是否有人默念了“主啊，感谢你赐我食物”这句祷词。

那个午后，他们以更大的热情去加固篱笆，在有粮食的基础上，他们又精神百倍，充满信心了。

牧师没有去参加排队，饥饿宛如蜘蛛啃丝般缓慢地咬啮着他的内脏，但他没去领他的那份肉。

上尉其实挺喜爱这个年轻人的。牧师还算是个英俊的小伙子，他有一副讨人喜爱的、十分敏感的脸，像砂岩一样白和脆弱。第一次看到这个年轻人的时候，上尉就总觉得以前在什么地方见过他了。在他的印象中，仿佛在此之前，在某个遥远的、被时间的烟尘所淹没的场合，他就见到过这个苍白瘦弱的、为拯救别人而会牺牲自己的好年轻人。他见过很多这样的年轻人，在部队里或者在其他地方，他们最终都被战火所吞噬。“主并不会指责人们在这样的环境下用如此手段求生吧?”他说。“我明白，我当然明白。”牧师低着头说。上尉给他带去了一些烘制好的干肉，那些肉片看上去很干净，切得齐齐整整的，凝聚着酱黑色的香气，确实熏制得很好。“可是你这样做会增加人们的压力，他们以为你在指责他们什么，”上尉好心地劝告他说，“你应该收下它。”他看出牧师明显地在犹豫。“我明白。”牧师说，最后还是拒绝了那份归他的食物。上尉盯着他的眼睛看了半天。

他依然去爬他的塔，那座令人充满无穷无尽欲望的塔。现在他自己也不知道希望在里面找到些什么，奇怪的是他并不觉得饥饿。白色的石壁在黑暗中发出温润的荧光，每一粒晶体都在微弱地振动着。或许冥想可以帮助冥修者进行辟谷？他端坐在凹槽上，抚摸着墙上那些文字，那些古老的画一样的象形文字，试图通过想象来明白它们是什么意思。

有那么几秒钟，他的头脑迷迷糊糊地涌现出了一种神秘离奇的感觉，他竭力想抓牢并留住这一印象，以便预测或者控制将要发生的事，但正如他所猜想的那样，它跑掉了。幻泡鱼在空中飘荡，它们的皮肤绷得紧紧的，像是透明的膜片，它们就是些橘黄的、橘红的、湖蓝的、金光闪闪的转瞬即逝的泡沫。

虽然有严格的份额限制，食物还是在一瞬间就被饥饿的人群吞食干净。和以往不同，现在谷中逡巡的这些皮包骨头的人身上多了点什么东西。他们的颧骨高耸在上，脸颊深陷，他们的目光来回扫射地上而不敢相交，因为那让他们害怕。

他们几乎是盼着狰的进攻了。但是篱笆很结实。狰在篱笆外呼呼地喘着气。它也有好多天没有食物了。饥饿让它的肋骨从干枯的皮毛下一根根突兀出来。它用发红的无力的眼睛盯着篱笆后的人，然后转身跑掉了。也许它就此退缩了，放弃了这群同样饥饿的人，这令守候在篱笆后的人感到一丝莫名失望。

虽然他们尽量节约，两天后，食品危机再一次开始了。强壮者带头抢夺剩下的骨头，他们砸开腿骨，吞吃了年轻人的骨髓和筋节，但这些东西远远不够拯救大伙，所以有一天早上，上尉带上一群人重新埋葬了塞奥尼。

头天夜里有人挖开了他的坟，想打死尸的主意，然而在如此恶劣的火热天气下，塞奥尼早已经腐烂成一团食腐鬼也难以下咽的烂肉，于是清晨的时候，人们发现他臭气熏天，横躺在红色的坟头上，眼窝变成了蓝汪汪的两泡水，额头上满是黑色的烂斑，他的牙龇出来，由于颊后的皮肤收缩而显得眉开眼笑。没有更多的人指责这桩暴行，他们只是挖了个更深的坑重新埋了他。目睹着如此大量的卡路里、氨基酸、蛋白质白白地腐烂，也许更多的人在暗自后悔呢。

其他的人也没闲着，他们试图尝试那些蕨类植物。他们砍倒它，把树皮上的刺去掉，剁成小条的细枝，用小火煮它，然而它发出了比腐烂的尸体更强烈的恶臭。还没等化学教授再次警告他们，就有人去进攻了幻泡鱼。两个来自大角星的钻石矿矿工拿叉子捅它们，结果被炸开的鱼肚皮里喷出的氨水毒瞎了他们的眼睛。他们的脸腐烂了，躺在喷水池边一整夜呻吟不止。

无穷无尽的阶梯让牧师仿佛在爬一座通往天国的巨塔。上帝是永生的，他无所不能，无所不知，他仁慈宽厚，为世间万物所共有。那么万能的上帝，以他那无穷的智慧，真的会害怕以前的人修建直通天国的那座巨塔吗？天国究竟在何方，在上面吗，在这个有限的但不断扩展的宇宙中吗？科学每一次发展，都让宗教摇摇欲坠，最后却总能找到与它相容的地方。这是否说明了科学永远也拯救不了人类呢？只是现在这些问题远远不及去哪儿寻找食物更重要。

他怀念第一次参加弥撒时领的圣餐，酒和饼象征着耶稣的血和肉，他们每个人都吃了他因而与他同在。皮带又老又韧，根本就嚼不动，但他还是想办法把它切碎，用唾液泡软后吞了下去。克洛诺斯嚼吃了他的子女，独眼巨人烧烤奥德塞的同伴，张巡将妻妾给部下分食，当然啦，还有乌戈利诺伯爵，据说在一座高塔里啃食了自己的骨肉——历史上早已人人相食，他们还在自相残食呢。成群结队的幻泡鱼浮游在冥想室的外面看他，仿佛大气是一个巨大的透明玻璃鱼缸。

恶臭一直萦绕在谷地上空。

两个矿工死了。猎食者终成被食者。那几乎是谷中人人等待已久的一场盛筵。大火烧起来了，锅里的水骨碌碌地冒着白色的泡。借助这两个矿工的牺牲精神，他们又熬过了一个星期。救援依旧显得遥遥无期。牧师几乎是奇迹般地熬了下来，他发现教授给他的植物块茎确实有无穷妙用，一小片就能带给他长时间的热量。此刻教授也是形销骨立，眼睛血红，几乎一阵风就能刮倒，然而他精神旺健，脸色红润得出奇。他不停地喝水，干裂的嘴唇边还是起了一串燎泡，这大概都是治疗疟疾引起的副作用。

太长时间没有人去关注篱笆了，那儿不知道被什么人连掏带挖地弄了一个小洞，直到狰的咆哮又回响在谷地中央的时候，他们才发现这一点。这一次没有人恐惧，他们在上尉的带领下极度亢奋地战斗，胜利的火焰缭绕在他们发烧的大脑四周。他们用铲子，用木棍，用刀子，用指甲和牙齿，和饥饿得缺乏力量的怪兽争夺着嘴里的尸体。

上尉用刀子从怪兽口旁努力砍下了一条大腿，他觉得自己又控制住了局面。他曾经犹豫和迷茫过，也害怕过。对他的训练让他对这种感觉感到羞耻——现在好了，在知道要走什么道路后，他就不用再担心，他知道自己将坚持到救援的到来。这种胜利的快乐冲昏了他的头脑，在狰钻出篱笆的洞跑掉之后，他持着化学教授那条毛茸茸的还在滴血的大腿纵声而笑。

他看到牧师就站在近旁，神情古怪地看着他，骷髅一样的脸上是一副痛苦的样子。上尉一下僵住，他收敛笑脸，对自己和对牧师都怒火中烧。妈的，他凭什么那样看他。在生存受到威胁的时候，信仰有什么用？不论是信神者还是无神论者，灾难降临在他们身上的时候还不是一样的残酷无情。他狠狠地对付手中的教授，又剁又砍，奢侈地让那些血肉碎末飞溅在地。不用去调查，他知道牧师的做法在大家中间引燃了怒火。

他们在喷水池里清洗教授剩下的残骸，教授的身体中萦绕着一股奇异的药香，即使漂洗了半天依然如此，渗透肌肤肉髓的香气让他显得格外好吃，他那瘦削的半具尸体只在一夜间就被吃得点滴不剩，他们根本就没尝出味儿来呢。他们还是饥饿，需要食物。

牧师在凹槽上盘腿而坐，思潮喷涌，围绕着他的恒河沙数的白亮的晶体在振动，共鸣，那些声音极广阔又极微小，如蚕嚼桑叶，如雨打芭蕉，包含着如宇宙般宽广的信息在这间小屋中回旋流动，通过弧形的花房腔室灌入他的头顶，让他想起了幼年的，过去的，甚至没有经历过的记忆。欲望从何而来？振动，振动，像蝴蝶那样拍打着翅膀。这个世界是虚幻的。一位白发的老人跟他说，我梦见了蝴蝶，蝴蝶才是真实的啊。

他睁开眼睛，看见了两片黑红相间的翅膀在室内拍打着。那是地球上才有的蝴蝶啊，它飞出了狭长的窗户，翅膀上的金粉在晨光下划出一条弧形的轨迹。

会是幻觉吗？一种神赐的顿悟充斥着他的身体。突然间，他极度害怕起来。这也许是想象中的想象，他只是想象着自己看见了幻觉。不过害怕只是一瞬间的，有什么关系吗？既然世界就是虚幻，虚幻的虚幻也不过是虚幻而已。在幻觉中他看懂了墙上的画，或者说是字。

佛告须菩提："凡所有相，皆是虚幻。"

这句话如果是对的话，那么反过来，虚幻也可生出有相。我的天，这可能吗？牧师闭上眼睛。世界真的只是黄粱一梦吗？他开始在心中画一块烤得喷香焦黄的饼。他的头在那些晶体的共鸣中剧烈地疼痛了起来，然而他睁开眼睛就确实看到一块饼躺在他的面前。那确实是一块饼，芝麻粒烤得焦黄焦黄，在地上冒着袅袅的热气。

眼泪从他干枯的眼眶中一滴滴流出。画饼确实是可以充饥的。他找到了食物！这就是冥修教派的秘密，他曾经以为摒弃所有欲望才是绝欲，然而他错了，有什么比满足各种欲求而告诉你欲求的痛苦更直接的呢？

他把饼留在空气中继续冷却。他觉得脑袋中金星乱冒，嗡嗡作响。这是神迹吗？还是科学？一个充满振动的星球。什么是思想，什么是物质？柏拉图说。他早该理解，思想本来就是一种振动。电火花在神经元间来回跳跃。这座高塔特殊的构造和材质，甚至要加上这整个星球，它们放大了思想的力量。只要坚信和细心刻画，他们甚至可以创造世界。

他忍受着剧烈的头痛在头脑中构想一个发报机。它在雾中浮现，越来越清晰，随后当的一声落在了地上，那声响坚实，簇新，发着蓝光，像尖锐的刀子一样插进他的脑中。他用发热的手抚摩着它。他将下去找他们，他们一定知道怎么使用这东西。而这期间，他们可以通过冥想和信仰来得到食物。他站了起来，却打了一个趔趄，几乎摔死。长时间苦思冥想已经让他不堪虚弱。

发报机太重了。他根本无法背负起这八十磅的重量下六百级台阶，于是他跌跌撞撞地爬了起来，顺着向左盘旋的楼梯慢慢地一圈圈地走了下去。

空气中飘荡着柔和的风。其他的人在广场上支着的锅边围成了一圈，火焰跳跃，水滚开着。他没有考虑又有谁死了。他快步上前，要告诉上尉，告诉他们他完成了任务。食物！他找到食物了。只要我们坚信，就必得救。多么简单啊，哈利路亚。

他们站成一个弧形，仿佛教堂唱诗班的大合唱队伍。所有的人目光柔和地看着他。现在，牺牲的那个人也在巨大的天幕上低下头来看着他，目光悲悯。上尉站在中央的高处，他歪过头去看谷的另一边，锅炉工手里拿着半截铁锹制成的狼牙棒逼近过来。他们站得笔直。他明白过来，那是一个审判台。是有另一人为大家牺牲的时候了。他明白要抓紧最后的时光，他举起手指，指向上方，用嘶哑的嗓子说道："我发现了……"

那话被后脑上沉重的一击堵塞在了他的咽喉中，最后的意识里有水滚动的声音，人群那白色的牙齿，大气中游动的鱼。远处有一声狰的咆哮，仿佛神的号角在召唤。

在这一切的上面，饥饿的高塔直刺穹天。

高烧290

这是个火热的季节。知了在叫，蜻蜓在飞，汽水里的二氧化碳在噗噗地冒泡，校园里所有的人都浮躁了起来，忙于排队报考托福、读英语、学小提琴、谈恋爱等等，阿理却毫不动心地埋头在他的小实验室里度过整个七月。当他从屋子里钻出来的时候满脸自我陶醉的表情。

客观地说，阿理确实是个不错的技工，只要有充足的工具和材料，他可以制造出任何东西来。我们学校里纷纷传说他曾经造出了个电子食堂主任，让它跑到食堂下令，淘米时要把砂石挑干净，不许尽往饺子皮里塞白菜馅，不许往肉汤里掺水，不许对学生挥舞人勺等等。这种传说言过其实了——我对他门儿清得很——阿理一心扑在学习上，因而还没聪明到分清八元一份的小炒套餐和三元一份的大锅菜有什么区别的份上，所以就算食堂的大师傅把馒头当肉包卖给他，他也不知道埋怨。

再说造个电子食堂主任捉弄人未免也太小题大做了，不符合知识分子的高贵个性，没文化的棒棒才那么干呢。我们这些未来的建筑师就文明得多，只是往食堂的玻璃上扔扔石块什么的；有时候我们也用喷漆把食堂那灰蒙蒙的外墙涂抹得五彩斑斓的，多半是些很漂亮的画，或者是些朋克们喜欢的词汇：性啊，暴力啊，毒品啊什么的——要知道我们都是热爱生活的艺术家，天生就憎恨灰暗，热爱彩色。

闲话少说，言归正传。话说那一天，我去拜访阿理（他因为深受学校信任而有自己的小屋），阿理正好撅着屁股给他的机器人——你们看，根本就不是什么新玩意儿，只是个机器人而已——拧上了最后一颗螺丝。

那是个矮矮胖胖有着四条短腿的家伙，连鼻子带脸都被涂成蓝色的，额头上还装饰有黄色的小圆点，好像出了麻疹，硬邦邦的六条铁胳膊乱伸着，但看起来还是挺显精神的。相比之下，我就有点灰头土脸，垂头丧气的。

阿理把这难看的家伙展示给我看。“它能做什么呀？”我满腹疑虑地问道，踹了踹那个矮家伙的铁屁股，还真是沉甸甸的。阿理带着他们学理工的那种愚蠢的自信，自吹自擂了一番。声称要让它运算不太可能性非限定方程下的混沌学的基质字母什么的。他也许不是这么说的，不过你知道，我对这些数学玩意儿一窍不通，能记得这么些名词已经是相当不容易了。

这是个思维严谨、极其理性的智能数学型机器人。阿理在进行了一番长篇大论的解释后最后宣称说。

“哦，”我装作恍然大悟的样子说，“你早说不就完了。我明白了，不就是个大型计算器吗？”我重新低下头去把它好好审视了一番。确实，它看上去呆头呆脑，几乎和我认识的那些数学家一样呆了，所以我几乎就相信阿理的话了。

“大计算器？你是在侮辱我，”阿理生气了，细细的青筋在眼镜片后面跳动，他激动地怒吼起来，“它能计算任何一道数学难题。芝诺命题，四色猜想，都不过是小菜一碟，就是费尔马大定理，它要证明起来也不在话下。”他说的那些题目我都没听说过，我猜想大概会比追女孩儿还难。

“我要接通电源，来一次最后测试了，你要看吗？”阿理眼巴巴地看着我问，仿佛他的孩子要第一次在幼儿园晚会上演出。我的心一软就同意了，要知道，这可真是个可怕的错误决定，要是我早知道……我就绝对不会允许他在我离开之前去碰安在矮胖机器人屁股上的那个红色电闸。

但是世上哪有后悔药可吃呢，阿理当着我的面，当的一声合上电闸，我才开始考虑“制造另一个生命到底是道德的还是不道德”这一重大命题，可是时间已经不允许我做这种考虑了，我立刻听到，什么东西在那里开始呼呼作响，铁皮在发热，大地在发抖，躺在那里的钢铁家伙抽筋似的前后颤动，冒出了阵阵黑烟，弄得我们咳嗽不止。小屋里的灯暗了下去，伴随着一声长长的叹息，那位出麻疹的天才数学家睁开了六个大眼睛，纯净的透明的大眼睛，安静地看了看这个世界，看看我，再看看阿理。

阿理幸福得不知道该干点什么好。“喂，你感觉怎么样？要不要喝点机油？孩子？”他说，明显地手足无措，一点接生经验也没有。

“我觉得很好，”它说，不知道为什么好像带着点哀怨的腔调，“就是几个元件有点黏滞，先问个问题看看好吗？”

“不需要休息吗？乖孩子。”阿理激动得眼圈都红了，“我知道你可以的，你是世界上最好的数学家。”我还在那儿怀疑地盯着这位两百磅重的孩子，这会不会是个圈套？想吓唬我？

阿理明显地看出了我的疑问。“你来提问。由你来提第一个问题——所有的问题它都能回答。”他骄傲地说，并且以其严谨的性格立即发现了自己话里的语病——他又补充说："你可以问它任何一道和数学有关的题目。"

数学？自从大一最后一次高数补考及格以来，我就没有数过数了。但这个小问题不可能难倒聪明的艺术家们，我想啊想啊，斜瞥了等着看我笑话的阿理一眼，终于问："机器人，机器人，告诉我下一期体育彩票的中彩号码！"（不知道为什么我还连着喊了两次机器人，仿佛历史上一位王后启发了我，她总这么说——魔镜，魔镜，告诉我谁是天下最美丽的女人？）

我的天，那铁皮笨蛋的反应真是吓人。它的脑门儿热得发红，程序咔嗒咔嗒地响，润滑油在冒泡，齿轮在震颤，靠近它脚旁的一个水杯砰的一声就炸成了碎块。5，13，……从它的嘴里吐出了几个不连贯的数字。"天哪，它真的知道。"我惊吼了一声。可就在这时候它闭口不说了，我们能听到它的关节咔吧咔吧地响着，看到它的十条手脚一起挥舞，它摇摇晃晃地站了起来，东张西望。电子眼在它的头上闪烁，闪着妖异的红光。"13，一个美妙的数字，阳光，"它开始夸张地喊叫，"红色的日子！ 34，生命！哈哈！"急急忙忙地兜着圈子，一路撞翻桌椅和大号试管，好像撒了欢的野猪。

"站住！孩子，站住！"阿理痛心地喊道，而我蹿到桌子上，想着要不要打电话给110。

它站住了，在往窗口外看。那儿是一片蓬蓬勃勃的绿色，高高的天空上流淌下炽热的阳光。车前子低伏在地，高白杨散发微微刺鼻的气息，金莲花一动不动地竖立在细长的花梗上，茂盛的绿色的灌木将它们重重包围，所有的绿色生命都在往空气中释放它们的液汁。那确实是个美妙的夏季的下午。"34，对，是34，生命真美，不是吗？”它说，安静下来，凝视着一只金甲虫嗡嗡嗡飞过被树干切割成条条杆杆的天空。

“接下去呢？你还没说完呢？”我说，站在桌子上四处张望，想找支笔把那几个数字记下来。

“什么接下去？”阿理绝望地，怒火万丈地冲我嚷嚷——他简直无法想象，我怎么会向他心爱的机器人问如此没有意义的庸俗的简单问题！这个问题虽然简单却涉及到混沌学和不可定方程，因而拥有巨大的运算量，即使是地球上所有的人埋头苦干，纸飞笔断，也得用上1 000 000亿年才能算出来——总而言之，我显然让这个家伙短路了。

我有点惭愧，强辩说我倒觉得这个问题对我来说很有意义，因为我现在正缺钱用，即使是艺术家也要用钱养活的呀。

阿理搔了搔头去问那台机器，“告诉我，孩子，那么3+3等于……”

“等于7，7。”机器人用雷鸣般的声音嚷嚷道，它依旧盯着窗外，脑门上热腾腾地冒着气儿。我发现它脸色通红，我觉得这家伙是有病，于是伸手去把它的脉搏，结果烫得跳起身来。

阿理伸手去试它的额头，也同样又蹦又跳。他又搔搔脑袋，说：“这么回事，这家伙发烧了。”他开始抱着头对着生了病的机器人发呆，我知道他会保持这个姿势一连待上两个礼拜。

“那么再见吧，”乘他没想起来和我算账，我连忙说，“我正好想起来有很重要的事要办。”我跑去买了彩票，结果后面的四个数字我一个也没有猜对。

后来我又去找了阿理几次，主要是想看看那台搞笑的机器人怎么样了。阿理试图要修好它，但并不容易做到，因为它身上热得要命，阿理一挨近它就会被烫得又蹦又跳，再后来就连阿理也对它开始失去信心了，他痛苦得想要自杀。“天哪，我从来没见过这么笨的机器人。”他悲叹着说。他试着让它解解最最简单的数学题，而它总能搞出些最最莫名其妙的数据来。

“你能相信吗？我让它做一百道四项选择题，它居然只得了五分——连傻子按照概率学也能得二十五分。”他说。

后来他沉思着说：“你见过这么笨的机器人吗？没有——所以这是个好机会，我可以在它身上试试计算机的后天数学教育，这可是个新课题啊。”他感叹着，兴奋起来，开始忙得团团转，制订计划，记录数据，还想办法测出了笨铁蛋的体温（普通的温度计一贴到它身上就会爆炸），“正好是摄氏290度，高烧290呢，可怜的孩子。”他说着，拼命地抽时间给它补课，除了看数学书，禁止它做其他事。

然而那台机器人自有主张，它始终像烧开的水壶一样翻腾着跑来跑去，没有安静的时刻——即使有这么一些时候，它也不看数学书。“反正它对数学不感兴趣，却在这翻腾所有的东西，”阿理痛苦地说，“我都不知道该拿它怎么办了，它疯了。”

疯疯癫癫的人本身就颇具艺术气质，我发现它比起阿理要有趣多了，特别是因为它给死板的阿理出了道难题，我就更喜欢它了。为了增加阿理给自己出的新课题的难度，我偷偷地借给它各类禁书，有一次还和它正儿八经地讨论人类的情感问题来。

“啊，爱情当然是最美好的感情了，你完全有必要去了解它——它的幸福就像啤酒一样让人冒泡，让我们慵懒欲死，它的痛苦就像荆棘一样刺痛皮肉，让我们充满创造的欲望。在所有的人造物中，没有什么比它更神气的东西了……”我对它高谈阔论，也不管它能不能听懂。它虽然疯狂，这些论调却吸引着它，就如同磁铁吸引铁末，琥珀吸引阳光一样。这足以证明物物生而有爱。

“我总觉得有什么东西在心里像团火一样燃烧着我，这就是爱情吗?”它问道，小心翼翼地恐怕打碎了什么。

“有可能啊。”我偷偷地捂着嘴乐。“生下来的时候，你就感觉到这团火吗?”它缓缓地沉重地点了点那个一百磅重的圆脑壳。“那你就是为了爱情而生的啊，恭喜你。”我戴上厚厚的厨房手套和它郑重地握了握手。

“下次，下次。”它请求说，“你带点关于爱情方面的书给我看好吗?”

我带给了它地摊上买来的一本古老诗集，它一边读一边梦想着在新月下的激情。“朦胧的晨曦映照着一对恋人焦干的嘴唇，黑暗海滩上抱成一团的两个躯体，爱得癫狂，拍岸涛声震耳欲聋。”它读道，一边把滚烫的手指插到一壶水里——它现在兼任烧水的工作。

“‘你爱过我吗?’那声音伤心地问，‘讲吧，你爱过我吗?’这个问题深深击中了爱恋中的女人，她开始毫无顾忌地裸露她的内心的最深处。”他叹着气读道，同时把一枚鸡蛋砸破在自己的头上，那枚蛋立刻嗤嗤作响，在它平坦的脑门上摊了开来——它现在还兼任煎鸡蛋的活。

就在一边烧水和一边煎鸡蛋的过程中，它飞快地翻完了那本诗集，而且倒背如流。

“我还要。”它说，躲着他的主人，用那六个热切的红色的大眼珠盯着我。我几乎无法抵御它那恳求的目光。

“好吧，好吧。”我说。我手头正好有用剩下的名人情诗和情书大全，包括上次大促销时买来的二十张光盘，满满地记录着人类有史以来的所有悲欢离合和爱恨情仇。我把它一股脑儿塞到它的光驱里，让它安静了整整三天。

它读完所有光盘后，表现越来越神经质了。它坐在门廊的阴影里，抖动它蜘蛛一样的胳膊腿，整天整天地咕哝着啥。阿理放了它的假。“它被高热烧得昏昏沉沉的，让它工作是不可能的。”

只有我知道它生病的真正原因，它现在活像那个可怜的陷入爱情深渊的少年维特啦。我和它一起并肩坐到门槛上，试图安慰它：“发现爱情后你快乐吗？伙计？”

“欢乐不是球形的，而是人工合成的。”它阴郁地回答说，“我觉得自己还在燃烧。佛陀说，一切皆苦，一切都在燃烧。”

“嗯，你现在已经学会很多啦。”我感到它身上的热气直逼过来，刚刚吃下去的两根雪糕眼看就要变为泡影，连忙起身告辞。

过了一周，我再次见到了它，它已经不蹲在门槛上了，正儿八经地占据了阿理的桌子在干着什么。

“现在怎么样了？阿理？”

“它现在开始写东西了，”阿理发愁地说，“问题是我还看不懂它写的是些什么。”

“都是些没意义的文字——像是写关于公牛的。”他说，给我看一张写满字迹的皱纸。

“啊，这不是公牛，它描写的是爱情，”我看了看那张纸，觉得热泪盈眶，“一首多么优美的诗啊。”

“你肯定是诗？”阿理恼羞成怒地说，“可是它是个数学家，根本不应该去写什么诗！”

“算了吧，阿理，你的孩子是个天生的艺术家。弥诺陶洛斯是一头陷身于巨大迷宫的牛头人身怪，它孤独地居住在迷宫里，永远也找不着出路。”我对他解释说，“看，它是借迷宫来叙述自己对爱情的困惑呢！”

到处都是静悄悄的小径／和年幼的灌木

到处都是疯狂的阶梯／和不知下落的篱笆

忧郁的公牛／幽灵和小树

还有杂草／在一起／枯死着

宇宙般深邃的大墙／让我面对着两性的历史长河和多汁的爱情

我什么也看不到／只有

近在眼前的／倒悬的／老数学家在低吟

……

这是一首长诗，一张又一张的白纸还在不停地从它的笔下流淌出来。“它确实是在写诗呢，”我说，“而且格调不低，这可真是个奇迹。”

“看来，我只好把它拆了重修了，”阿理绝望地说，他显然被如此不务正业的机器伤透了心，“它居然开始写诗了。”

“等一等，不，不能拆。”我说，一个天才的主意闯入我的脑中。光会制造神奇而不懂得利用，是这类书呆子的通病。

“你又想拿去做什么坏事了？”阿理充满疑虑地盯着我。当然啦，我一贯会为他的发明找到些不同寻常的用途，虽然结果并不总是那么鼓舞人心。

“你知道，”我压低嗓音跟他说，“我最近瞄上了一个漂亮目标。那姑娘可是中文系著名的系花和才女，追她的人据说就没有一个能成功的。”

“这么说你也吃了闭门羹？”阿理说。这家伙有时候也不全笨。

“哼，我没时间去搞这些小资情调的诗，女孩子就喜欢这些东西。你知道，我忙得很，哪有时间去推敲写给她的东西呢。”我尴尬地哈哈干笑，“把它借给我，把你这台发烧的机器人借给我一个月，准定把她手到擒来。”

“你吹吧。”阿理说，“哎，你这叫欺骗感情吧。”

“这你就甭管了。”我高傲地冲他躬了躬身。事不宜迟，我当即从桌子上拿了20张写满字的纸，匆匆跑往邮局。为了制造浪漫气氛，我还往信封上洒了点水粉颜料，然后把它折得皱皱巴巴的，唰——寄到了中文系。

回复很快就来了。我竭力控制手指不要颤抖，当着阿理的面得意扬扬地打开了那封信。

“女孩总是用这么精致的信封吗？”阿理好奇地把那枚散发香味的信封接过去看。

“都是这样，女人嘛，麻烦得很呢。”我总觉得自己有义务指导阿理在两性方面的知识，所以就把发抖的手藏起来，很好地教育了他一番，“可是我们不要学她。应该对她冷淡点，粗鲁点，这样她就会对你割舍不下啦……”

“我们还是看信吧。”最后他说，我们一起俯下头来充满饥渴地阅读她的回信。

真是鼓舞人心，这次她没有用上次那个言简意赅的词汇来形容我，而是用了一小段篇幅对我给她的长诗表示谢意，并且奉劝我应该把更多的时间用在学习上云云。

“我的天，我看出来了，她是对我有点意思了。”我得意地拈着下巴上假想的胡子说，“她这是在关心我，不是吗？”

“那要怎么办？”

“当然是再接再厉了。”我幸福地喊道，“这还有什么好说的。”

我揪着那个铁家伙熬夜回复。它很快写出了两千行语调优美、情深意切的格律诗，我看了也简直要流下泪来。

那段日子的天气真是火热啊。我在阿理的小屋和邮局之间来回奔跑，阳光从高远的天空上俯冲下来，我在尘土和火焰间穿行。电子艾略特的笔写个没完没了，如同暴雨沙沙沙地落在树梢，诗歌在它的大脑中盘旋，云雾般笼罩了整个世界。噢，爱情的魔力是多么地甜美。

她的回复开始带上了一丝惊讶的口吻，她说：“你的诗很奇怪，它充满了一些独特视野和颠覆性的词句。我喜欢这样的诗，希望能够多看见一些。”

没错，她确实可以如愿以偿，那些诗正从它那滚烫的胸腔里喷薄而出。它彻夜不眠，长吟短哦，高咏低叹。那些优美的、绝望的、哀伤的、才华横溢的诗句奔流不息。

“这就是爱情吗?”它问我，“为什么写出来后我的心还是在痛。我不能去见她吗?”

“当然不行，你会吓跑她的，”我对它的痴心妄想又是吹胡子瞪眼睛又是恐吓又是许诺，“对爱情来说，这种煎熬是必备的。再说她是人类，不可能爱上你，你只能帮助我，让她爱上我，这是皆大欢喜的事儿。”

它瞠目而视她的照片，那是我在一次舞会上偷拍的，“她可真漂亮。一个人类。她最终会爱上你的。是吗?”

“是的是的，她当然会爱上我，而你就可以从我这了解到什么是真正的爱情，哈哈。”我哄它说。

阿理刚开始嘀咕着这种爱情行动浪费了他的时间，他现在不容易喝上热水了。但他很快又找到了一个新课题，沉浸在其中不能自拔，几乎很快就把我和他的电子烧水器诗人抛之脑后，忘得一干二净了。

每天下午我到他的屋子收集写满诗句的纸，阿理只是偶尔抱怨上两声:“我觉得它有点不正常了，它总是失眠，焦灼不安，仿佛烧开的锅炉，喜欢冒着泡绕着房子转圈……不知道哪儿染上的破毛病。”

“你放心，写东西的都这样——这说明这家伙处在创作高峰期。”我安慰他说，挑上二十张写满字的稿纸，塞进装着玫瑰花瓣的信封，朝邮局跑去了。

一个又一个火热的日子滑了过去，夏季在奔跑中穿梭而过。它的胳膊把阿理洁净的实验桌烫出六条焦痕，写满文字的白色纸片漫天飞舞，雪花般纷纷扬扬地洒落一地。阿理刚刚收拾好屋子，把它们全部塞到垃圾篓里，立刻又有一千行新的滚烫的诗句被写出来了。一张又一张，生生不息，无穷无尽。

只有阿理无法体会其中的乐趣。他不太高兴。他说："我简直不能安静工作了。"确实如此，那些发烫的字总要滑过他的眼前，它们蛊惑人心，让人心思不宁——他没法安心工作了。

"再说，这些纸费谁来付，我已经要破产了。"阿理说。他确实无力以续了。

"这个问题好办。"我说，于是给这台大号写诗机蒙了块大花布，把它搬到了我们建筑系的专教——至于纸嘛，我们教室里多的是大开张的零号图纸、整筒的草图纸和散发氨水气味的蓝图纸。这样做还附带解决了一个大问题，在我们系里，这台铜制普希金还可以直接取到女孩给我的信，并且给她直接回复了，它勤奋异常，根本不需要监督。我再也不用在炎热如沸的日头下往邮局一趟趟地跑了，我可以坐在凉爽安逸的酒吧里饮茶消暑，读那位女孩的回信，同时惊叹着这个美妙的神奇的高科技时代。

一切看起来都很顺利，她的回信越来越温柔，开始絮叨一些诗以外的琐事，带着朦胧的情绪流露，就连笨如铁皮桶徐志摩也看出来了。"我觉得她像是真的喜欢上你了。"它说。

但上次的惨败经历还遗留在我的心里，我明白这条骄傲的大鱼不会轻易上钩。我将充满耐性，蛰伏不动，等待时机。爱情犹如战争，一个微小的错误就可能导致满盘皆输。死缠烂打那是市井无赖的作风，而我已经是个高手啦——真正的高手不出手则已，一出手就要一剑穿喉！

我美滋滋地想着，只顾制订针对女孩的作战计划，而忽略了六眼诗人那恍惚的眼神透露出的信息。现在想来，大错完全就是那时候铸下的。现在，它的诗写得越来越艰苦了。然后有一天，它开始吐血了。

我以为它吃坏肚子了，但机器叶芝一味低着头，对我的询问无动于衷。它写诗的速度越来越慢，写的东西越来越短小，有时候整首诗只有一行句子。在它低头创作的时候，一些红色的液体从它的嘴部慢慢地渗漏出来，点点滴滴落在铺在它面前的白纸上，洇成一圈越来越大的红色。

阿理来检查，他说没事，只是些润滑油而已，本来应该是油膏状的，可是它的体温一直太高，所以就渗漏了。但我觉得它确实是在吐血，要知道，那些被玷污了的诗句正是它写出来的诗中最明亮最隽永的句子啊。

“鸟群不是浩浩荡荡的，而是天蓝色的。”

“星空是爱飞翔的，是痛不欲生的，是尖细的冰冷。”之类。

我想起那些诗人写作时如何呕心沥血的传说，现在它真的像个诗人了。

火热的日子一个接一个地滑了过去。农历七月初七就要到了。这正是我盼望已久的日子。呵哈，这是中国的情人节啊。我决定收网了。“你要发出个暗示，发出一个难以拒绝的约会。”我指示它说，“然后我就会打扮齐整，喷上古龙香水，穿上我的西装，把头发梳得整整齐齐的去见她。”

风磨和能量　想展翅

宽大的抽象鸟高兴的理想树
温柔的玩具还有细小的红葡萄酒

噢！这橄榄形的大陆，这黏滞的铁栏啊！
犹豫的孔雀
……

它现在只写这些极短的断续的词句了，我已经看不太懂它在写什么了，如此疯狂的句子只有疯子才能写出来，可是中文系的那位女孩依旧对它极其信赖。

“她会爱上你的，”它忧郁地说，“加上月亮的魅力。”

“那当然，我这么帅，”我说，“我的魅力也已经足够了，不过有月亮更好。我是个情场老手，对我来说困难的只是开头。只要见了面，来上两段甜言蜜语，一个漂亮的吻，她就会跟定我的。简单得很，而这得多谢你，铜伙计。”

它什么也没说。可是应该有预兆的，从它那越来越忧郁的眼神中，我应该看出点什么，只是我太相信这块烫铁皮了——你见过会骗人的机器人吗？

那封信照着我的意思发出去了，我依旧每天去泡吧，依旧找阿理吹嘘我的战绩，然而有什么东西静悄悄地起了变化，仿佛一粒小石子投入生活的大水潭，波纹实在太弱小了，我过了很久才注意到——离七夕之日一天近似一天，我却没有收到她的回音。突然之间，我就发现自己不再收到她的任何信了。

“出什么事了，”我恼怒地冲到专教里喊，“你在信中和她说什么了吗？”

“什么也没有。我发出了约会邀请，可是她拒绝了。”它极其平静地说，给它的诗添了一个句号。要没看过那副样子，我的天，你们不会相信一台破机器撒起谎来比人还顺溜的。

“我不信！”我对着它那光溜溜的脑门吼道，“没有预兆啊。我们——我是说你们看上去谈得很好。你这个铁皮猴子，你把事情给办砸了。”我一遍遍地回忆最后那封信写了些什么，是否有操之过急的嫌疑。没有错，我坚信时机已经到了。突然，一道电光打中了我的脑门。看着它的眼神，我开始领悟到什么。是啊，这个笨家伙真的爱上她了，它爱上了她了。

不论我怎么好说歹说，恐吓，义正词严，低声哀求，威胁，劝说它投降，打消那个狂妄的计划。可是它不再理我。自顾自地往邮筒里塞信，写些什么根本不让我知道。

我当然不可能就这样被打败。我开始跟踪它，并且趁它上邮局的时候搜索它的桌子。说起要花招来，机器毕竟不是人的对手，在七月初七的那天早上，我终于发现了它的秘密抽屉，在里面截获了她的回信。

这正是那封弥足珍贵的信！我能认出她那娟秀的笔迹，天哪，她确实同意见面了。看到这里我只觉得犹如五雷轰顶，天哪，他们确实准备约会了。而且正是在今天晚上。可恶的是，约会的地点已经被它给毁掉了，显然它是要取我而代之——正如它所说的——借助月光的魅力，带着它的铜屁股，花哨的大脑门去约会了。这个该死的铁皮猴子已经彻底丧失了理智。

我咬牙切齿地想，真是太可耻了。诗人总是最不可靠的。这个卑鄙的懦夫，叛徒，这个铜制泰戈尔，这个电子叶塞宁。

我疯狂了，满脑子火气，一心想狠狠地质问它一把。可是它已经失踪了。我没有在邮局找到它，也没有在花店看到它。我倒腾了整个校园找它，却一无所获。眼看着明晃晃的新月升上了天空，明净如水的月光洒遍大地，约会的时间一刻近似一刻，想着漂亮的美丽的温柔的中文系姑娘就要落入它的魔掌，我就觉得五内俱焚。

当然啦，无论什么时候，我，伟大的人类代表，决不会甘心在一台笨锅炉面前承认失败的。我连夜出去挖陷阱，到处伏击它，想把它撕成碎片。可是这家伙刀枪不入，它有六个眼睛还有四条腿，它从陷阱里爬出来，捧着束花一溜烟跑走了。“是的，这就是浩浩荡荡的爱情。”它一边跑还一边冲我嚷道。我已经习惯听它用这种语气和我说话了。我提着铁锹在后面追它，一心想在它圆墩墩的脑门上留个记号，告诉它欺骗人类将会有多么可怕的下场，结果却一脚踏在了一个空矿泉水瓶子上，把脚给崴了。等我拖着铁锹从泥水里爬起来，那位陷入情网的电子诗人已经完全跑没影了。

我哪儿也找不着它。月亮的光辉消失了，天空上布满了密集的云层，随后大雨倾盆而下，我在雨地里转了整整一宿，最后发烧了。

第二天早上，我刚感觉好一点，就出发去找阿理了。

“嘿，你怎么啦，”阿理惊异地问道，“你是在跳伦巴舞吗?”

“我要杀了它。它在哪里?”我吼道，提着刀子在他面前跳来跳去，“我要杀了它！敢泡我的姑娘。我要让它知道我的厉害。听着，你得给我造一个能量更大的，液压驱动的，最好是带核能的机器人——总之要比它强大，要能抓住它，杀死它——你得给我帮这个忙。”

“不用这么麻烦吧?”阿理说，“它现在就在我这。昨天一个晚上它都不知道上哪去了，搞得满身是泥。看来机器人病理学很值得研究研究——它肯定淋了雨，结果却退了烧。现在它总算能干点正事了，我让它帮我计算哥德巴赫猜想呢。”

我从他的肩膀上看过去，正好看到那个叛徒。它安安静静地坐在桌子前，把六条冰冷的胳膊搁在桌子上，不再冒烟，不再浮躁，沙沙沙写着的不是滚烫的疯癫的文字，而是冰凉的充满理性之光的数字和方程式。

我没能从它的嘴里掏出那个晚上都发生了什么，他们是否见了面。总之那个中文系的漂亮姑娘从此不再理我们了，她也不再回信，我和钢铁布勒东的爱情一块儿完蛋了。

这是个火热的季节。知了在叫，蜻蜓在飞，汽水里的二氧化碳在噗噗地冒泡，校园里所有的人都很浮躁，他们忙于排队报考托福、读英语、学小提琴、谈恋爱等等，阿理的机器人却毫不动心地埋头小实验室里，计算着美妙得难以名状的数学。

星星的阶梯

——猴王哈努曼

1

天未亮的时候，一艘猴子星的船飘落到了橘子镇的港口上。这是那一天里发生的头件大事。它掉下来的时候撞翻了夏拉大娘客栈的养鸡棚和晾衣竿，还刮倒了“千人转”酒吧的大招牌和通信天线，不消说，这把镇上的人全都给气坏了。

当那些猴子们从它们的飞船上被轰出来的时候，镇上的许多人已经聚集在酒吧前的空地上，老爷们轻蔑地把嚼烂的烟草对着它们吐在地上，夫人们则围在外圈，用戴手套的手优雅地捂住嘴巴。苏有想和蔓在人群中钻来钻去，趁着大人的注意力不在我们身上的时候，苏有庆还挤到前面掐了它们中间的一个，他越来越皮了，我们三个人都看不住。我们一共搞到了三个钱包和一块怀表。

猴子们看上去垂头丧气，可怜兮兮的，不过没有人会同情它们。它们的样子实在是令人不敢恭维，你看呵，它们的头顶是光的，像个钢精锅，下巴又瘦又尖，像枚尖橄榄；它们的个子还没有狗那么大，穿着怪异且破烂，露出背上金黄色的毛；它们个个瞪着三角眼，里头射出凶光，一看就不是好东西。

“我们带着和平使命而来。”领头的一个猴子高举着两手说。杂货店伙计撒尔冈一枪轰在它的额头上，它的脑子和血花四处飞溅，让周围那些穿了新衣服的顾客很不高兴。这下子把它们给吓住了，它们可笑地往后挤，像筐子里的番茄，慌作一团。“我们来是想和你们做贸易，”另一个外星人说，“我们带了货物，为什么不让我们谈谈呢……”它的嗓门腔调古怪，活像极了猴子的吱喳叫声。它们是来做生意的。那些大人们笑得从椅子上摔了下去，好几个人撞破了头。“今年我已经打了三口井啦，挖出来的全是沙子，一滴水也没有。”农场主伊荣老爷愤怒地盯着这些猴子，眼珠烧得通红。他在镇西的荒漠中有块农场，可是收成不好。“全都是这些猴子闹的，天上掉什么不好，偏要掉些猴子——我提议把它们干掉。”

撒尔冈很酷地吹走了枪口上的烟，他兼任港口这片区的警察，所以他总是很注意自己的形象。“少来这套，”他严肃地说，“我们不和猴子套近乎。”夏拉大娘趾高气扬地在它们的头顶上挥舞捍衣棍，强调了这一声明。“你们不知道侵犯私有财产是死罪吗？”她把自己的头发扯得像鸟窝似的，愤怒地为自己的财产报仇，打翻了好几个猴子。它们实在是太不小心了。在这个镇上，没有人不知道夏拉大娘的名声，

猴子们惊慌地东顾西盼。“哈努曼，哈努曼。”它们仿佛在重复这个名字，还伸手向上指着。

“哈努曼？别拿猴王吓唬我。”酒吧老板郝富老爷如是说。他喜欢恶狠狠地盯着对方，一边用多毛的大拇指玩弄着一把大折刀，一边宣判结果。除了开酒吧之外，他还是镇上的法官。“我宣布你们全部被逮捕啦，你们将要么被绞死要么被溺死——这一点我还没完全想好。”

早在很久以前我们就知道，天空的某个地方一定有颗猴子星，因为总有些猴子会落到我们地球上来。它们全都丑陋无比。要是它们被镇上的人发现，多半会被痛殴一顿，要是抓到它们的人输了钱，也有可能把它们干掉。不管什么时候，它们总是威胁说，猴王哈努曼，猴王哈努曼。有个猴王哈努曼会来替它们讨回公道的。现在我们一听到哈努曼的名字就会哈哈大笑。

他们把剩下的猴子痛揍了一顿，然后把它们送往屠宰场，那儿后面有一排铁笼子，也用来临时关押犯人，因为屠宰场的老板孟撸老爷正好也是我们的镇长。孩子们跟在后面朝队伍里扔香蕉皮和小石块。我们都讨厌它们那张猴子脸，它没少让孩子们做噩梦。

大人们收拾干净那些猴子后，掉过头来发现了我们。我们开始逃跑了。我们跑啊跑，跑得像风一样快。我们推开空气，踩得大地梆梆作响，跑得气喘吁吁。我们喜欢疯跑。看那些个野女孩。夫人们看见了准会这么说。她们会拉紧胖宝宝的手，闪身让开，不让闪亮的绸缎沾上我们身上的污垢。胖宝宝用黏黏的小爪子巴住她的胳膊冲我们笑。我们跑啊跑，一直跑到心脏都要从胸腔里跳出来了，就摔倒在冰凉的街道石上喘气。天还没全亮。我们仰卧着就能看到一颗颗苍白的星星正在往地平线上飘散。我非常喜欢星星，要知道，我的家人就在上面的某个地方享福呢。它们小小的，发着青豆一样的光芒，看上去非常遥远，但我不灰心，知道有一天我也终于会到达那儿。

橘子镇本来就是个希望之镇。所有的人都到这儿来寻找希望。

2

我们每天都要在这个尘土飞扬的镇子上跑来跑去，躲避警察和不喜欢我们的大人。大人们其实是我们的衣食父母，我们像蜂鸟那样灵巧地接近，像蛇一样准确地叼咬，像獴一样敏捷地后跃，整个动作要像舞蹈一样轻盈，然后我们开始疯狂地奔跑。这就是我们的生活。我们跑遍了全镇，风儿刮过我们的双肋，托着我们滑翔过狭窄的街道，它很友好，然而它清除不掉四处飘荡的腐败气味。虽然港口还是很漂亮，虽然它连接着最后的美好希望，但它就像是一层挂在外面的贵妇人的雍容面皮。姐姐跟我说过，一个人的死是缓慢进行的，在他看着还好好的时候，实际上内脏和器官已经在漂亮的皮肤下长出斑点，变质流脓了。我觉得这个镇子已经老了，它在夜深人静无人注目的时候就吱吱嘎嘎地扭动呻吟着，吐出虚弱的瘴气，它已经开始它的死亡之旅了。想必没有太多的人知道这一点，因为他们还在不停不歇地从大路上拥挤而来。他们穿过了密密麻麻交织在地上的路，穿过满目黄沙和浮尘的旷野，仿佛大地上一股股络绎不绝的黑色麻绳，挪动着河马般沉重的脚步涌入了镇中。

我们站在路边，看着他们睁着一双双空洞而茫然的眼睛走过。一股股细细的黄色的尘土被他们的脚卷起，沾在他们黑而细弱的小腿上。麻花色的潮流最终汇入橘子镇，通常这儿就是他们旅途的终点。他们将停留在港口附近等待消息，等待登船的机会。港口上总会停着些空船，和港口周围那些破烂的木板钉起来的房子比起来，它们漂亮极了，银白色的金属船身高高耸立，闪闪发亮，像一座高立的银塔，塔外盘绕而上的，就是那些踏上星星的阶梯。

这些人就坐在那儿仰望着塔。他们总是肮脏疲惫，下流粗俗，臭气熏天，他们大部分的人将死在这儿。镇上的人讨厌这些准移民，然而他们更讨厌我们。

我们每个人都极能奔跑，即便是小有庆也是如此。他还没学会走路，就能够光着脚板在青石板道路上咔嘣咔嘣，跌跌撞撞地跑得飞快。跑慢了的孩子会被抓住，然后卖给那些等待已久的商贩。达尔文爵士说这是进化。剩下的孩子们都像羚羊一样善于奔驰——在他们中间，还没有一个人能追得上我呢——但他们还是需要运气才能生存。

猴子船落地的那一天，苏有想的运气就用完了。她在货摊上偷东西的时候被撒尔冈当场抓住了。我觉得她掏那块蛋糕的动作像魔术师一样美妙纯熟，简直无懈可击，但撒尔冈的独眼就那么厉害。她逃跑的时候在台阶上滑倒了。后来他一只手掐着她的脖子，用另一只手把她的胳膊反扭到背后。他的劲多大啊，女孩痛得脸都白了。苏有想本能地哀求起来。我们都知道这是没用的，但总得说点什么吧。再后来那个独眼把她带到了店里楼梯下的黑屋子里，玩了她一会儿，然后朝她头上开了一枪。我们躲在杂货店外面的窄巷，透过木板墙的缝隙看到了这一切。我们一直等天黑了店里没人以后才敢偷偷地溜进去看她。

地板上到处都是血，苏有想的肚皮被割开了，一些老鼠在地板上红彤彤的绳索间窜来窜去。她死了以后看上去更加瘦小，肋骨一根根地显露了出来。我们在她身上找到了一个乌油木做的护身符。她死得挺难看的，蔓都害怕得哭了，她才是个十岁的小姑娘呢。我没告诉苏有庆他姐姐的事，只是把那个护身符套到了他那肮脏瘦长的脖子上。他摸着那个护身符玩了好一会儿才趴在蔓的背上睡着了。

那个护身符很是漂亮，是她们家乡的手艺。我听说苏有想她们家来自南部瞻洲的某个地方，我已经记不得我自己的家乡是什么模样的了。很小的时候，妈妈就把姐姐和我带到了橘子镇上。橘子镇那时候看上去挺漂亮，又青又甜，像是刚刚挂上树梢。港口总是挤满了人，他们衣着整洁，等待踏往那条天空的阶梯。郝老爷的酒吧间里烟雾腾腾，挂满了一盏盏明亮的汽灯，更多的人挤在这儿排队，他们要给住在星星上的亲人写信。要攒很长时间的钱才能发一封信，所以他们都很有耐心。当酒吧上空那个白亮亮的大碗一样的通信天线开始优雅转动的时候，挤在外面的人木然的脸上就会闪过一丝因期待而幸福的光。妈妈带我们住进夏拉大娘客栈中最阴暗潮湿角落里的一间棚子，她拼命地替人洗衣服，打扫屋子，还搬运重货，不论寒暑，终于有钱给爸爸发了一封信。郝老板的手下替我们在柜台里办了发信手续，我们都不识字，信是办事员写的，这又要花上一笔钱。这没有关系。“只要找到爸爸，他会来接我们的，”妈妈说，“我们就可以到星星上去了。”有些星星有两颗太阳，所以那儿会很暖和，一年四季都是夏天，妈妈也就不会咳嗽得那么厉害了。妈妈是个爱笑的人，她那时候笑得更多。那一整天里她脸上都泛出少有的红晕。

刚开始我抑制不住自己的兴奋，总是跑到挨近酒吧的广场上去等消息，从妈妈的表情来看，她也很希望我去那儿玩儿。虽然那个办事员告诉我们等信寄到需要好几个月的时间，我还是很有耐心。那儿挤满了像我一样的人。他们总是站在那儿伸长了脖子等啊等，像鹅一样。一个月一个月地过去了，爸爸还没有来信。我们不再那么激动了。后来天气又开始变冷了。我看到妈妈又开始咳嗽，她的目光越来越灰暗，她在洗衣服的时候不停喘气咯血。干活的间隙里，她捶着腰，长久地望着天上，目光里若有所思。我们都以为希望已经完全破灭了的时候，爸爸却突然有了回音。

这是姐姐告诉我的。那一天我从广场上回来的时候，妈妈不见了。姐姐告诉我是爸爸来把她接走了，他们将一块在星星上的新殖民地干活，这样攒钱就更快了，等他们攒够了买第二张第三张票的钱，就可以来接我们走了。他们等了我很久，但是要赶那一班的船，所以没有等到我。姐姐看见爸爸了，他留着络腮胡子，头发梳得整整齐齐的，还穿着新衬衣！我已经忘了他长什么样了，所以我很妒忌姐姐，有两天没有和她说话，但这终究是件值得高兴的事，镇子上其他人现在都用妒忌的目光看着我们。就只剩下姐姐和我了，我有点害怕，但姐姐很有自信，她从小就是这样，这也是妈妈放心把我留给她的原因。姐姐那时候刚刚开始发育，她才十六岁，已经像棵小树一样挺拔。现在我快和姐姐那时一样大了，却看不出来我会有她那么漂亮的时候。

3

我和蔓轮流背着有庆往住的地方走去，一到晚上镇上就没了灯火，月光把屋檐的影子犬牙交错一样映在地上，四下里像铁锅中一样静默无声，鬼影幢幢。橘子镇就仿佛一个酣睡着的巨人般静默无声。要是可能，我倒是很想放上一把火，或者放声喊一喊，哪怕就像跳蚤咬这么一口呼呼睡着的家伙也好啊。但是我还背着有庆呢。一只夜鸟拍打着翅膀掠过天空，我和蔓同时感觉到了镇子后面传来的一阵扰动。我们在屋檐的暗影下回过头去，看见一个认识的女孩顺着街道噼里啪啦地跑了过去。“嘿，听说了吗？有只猴子逃了出来，大人们正在追捕它呢。”她一路喊道，把这股骚动带在身后，穿街走巷，跑远了。这该算是这天里发生的第二件大事了。下午我们还在屠宰场后面看过它们吊在铁笼里的模样。它们又渴又饿，依靠在带刺的铁栅栏上，眼睛里毫无光彩，被太阳晒得要死，怎么可能逃出来呢。大人们大概对这事非常生气，他们带着狗和猎枪在全镇大搜捕。他们什么猴子也没有找着，却逮到了许多醉酒的流浪汉和孩子们。因为再没有关人的地方了，所以大人们就用棍子砸他们的头，把他们推到河里，或者把他们狠揍一顿了事。因为这事闹的，我们直到后半夜才摸回了平时睡觉的地方。

我们睡的地方在比尔哈特寡妇的屋子底下，她是个半瞎的老太婆，为了防小偷，她屋子里所有的窗户都被木板钉得死死的，阴暗极了。永远没有通风和阳光。在被院里的石头绊了两跤摔断门牙后，她就不再清理院子了，所以我们在花园里挖了坑，在她家的地板底下安了家她也不知道。自从我被夏拉大娘赶出来以后，我们已经在这睡了三年啦。这三年来我们让房东的性情益发紧张。比尔哈特寡妇眼神不好，却依旧喜欢探头探脑地四处张望。一有风吹草动，她就紧张地东嗅西嗅，虽然她瞎得像蝙蝠，聋得像鼹鼠似的。她老是从枕头底下掏出块肮脏的手绢包，一个一个地摸里面的铜板，然后再把它们卷起来，塞在枕头下。我们每天晚上都是听着叮叮当当的声音入睡。

那天晚上真是事情不断。我们已经困得睁不开眼睛了，几乎听到耳朵边发出的叮当声。蔓拨开那些石竹和蕨草，刚钻进洞口，就在里面发出了一声短促的尖叫。我看到下面有团黑影在晃，于是放下有庆，扑上去和蔓一起跟它扭打起来，最后把它给拖到月光下来了。

这就是那只逃跑的猴子，它肤色金黄，满脸是干结的血，干瘪的腮帮子里有老鼠一样一鼓一鼓地动，可是一句话也说不出来。它有气无力，看上去只剩下一口气了。我们打架的声音大概太大了，比尔哈特大娘在黑屋子唉声叹气地骂街，用拐杖打地板。“这帮死耗子，又闹腾。看我明天不找人治治你们。”她经常这么威胁，但是从来没有动过手。我们小心翼翼地不再出声，再过一会，她就会把我们忘掉。很快上面传来了叮叮当当数铜板的声音。蔓忍不住打了个哈欠。有庆醒了过来，害怕地缩到我的腿后面看它。小个子的猴子脸也是猴子脸啊。蔓给它扔了一个西红柿。它抓住那东西，立刻就塞到了嘴里，嚼都不嚼就把它吞了下去。

我们蹲在月光下看着它，皱紧眉头。一只猴子，穿着衣服。我们拿它不知如何是好。一会儿工夫它就吃光了我们今天偷来的大部分东西。有庆看它老实，上去摸了摸它。它退缩了一下，险些把自己噎死。有庆咯咯地笑了起来，显然他已经接受它了。我抽了抽鼻子，蔓正在看向我。我们刚少了一个人，也许这是老天爷的意思吧。我伸出手去擦了擦它脸上的血，它像皮一样被揭了下来。就像一个仪式，我给它介绍了我们三个，充满严肃地警告它，要想加入我们就得听我的话，我是它的老大。

“菲菲。”它也严肃地指了指自己。我们几乎再次摔倒在地，这只猴子居然还取了个女孩的名字。狒狒。哎呀。我和蔓按着肚子在地上滚成一团，有庆也高兴地学我们的样子，在地上滚来滚去。只有它不太高兴，悻悻地撸着鼻子。

蔓后来想起来一件事，我们才对它增添了些许敬意。她说："你是飞行员。哎呀，那你到过其他的星星吗？”她说的显然是废话。我们的地球对它来说就是另一颗星星。我觉得猴子看上去愁眉苦脸的，它瘪着腮帮子蹲在角落里，酷似一尊深黑色的乌木雕像，也许是觉得找个女孩子当老大没什么面子。我问它那个它们吹嘘的哈努曼是怎么回事。“我见过它。”它骨碌碌地转着眼珠对我说。我们当然不能信猴子的话。我们把它嘲笑了一通。哈努曼只是个古老的神话，我听过这个故事，据说很久很久以前，有个猴子很厉害，它的星球被一个叫混世魔王的坏蛋入侵。它打败了他们，保卫了自己的星球，就这么个故事。

“人类中居然流行歌颂猴子的故事。你不觉得奇怪吗？”菲菲嘿嘿而笑，我们后来都知道它就爱坏笑，“猴王哈努曼就是这个故事中的猴王，它神通广大，法力无边，它的眼睛像是明镜，它的耳朵像是箭头，它总是踏着红色云彩穿梭在云中，它会带来闪电和愤怒的雷，再阴冷的天空在它的脚下也会燃烧起来，再无情无义的铁板在它的注视下也会畏缩。你们人类要当心，因为它是我们的王。”

4

橘子镇流落着成百的孩子，不知道为什么女孩居多。也许是人们重男轻女的结果。当一个家庭走上移民之路，却没有足够的钱给所有的人买票的时候，他们就只能选择放弃女孩。在星星上男孩可以给他们开垦农场，放牧奶牛。而女孩就只能自己想办法活下去。要是不被抓住的话，她们有两种可能离开这儿。第一种是在星星上的亲人发了财，来接她们走；第二种是去找个有钱的准移民，然后嫁给他。船上给男人的座位都已经太少了，但是他们需要女人，没有多少人能够忍受航程的寂寞，所以他们愿意出钱替女人买票。这是橘子镇上的一个古老传统。

太阳还没有露头，露珠在草叶上越滚越大，它们变得沉重起来，然后顺着草叶滑了下去。我们爬出洞口，开始那套接近和叼取、后趺和奔跑的生活。人多就有机会。今天有条船要降落，广场上会有很多的人。那是我们让自己活下去的机会。我们少了苏有想，虽然加入了一个新手，但它的猴子脸太引人注目了，而且它还很虚弱，我们让它在家照顾有庆。

广场上已经汇集成了一片人的海洋。今天有条空船要来，这是镇上人人关心的大事。不管有没有票，他们都会挤到广场上去观看这场典礼。好多人仿佛是从地底下冒出来似的。你永远也想不到这个镇上会有这么多的人。人太多了，地球上已经挤得满满的了。没有谁喜欢留在这，但能够离开的人不多。黑色的人头海潮在涌来涌去，人们的目光漂浮在海潮的浪尖上，那是困兽的目光。

上船的过程则是另一场战争。空船进港了。它吐出了细细长长的引桥，从高空中直落下来。人们疯狂地冲了上去。他们这会儿会羡慕那班猴子了，他们用肘部和胯又推又挤，他们踏在别人的肩膀甚或头上，一路爬上五十米高的滑溜溜的梯子，练体操一样纯熟地翻进窗户，占领一个座位。船里头很快就塞得满满的。甚至到了起飞的时候，窗户外面还吊着一些矫健的体操运动员。他们没有票，却死活不肯撒手。这样他们会被飞船一直带到寒冷的高空，再掉下来，不知飘落到什么地方去。

有些有钱的单身汉专门在橘子镇寻找女孩，他们跟她们结婚，然后带她们一起走。有过不少老爷来找过姐姐。那时候我们还在继续等信，可是总也没有回音。姐姐已经长大了，一点不受营养匮乏的影响，她的瞳孔是绿色的，勾人心魄，她的嘴唇微微上噘，像大理石雕刻般丰满，她的漂亮成了许多人谈论的话题，他们说她像狐狸一样妖媚迷人。“不行，老爷，”她总是回绝说，“我还在等爸爸的信，有一天他会来接我们的。”她还会狡猾地补充说，“你要是爱我，老爷，为什么不给几个钱，让我替你算次命呢？”我知道我姐姐也曾经爱上过一些人，有几次她回家的时候，猫一样坐立不安，总是时不时地踱到窗口去。一艘船正在那儿腾空而起，飘浮到大气层的上方。我猜她是不放心我才没有走掉。那时候她总挂着绿玻璃珠做的项链，穿着领口低低的裙子，在港口广场上替人算命。夫人们通常会厌恶地让她滚开，但那些老爷们都喜欢她，他们在吧台上搂着她，灌她酒，往她的胸口塞钱，所以虽然没有了妈妈，我们还能挺下去。她偷偷告诉我说，她攒了一笔钱，很快我们就能再发一封信，催促爸爸妈妈来接我们了。

那一天终于来了，她去酒吧发信，人很挤，因为有两条飞船刚刚靠岸。我没有跟她一起去。她再也没有回来。天黑了，星星慢慢爬上天幕。广场上的人越来越少，最后剩下了我一个人。我蹲在地上，好让我的影子不会显得那么长。几个野孩子跟我说，他们在酒吧看到我姐姐，她喝醉了。

我到酒吧去找她。撒尔冈那时候还有两只完好的眼睛，眉毛低低的，看上去挺帅，挺和气。他对我也不像后来那么暴躁。他告诉我，我姐姐已经上船走了，是因为收到了爸爸的信啦。他们在外星球上苦干，已经攒够了买一张票的钱。她正好赶上了那两艘船。那么说现在只剩下我一个人了。我躺在床上茫然了半晌，然后被夏拉大娘赶了出来。我又碰到了给我带信的孩子，她们就是苏有想和蔓。她们说亲眼看到我姐姐被人扶着离开了，她准是高兴才喝多了，她被带到港口行政官的一间空办公室去了。所有的孩子都知道那个房间，因为只有找到亲人，收到他们回信的孩子才会被带到那个空房间去。听说他们会被带上飞船，找到其他移民星球上富裕的爹妈，过上神仙一样的日子。我轻松地吐了一口气。现在他们有三个人了，他们的钱就会攒得更迅速了，现在他们会更快地来接我了。那白色的碗状天线竖在千人转酒吧面前一刻不停静悄悄地旋转，所有的人围绕着它转动脖子，像是月球围绕着地球转。他们中的绝大部分人将会死在地球上，因为他们收不到回信，而我和他们不一样，他们纷纷在腐臭的棺材里霉烂的时候，我将心满意足，拿着家人的信和汇款，张开隐藏在破烂衣裳下的双翼，用力一蹬，飞到群星中去。我放下心来耐心等待，我会永远等下去，而且我认识了苏有想和蔓，还有苏有想的弟弟有庆，他还只有四岁大。我们的遭遇几乎都一样。我们待在了一起，直到现在。

5

我给菲菲讲姐姐和我的故事时候，这猴子一直用种奇怪的眼神瞄着我。它的眼睛晶晶亮，仿佛两个发光的灯泡，那光线又白又亮，把比尔哈特寡妇的黑地板都给晃亮了，我真怕她会发现这只猴子。后来猴子菲菲说，它们不是故意撞倒那东西的。它们下船的时候看到那天线只是一个白铁皮蒙起来的锅，里面除了一个马达让它转之外，什么也没有。那玩意儿连个喇叭都算不上。它根本就不可能给外星球发信。我突然觉得口渴得要命，憋闷得透不过气来。我从睡觉的地板下钻了出去，在院子里坐了一会儿。星光如水一样从空中洒落下来，又温柔又暖和。一些深蓝色的雾气从镇上升起，让镇子飘浮了起来。蔓和有庆还在呼呼地睡着。尖锐的草叶拂过我的手心，割破了它。这一切感觉都是如此真实，而不是梦幻。你是说没有信，从头到尾都没有吗？我很镇定地解释给猴子听。这是放屁！我的妈妈和姐姐就是收到信后走的，她们都到了星星上啦。还有很多很多的人都收到了信，他们都走了。他们都离开了。如果没有信，那她们到哪去了，她们到哪去了？猴子，你说啊。它用那悲哀的灯泡一样的目光看着我，一句话也不说。你说，你说啊。我咬牙切齿地喊，其实我心里痛得要命，我瞪着它，恨不得把这死猴子一枪干掉，或者砍成十七八段，然后扔到河里去喂鱼，我还想把它分解成零件卖掉，就像那些商贩收购孩子一样，只是不知道猴子的器官值不值钱。

比尔哈特寡妇又开始敲起了地板。猴子放低了声音，对我说，“我不能等啦。我的兄弟们还在那儿受罪哪。它们支持不了多久。要是在以前，我一个人就可以把它们救出来，但现在……只有哈努曼能救它们了。”它茫然地向前而望。我在月光下看这只猴子，发现它的毛发都白了，它的皮肤很松弛，它其实很老。它已经是一只老猴子了。

“滚你的哈努曼，我想睡觉了。”我说。

睡觉的时候，我突然哭了。我想起了我的家人。现在他们都在另一颗星星上享福，而把我给忘了。哭了一会儿后，我把它推醒，问它：“你说，你的猴王，神通那么大，它能带我走吗，它能带我离开这儿吗？”

“你是个年轻漂亮姑娘，”它说，它的目光在脏兮兮的木板下面像星星一样浮动起来，“你不用等别人，你完全可以用自己的力量离开这儿。”

可女人是不能上飞船的，她们不能独自飞走。除非她们找到丈夫，把她们带上飞船。这是我们的传统。

“你试过许愿吗？”它神秘兮兮地咳咳干笑，塞到我手里一个东西。那东西粗糙得很，摸起来像干了的枸橘皮。“这是只真正的愿望猴爪——”它吹嘘起来，“它见过的世面极多。它曾经无数次地帮我逃脱了牢笼。对它许个愿吧，它从来没有让人失望过。”

我的表情一定很怪异，我也许应该大笑，在地上打滚，但我还是把那块干瘪的小东西握在了手中。“我想离开这儿。”我庄严地说。那些乳白色的星云从天幕上垂落下来，里面蕴含着上亿颗星星，像宝石的碎屑一样闪烁。“我要到星星上去。”

“你会成功的，”菲菲说，它的笑容里有一丝鬼鬼的东西，“你会踏上飞船，到你想去的地方，你将和我们在一起，在星星上。”我看着手里的猴爪不知所措。可我不知道怎么样才能上飞船。如果我不能给我爸爸寄信的话，他怎么才能知道我在这儿呢。也不会有人来娶我，我已经堕落成一个野丫头了，我永远也赶不上我的姐姐那么漂亮，谁会爱上我呢？

“不，不要担心，”它说，伸出干枯的爪子抚摸我的脸，满是皱纹的三角形眼睛里不知道为什么有一些蝴蝶一样的东西荡来荡去，“你是个漂亮的姑娘，像你姐姐一样漂亮。你会找到个如意郎君的。”它还说：“即便是哈努曼也会爱上你的——我就像兄弟一样了解它，我知道它喜欢什么样的女孩。我敢保证，它不但会爱上你，还会爱上你的这颗心。”它说得诚心诚意的，仿佛它真的见过猴王或者见过我姐姐一样。它一定是疯了。不过我懒得揭穿这一点。“那蔓呢？”我问它。它叹了口气，夸张地皱了皱鼻子，“没办法。我们一时找不到那么多的好人，只好让我娶她了。”

我咬住胳膊，终于嗤嗤地笑出了声。我的肚子又开始痛了，但是我觉得心里头好受一点了。

“哎呀，好吧，猴子，”我说，“真为难你了。可是你知道吗，他们是歧视女人，但他们更歧视猴子。我要是嫁给了你们的猴王，就只能跟着你们被一起绞死。”

“其实我们不是猴子，”它好脾气地说，“你不相信吗？人类在其他星球上住了许多代以后就会开始变得不一样了。我们更适应太空的环境。”

“你是说在你们那人是向猴子进化的吗？”我终于在地上滚了起来，把蔓和有庆都给吵醒了。我们一起大笑。我们从来就没相信过猴子的话。瞧它们那鬼祟模样，就知道它们不会说真话。寡妇又在头顶上顿拐杖了。老猴子菲菲说：“不管你们觉得多好笑，至少我们可以离开这——知道他们把我的船停在哪儿吗？”

我们跑了一整天，去找那条船。狭窄曲折的街巷上空密密麻麻地横着绳子和竿子，湿漉漉的衣服上的水流瀑布一样往下流淌。我们跑了过去。阳台在半空中摇摇晃晃地歪着，雨水管像一根根扭曲的长矛镶嵌在发霉的墙里。我们跑了过去。许许多多的人自己搭了小木棚，鸟窝一样高高低低地吊在空中，他们就在空中拍打墩布和地毯，弄得尘土满天。我们跑了过去。到处张贴着悬赏捉拿菲菲的布告。布告上是一张大大的猴子脸，不过根本就不像菲菲。其实只要认真看，它们和猴子还是有些不一样的。中午的时候，我们跑到了港口后面的小山上，发现飞船就被系在行政办公室的后面。他们还在为船上的货物怎么分配而争吵呢。没有人看守。也许他们都认为逃跑的猴子已经死在哪个角落了，再说他们也不相信它一个人能把它开走。书上告诉他们猴子是低等生物。那只船坑坑洼洼的，确实难看得很，只有猴子才能造出这样的船。我们还看到了被关在笼子里的猴子们。它们的情况很不好，撒尔冈给它们喂过一次水，因为他们还不知道怎么处理它们，也许可以用来交换赎金。

我们回去得很早。天还没有黑呢，不过黄昏的时候模模糊糊的看不清楚人。比尔哈特寡妇的房门紧闭着。我们一下子就钻入了洞口。没有人看到我们。猴子躺在地板下面伸屈它的胳膊，它动了动腿。“我可以走路了，”它嘀咕着说，“这两棍子还砸不死老菲菲——既然船还在，我们就别浪费时间了，今晚就走。”蔓问：“我们四个人吗？”猴子嘿嘿地笑着：“那当然啦，我们是一伙的呀。”

我们蹲在黑暗的地板下等天黑。我们带回来了一些食品。偷来的钱不能公开去买东西，但是黑市很红火，我们搞到了红肉，还有比萨和水果。路上用得着。我们躺在地板下等待太阳下山。也许应该睡一会儿，但是我们很激动。蔓甚至偷了一瓶酒，到酒吧偷酒是危险的，郝富老爷找起空瓶子来比狗还灵，但是反正我们就要走了，我们要上船了，要到另一颗星星上去了。我们从来没有如此焦虑地等待太阳下山过，每一秒都像一辈子那么长。有庆不知道将要发生什么，他看到我们激动也很高兴，翘着圆溜溜的屁股在地板缝下面爬来爬去，简直一刻也安静不下来。我们给他灌了一些酒。他睡着了。天完全黑了，除了几声间或的狗吠，橘子镇终于安静了下来。石板路在月光下白白的，像乳酪一样干净。我们现在可以走了。

我们刚走了两个街区，有庆就开始闹脾气了。他像小狼崽一样扭着身体，嗷嗷哭着，不肯往前走了。“怎么回事，我们的动作得快点。”猴子催促说。我低下头检查了一下男孩，他的身体好好的，胳膊腿也不缺，只是黑乎乎的脖子上空空的，少了个什么东西。路上空荡荡的没有人影，月光水一样地荡漾，一些白色的雾气在青石板上精灵一样舞动。有庆坚持要回去找他的东西，不然就不走。蔓有点担心。可我是老大。我让蔓带猴子先到飞船那儿去，我要跟有庆一起回去——那是他的亲人留给他唯一的宝贝了。

虫子在花园里唧唧地叫着，几只老鼠在地板底下窜来窜去。我们拨开草叶，钻入干燥温暖的地下，伸开胳膊在灰尘中四处摸索。我终于在一只耗子嘴里抢下了那枚木雕的小东西。有庆不哭了。我把它系在他的脖子上。

一团火猛地从入口处掉进了洞穴里。我们跳了起来，结果把头撞在了地板梁上。狗在洞口那儿乱钻，呼噜呼噜的嗅来嗅去。“够了，小姑娘们。都给我出来吧。”郝富老爷用大嗓门在外面吼道。撒尔冈不知道为什么咯咯笑。

“我早知道这里有鬼，”那个半瞎的老太婆站在台阶上喊，“每天都有耗子在这里打架。你们要把答应的奖金给我。”“滚开，老太婆。”他们说。然后低下头想要来抓我们。洞口太小了，他们钻不进来。于是他们解开了狗套。狗匍匐着往里头爬，它们被养得太胖了，所以总是被垂下来的木头杈子挂住。我们拼命地往里缩，但是出口只有一个，他们已经去拿铁锹试图把它挖开。我们完蛋了。

“来吧，姑娘，快出来。”我闻到了另一只狗的骚味，它在我的耳朵旁边喷着气，我踢在它的鼻子上，它呜咽着吼了起来。我使劲蹬腿，踢那些紧挨在我们身后的板壁，那些积存了几百年的尘土像雪崩一样落下来，堵住了我的呼吸。木头房子在吱嘎乱响，仿佛随时都要倒塌下来。我把后面破烂的板壁踢出了一个窟窿。窟窿后面露出了一张金黄色的猴子脸。菲菲正从窟窿外面伸进一只手来。“快走，快拉住我的手。”它在那儿喊道。我掉过头去寻找有庆。他正在号啕大哭，肮脏的脸上被木片划出几道血痕。一只狗叼住了他的衣服背带，正在把他从我身边拖开。洞穴里头满是浓烟，他被拖进了充满光亮的花园中，在那些森林一样的大腿间消失了。我听到外面传来踢打声和一下沉重的撞击声。

“绕到后面去，”他们中间有人喊道，“他们想从后面逃出去。”他们拼命想把火把从缝隙中扔进来，结果把那些破木板和比尔哈特寡妇的屋子都点着了。这可让他们乱成一团。比尔哈特大娘要多难过啊。他们更不敢进来了。他们开始往屋子后面绕过去。

“快走啊，”猴子说，“他们要来了，要来了。”蔓在它的后面叫我。我犹豫了一下，掉头朝着花园的出口爬去。我的头发被烧着了，发出咝咝的声响。他们好像都离开了花园，大概是顺着屋子转到巷子后面的什么地方去了。有庆的身体横躺在地上，显得出奇的小。他的脑子被打了出来，颈动脉的血喷射得一地都是。他脖子上的绳子又断了。我弯下腰把护身符拾起来，塞在他的口袋里。有一些冰凉的水珠掉到他的胳膊上。他还那么小呢，看上去像猫一样轻。空气中有一股不锈钢的味道，冰冷，寒气森森。有人粗暴地抓住了我的肩膀。那是我们大家的信使郝富老爷。“嗨，姑娘，姑娘。”他像那些狼狗一样狞笑着说，抓住我的肩膀不放，另一只手来摸我的胸部。我闻到了他身上的香水味儿，这些人总是很高雅，即便是在晚上也是衣着光鲜。“看我逮住你了——猴子在哪?”他说。他肯定是喝醉了，所以看上去摇摇晃晃的。我摸到了他插在皮带上的大折刀。我想起来和妈妈在一起的最后情形，还有我的姐姐，还有有庆奔跑的样子，这些情形充满了我的神经、我的大脑和我的肌肉。我的眼睛里一定充满了仇恨和恐惧。他的脸色变得铁青。第一刀插空了，第二刀扎在了他的肚子上。他高声叫了起来，声音洪亮。他要是这样叫下去的话，远近的驴都会响应起来的。我没来得及动第三刀。那把刀很大，我用起来很不顺手。有人敲了我的脑袋。我晕了过去。

6

我不知道自己晕过去了有多久。直到撒尔冈揪住我的头发，把我从地板上提起来时才醒了过来。“终于抓到你了。你这个讨厌精，野种，和你姐姐长得一模一样，”他说道，那只呆滞的独眼一直逼到我的面前，从他嘴里冒出浑浊的酒气，“她搞瞎了我的一只眼睛。你又捅了郝富老爷的肚子，真是一群狼崽子。”

他回过头去看豪华漂亮的办公桌后面，孟撸老爷正把两只粘满油腻的宽厚的手交叉着放在肚皮上。“把她交给我吧，我会让她服服帖帖地变个样的。”撒尔冈邪恶地笑着说，冲我轻佻地抛媚眼。我则朝他露出我的牙齿。法官的肚子上还包着白色的纱布，所以他不能参加审判。镇长有一张茶褐色的脸，头发直直的，两条瘦骨嶙峋的大腿跷在桌上，他沉思着说：“小孩越来越污秽了本镇的风气，也许我们应该公开处决一个。”他的目光比小镇警察还是远大多了。我认出来我们是在行政长官办公室里。我也被他们关在那间空房子里了。那儿有一张铁床，床单上满是斑斑污迹和点点血痕。无数将要被带到星星上去享福的孩子就曾经睡在这张床上过。我把头依靠在破烂的被单上，想从那些纹路中看出姐姐曾经在这待过的痕迹。不过我什么也没有看出来。菲菲和蔓逃走了吗？我不知道。我的头痛得要命，几乎难以思考。我摸到了我兜里的猴爪，他们没有拿走它。黑屋子中也可以期盼缝隙中一滴滴漏下来的水，它们会带着一点点外面的气息。我想起了那些星星的样子，它们多漂亮啊，寒冷让它们仿佛长满了绒毛。如果再也不能看到它们了，至少我可以在梦中得到些许安慰吧。我这么想着，睡了过去。世界可以像在梦中一样美好吗？

有人门也没敲就冲了进来。他冲到了隔壁屋子里。“找到猴子和船了吗？”镇长在那边问道。

“不，”那伙计说，“不是。”他拼命地干咽唾沫却说不出话来。我认出他是在酒吧里替人写信的办事员，仿佛我能穿透墙壁看到一切。他扯着自己的嗓子拼命地想挖出一些话来，他开始捶自己的脑袋，我也很好奇他到底想要说些什么，但他努力了半天，几乎把自己掐死还是没能多冒出一个字来。最后他跳了一下，一个箭步跃到了办公桌后面，把镇长撞了一个踉跄。他准是疯了，因为他把墙上那块华丽笔挺的窗帘布扯了下来，扔在地上，然后打开了窗户。他们一开始以为他要跳楼，想把他抓住，然而伸出去的手仿佛碰到了一块透明的玻璃，它们都在窗户边上凝住了。

窗户外面，成百艘战斗飞船正在港口上方往来穿梭飞行，它们拖着白色尾迹此起彼伏地轮番俯冲，仿佛成百上千的蜜蜂发现了花丛。从它们的船头处喷出了石油混合物。然后是致命的扫射。高高耸立的千人转酒吧烧着了，它冒着熊熊烈火，仿佛大树般倒下。天空被这些黑压压的鸟群给遮盖住了，像夜里一样黑，其后它又被燃烧的港口给映红了，低垂的云仿佛也在燃烧。一面巨大的旗帜在抖动。

“这是怎么搞的。”他们疯狂地喊道，害怕得发疯，但又摸不着头脑。

“那是猴王的飞船。”我躺在铁床上说，笑声响亮。我看到了猴王的飞船，虽然它是那么的高。它穿行在所有战斗飞船的上空，金光闪闪，快如一道黑色的闪电。它喷气的声音像雷声一样轰鸣，喷气的尾焰正好像熊熊燃烧着的火红色云彩。

虽然隔着墙壁，他们都听到了我的话，他们像得了硬脖子病的人那样僵硬地把颈子转过来，愣愣地看着我，目光中流露出明显的胆怯。

整整一个白天，成千上万的飞船在云中飞奔。火光像雨点一样泼洒下来。橘子镇上那些高大漂亮的楼房纷纷在火光中倒下，随着轰响炸成碎片。羽毛零落，衣裳破裂，它的器官腐烂得终于皮肤也包不住了，它们在绷紧的透明的肚子里头炸开，把绿色的腐臭的汁水喷得到处都是。这座小镇终于瘫倒了。

猴王给了他们和平的机会。而他们全都错过了。

我听到镇上所有的头脑人物都在隔壁齐聚一堂，他们话音低落，口气惊惶，商量着什么。我似醒非醒，那些细微得如蚂蚁一样的话却像叶子一样纷纷落入我的耳朵。“让它带走它的人好了，为什么要带走我们的人，这是干涉我们的内政。”在那些话里面，我听出了镇长愤怒的声音。“它们只是些猴子。”他的声音像气球一样空空洞洞的，让人担心下一步会飘到哪里。“我不这么认为，镇长。”另一个声音提醒他说，“它们说，猴王要娶她。”他们冷了场，好半天没人吭气，仿佛寒气正飘荡在中间，把他们的话冻住了。“狗崽子，”最后他们说，“我们赦免她，然后让她做决定吧。”

好吧。我还没有认真地考虑过这个问题呢。不过我还是很快做了决定。这将是那一年里橘子镇上发生的头等大事。多丢脸啊。他们则这么想，抱住了自己的头。我现在非常讨厌这个地方。橘子早就已经烂在枝头了，却没有人把它的皮剥开过，港口变成了一座瓦砾堆，到处都在冒着烟。它们散发着尸体的味道。再说了，我姐姐替我算过命。她说，噢，算了，宝贝，你会有个很难看的夫婿。我根本就不在乎这一点。一只漂亮的猴子，它身材魁梧，有一身不平服的金色毛发，箭头式的耳朵，明镜般的眼睛，脖颈上的肌肉雕塑般发达。

我光着我的脚丫子朝港口奔去，我从来没有跑得这么快过。空气的旋涡掠过我的身边，冰凉的石板像刀刃一样快，时间像黏滞的淤泥想把我拖住，他们在后面追赶，但是没有什么东西能够追上我。一些飞船降落在港口，更多的飞船还在天空中盘旋着。那儿被烧得通红。蔓从一艘船上跳下来接我了。还有菲菲，看它那样子，骄傲得腆胸突肚，像位将军，别忘了，我还是它的老大呢。在菲菲身边站着一个高大的猴子，穿着它们的衣服，戴着飞行面罩。它是那么的魁梧高大。我开始发起抖来。我觉得那不过是一时羞怯的表现。它脱下面罩了，在暮色中朝我伸出手来。我的手抖得一塌糊涂。那时候我简直不能相信自己的眼睛。要知道，面罩下面露出来的不是猴子脸，而是一张人类的脸啊——它看上去经历过了太多的风尘和沧桑，充满了野性和萧索意味，但那还是一张帅气的人的脸啊。

“我要感谢你，你救了我的朋友。”他的眼睛在低垂的眉毛下面灼灼燃烧，就像星星。不知道为什么我捂着脸坐在地上不能起来。“你不是猴王，”我固执地说，擦去眼角的泪花，“我等待的是一只猴子来娶我。它的耳朵像是箭头，它的眼睛像是明镜，它脖颈上的肌肉像青铜一样坚强。”

“菲菲骗你了，它就喜欢恶作剧——你还不是很了解它呢，”猴王哈努曼宽容地笑着说（那只猴子鬼鬼地笑着，在他身后冲我做鬼脸），“即使在猴子星上生活的也并不都是猴子，猴子星上实际上生活着各种人类的后裔。我就是个新移民。”

“那它们为什么要叫你猴王呢?”我问道，这是个多么愚蠢的问题啊，可是我那时候确实已经糊涂了。他耸着肩膀微笑了。我喜欢他的微笑，一副迷死人的样子。我终于不哭了，那种感觉像洪水一样从脑袋上冲下来，一直冲到我的脚上。我们仿佛很久以前就见过面了，仿佛很久以前就有过这种经历了。我知道自己将要过什么样的生活，我会是他的好搭档。我把一只手搭在他的胳膊上，他让开了一点，我看到了他们的船。那就是他们的战船，它又简陋又矮小，像只黑甲虫一样趴伏在地上，甚至比他们上次来的船还要难看些，和这个大块头挤在其中一定很不舒服。我已经发育了。我真希望他只是一只小猴子，那样空间就会大得多。不过那没有大关系。

菲菲已经先一步跳上了驾驶舱。它在那儿爬来爬去，冲我挤眉弄眼的，看上去就像一只真正的猴子。因为它开了这么一个大玩笑。我已经打算恶毒地惩治它了。不过我还不打算把这个计划说出来。现在我们将去远方。我们要去远航。我还可以去寻找我的爸爸，我的妈妈，还有我的姐姐。他们必定在上面的某个地方等我呢。红白相间的阶梯从机腹中落下来，正好搭在我的脚前。太阳落了下去。星星正在越来越黑的背景上流动并且显露了出来。我在梦中碰到了兜里的猴爪。

宇宙心理诊疗所的最后三个病人

储扉一直认为，这座太空站以“深空之门”为名时，就已经在所有宇航员的心中埋下了恐惧，当你每天早晨睁开双眼，看到深邃的宇宙就在眼前，如同无底深渊，足以让你心胆俱裂。储扉认为，每个人都会悄悄问自己，这道门打开的时候，他们将会坠落何处。

储扉是深空之门执业时间最久的心理医生，今天是他在这里工作的最后一天。他将回到地球，再也不回来了。部门里已经开过了欢送会，人人都羡慕他能在春节前争取到这个名额。储扉毫不怀疑，这次申请，中国人的回家过年传统给他加了分。想起多年未见的亲朋好友，想到那些必有的聚会和合家欢酒宴，储扉突然有点惶恐，他将要以什么样的身份回家呢？太空英雄还是逃兵？

新来的小姑娘送了他一副瘟疫医生用的面具，模仿的是17世纪欧洲暴发黑死病时医生使用的鸟嘴面具。很多中世纪的医生认为，这样的装扮可以欺骗病魔。储扉很喜欢这个面具，在黑死病时代，瘟疫医生能做的事情相当有限，他们更可能是许多病人临终前忏悔和诉说遗言的对象，这可以算是心理医生的起源。储扉在欢送会上喝了不少酒，此刻还宿醉未醒，头疼欲裂，但是，第一个患者已经来敲门了。

1 变兽妄想

第一位患者是一名混凝土工，波斯人阿罗喊，他为太空站的扩建工程生产混凝土，主要材料来自月球。和地球相比，此地所需的水泥、添加剂、水以及时间等变量都不同，对工种的技术要求很高，工作强度也很大。阿罗喊看上去体格粗壮，但走进来时满脸愁容，佝偻着身子，双肩耸立，充满神经质般的不安。他扭头的时候，似乎能后转一百八十度。

“请坐。”储扉指了指对面的躺椅。

“节日快乐，医生，”阿罗喊咕哝着道，“虽然我不知道今天是什么节日。”

储扉意识到治疗室内庆贺他返回地球的彩带还没有取下，而自己的脸上还套着那个可笑的鸟嘴面具。他道了歉，手忙脚乱地开始解面具上的皮带子，也许，要对着镜子才能除下这东西……

“不，这样挺好，请你不要摘掉它，医生，我可能会觉得这样更自在一些。”

“遂你所愿。”储扉正想掩饰不听使唤的手指，他坐回自己的椅子上。阿罗喊已经迫不及待地开始了讲述。

“我觉得自己是一只狼，想要四肢着地奔跑，想要伸长脖子嚎叫，这里的月亮又格外地大，我们每天要看十六次月升月落，月圆之夜简直要逼疯我了。”

储扉嚓嚓地记录着，偶尔抬起眼看看谈话对象。

“什么时候开始的？”

"上次月圆的时候。"

"你有什么诉求?"

"送我回地球。"

"哈哈,"储扉停下笔,忍不住笑了起来,"每个人都这么要求。一枚太空发射系统的火箭价格是3亿美元,欧洲阿利安5号运载火箭每次发射费用约为1.65亿美元,德尔塔4中型火箭每次平均发射费用为1.64亿美元,就算比较便宜的俄罗斯联盟号宇宙飞船吧,每个座位的报价是8 000万美元,你知道我们每送一个人上来,需要花费多少钱吗?所以,不是特别必要的话,我不会放你下去。"

阿罗喊看上去有点沮丧。

"别担心,我们先试试看能否找到你的病因。变兽妄想不很常见,但我过去在地球上时,曾见过几个案例,有几个人总觉得自己是獾、是鸭子、是猪,他们走起路来也像鸭子,在泥水里打滚,他们共同的特征就是想要从生活中逃跑。你不喜欢太空站的生活?"

"不喜欢。我们穿着一样的工作服,同时起床,吃一样的太空餐,闹铃响了就同时睡觉,生活得像整齐划一的群体,但实际上我和他们无话可说。我不是人,身边没有同类,这个念头快要让我发疯了。"

储扉写下:害怕交流,担心失去自己。

"你看我们有不同的节日,照顾到不同文化的人群。刚过完圣诞,马上就要到中国人的春节了,你的国家有什么节日?雅勒达节?努鲁兹节?可以向太空站申请一下。"

"我对人类的节日已经不感兴趣了。我知道变兽妄想是什么。我没有童年创伤，没有受到精神刺激，我不想自杀，我只想回家。”

“唔，这样的努力还不够。只要官能健全，上面就会要求你们继续干下去的。我可以给你开一些药。”

“医生，你的药对我没有用。”病人悲观地说，“只有鲜血可以短暂压抑我的冲动。”

储扉发现他的袖口上沾了一点血迹，不由得严肃了起来：“口袋里装了什么，给我看看。”

阿罗喊四下看了看，无奈地将口袋的东西掏了出来。那是一只断了脖子的鸡，胸部还有撕咬的痕迹。

“对不起，昨天半夜我溜出睡眠舱，实在忍不住，闯入了农场实验室……当鲜血灌入我的喉管，如同银子铸就的月亮在胃里熔化，我意识到，这才是生活的意义……”阿罗喊舔了舔舌头，他的舌头长长的，还很灵活，如同一条红色的蛇。

储扉迟疑了起来，他还是第一次遇到狼。狼毕竟是食肉动物，这类妄想可能会对身边的人带来威胁，这是太空工作一直所严厉禁止的。

储扉在病历上写上：“不适宜现任工作。”

但是，有什么东西阻止了他的笔尖继续前进，交接飞船上的位置是有限的，如果放这名工人下去，他明天的舱位就会被顶替掉，而下一艘飞船在两个月以后才能抵达，他会赶不上回家过年。不，一定还有别的方法。

储扉把刚写上的字划掉了。

“医生，我该怎么办，你能帮帮我吗？”阿罗喊陷在椅子里，显得非常沮丧。

“治愈变兽妄想是件困难的事，但也不是完全没有办法，下面我要给你做个深度催眠，请你仔细听我说的每一个字，等一下我会从1数到20，每数一个数字，你的身体就会更放松，内心就会更宁静，等我数到20的时候，你就会进入催眠状态了。1、2、3……”

十分钟后，阿罗喊从催眠状态中醒来，他完全不记得治疗过程了。只觉得自己精力充沛，信心十足，着急想要投入工作。越是那种枯燥乏味、消耗体力的工作他越开心。

“医生，我好了？”

“不算全好，但你的问题已经不至于影响工作了。我会再给你开些药，一些抗精神类药，抗抑郁类药，以及二十斤牧草，半夜觉得自己想反刍也不用担心，这都是正常的……”

储扉看着阿罗喊兴高采烈离开的背影，他步子迈得很稳健，肩膀宽厚，头向前顶，完全变了个人，或者说，完全变了个动物，一头耐劳肯干的牛。

太空站需要的是社畜，不是野生动物。

下一个病人到来前还有一点时间，储扉回到镜子前，开始耐心地解面具上的带子，他取下面具，如他所想的那样，镜子里呈现出的是一只鬃毛森森、獠牙直立的猪。

2 天助自助者

第二名患者是慌慌张张地闯进门来的，几乎将椅子撞翻。

“医生，我的心跳找不到了！”

储扉慢条斯理地拉开椅子。“等一下，不要着急。做过心电图了没有？”

“就是心脏科医生建议我来找您的。”

病人心急火燎，几乎等不及躺下。他是一名岛国人，名叫阿倍仲，看上去比实际年纪老了很多，头顶部分全都秃了，满面颓败之色，如同正在坍塌的老房子，储扉从病历上看了下他的职务，计算机工程师，俗称程序员，所以状态应属正常。

他的工作业绩是全优，看上去所在岗位也很重要，是维护太空站主机的主程序员。

储扉抱怨道：“怎么什么样的病症都往我这里推呢？我又不管心脏问题。”

“但是除了心跳找不到外，我没有任何不舒服的地方。内科医生认为这是心理问题。”

储扉怀疑地看了看四周，确定没有恶搞摄像头。

他伸手摸了摸阿倍仲的脉搏，果然什么也没有摸到。

“这倒是很有趣。试过CPR[1]了吗？”

“试过，滋味真不好受，知道无效后就变成双倍的难受。”

“多长时间了？”

“第一次发现心不跳了是在一年前吧，起先还有一点点微弱的感知，到后来就完全没有了。因为也没有影响到工作，当时我们部门又很忙，就没有去查什么原因。”

看来这是个长期的病征啊，储扉扶了扶额头，这里面有一点疑问：太空站主机刻耳柏洛斯，深空之门的门卫，每天都会

1 CPR，即心肺复苏术。

监控所有太空站职员的身体数据，怎么会错过这么重要的问题没有处理呢？

储扉又问："为什么今天又这么着急地过来呢？"

"刚刚我发现呼吸也没有了，可能是肺部也不工作了吧。"

储扉连忙拿了一瓶试剂让他往里吹气，果然一点反应也没有。

他沉吟起来："从体征上看，我应该给你开死亡证明书了，但你的思维、行动显然都还正常。"

程序员急得额头上的汗都冒出来了。"我不想死。我年纪轻轻的，还没有尝试过生活的真正滋味呢。"

"也许是一种官能症……"储扉沉思着，"我认识一个躲在成都的作家，一让他写稿就心脏麻痹，但日常养狗逗猫甚至干重体力活就没有任何状况，查遍了CT彩超冠脉造影磁共振，也没有发现问题。心脏是个很特殊的器官，心主神明，心思迷惑，心血不足，就会出问题。如果它真的是个心理问题，寻找起因，将是个复杂的探查过程了。"

他找来心电图机，给阿倍仲连接上电线，果然，心电图是一根直线。

"作息还好吗？"

"能吃能睡的。"

"日常娱乐活动怎么样？"

"天天加班，也没有什么娱乐。"

"一年前有发生什么特殊的事情吗？"

"特殊事件，就是我们部门调入了一个女员工。很奇怪，专业完全不对口。她是学植物学的，只能在我们的桌头摆盆花什么的。”

“刻耳柏洛斯分配的？奇怪，电脑通常不会出错。它肯定觉得你们部门需要绿植，也许可以给你们提供更多氧气？”

“我们是理科生，摆一盆仙人掌就能防辐射这种说法……嘿嘿。”阿倍仲采用了把气体从鼻孔里哼出来的方式表明态度，但考虑到他哼出的气体和吸入的气体成分一致，说明在这件事上他并没有自己想象的那么高的发言权。

“再和我说说这个女人。”储扉发现心电图突然有了一点点波动。

“啊，没什么好说的。长头发，瘦小，干瘪，容易脸红，可能身体不够好，老是抱怨冷，喜欢看个星星什么的。”

心电图上果然起了一点点疑似心跳的反应。

“继续，有没有具体点的。”

“昨天，她问我要不要换一盆蝴蝶兰时，我正在加班，没有理她，但是突然有一点眩晕的感觉。我从不晕船，也没有情绪问题。”

储扉啪地合上本子。

“去找她，说爱她。这是救你的唯一方法。”

“什么？”阿倍仲的下巴掉到了胸口上。

“你极度缺爱，如果她爱上你，那你就得救了。留给你的时间不多了，继续发展下去，你的大脑也会停止工作，身体的各部分机能都在下降，总有一天会变成一个空壳。

“太空站主机把她调到你的部门，很显然，它发现了问题，在想办法拯救自己最重要的程序员。没有想到，经过了整年的努力，你依然是只单身狗。”

3　妄想成真

储扉看了下日程，发现今天还剩最后一名预约的患者，是来自南亚一个偏远地区的宇航员泥涅师。

如同一名优秀的心理医生那样，从病人进门那一刻，诊断就已经开始了。

泥涅师进门时，在暗自镇静自己，但面色十分吓人。他瘦削，苍白，似乎有点营养不良，但是自控能力强大。

"睡眠不好？"储扉抢先开口。

"是的。我不敢睡，我在这里很少做梦，但一旦做梦，就会有些可怕的事发生。我之前没有想到太空会这么邪恶，面对窗户时，就好像可以触碰到隐约的宇宙形状。它太大了，大到我们永远无法真正理解它的含义。"

"什么样可怕的事？噩梦吗？"

"梦本身不一定，有的幸福，有的恐怖。我说有可怕的事发生，是指第二天。我在梦中见到的人和物体，第二天都会真真切切地看到他们真实存在着，就在这里。有些东西不合逻辑，比如狼人，比如独角兽，但它们越来越多，逐渐挤满了整个太空站。"

"你做什么工作的？"

"维修工程师，负责外太空行走和修复。"

"常喝酒吗？"

泥涅师责备地看了他一眼："我们滴酒不沾，这是工作需要。"

“最近吃药吗？”

“也没有。”

“工作上有什么不顺利的地方吗？”

“都很好。”

“能看见不存在的东西？”

储扉在病历本上写下：幻视，排除药物滥用和酒精滥用，猜测杏仁核和视觉皮层同步异常活跃激活。

对待此类病症，他有标准答案，顺口就溜了出来：“很多人都会出现这种情况，不用担心，就是可能最近你压力大了，产生了幻觉，我以前也有类似的经历，休息好了就……

“让我解释一下，幻觉是这样产生的。正常视觉过程中，物体在视网膜上成像，然后转化为电信号，经过外侧膝状体到达视觉皮层，并受到额叶反馈信号的辅助，我们从而能看到物体。

“所以，只要这条视觉通路上有信号，我们就能‘看到’物体。我们不能直接判断这是不是幻觉。就好像《黑客帝国》中那样，只要给你大脑以刺激，你根本不会察觉自己身处何方，除非靠先验知识。例如，我们知道太空站里不可能有独角兽，当我们看见独角兽时，那就是幻觉。我们知道不可能凭空出现一个视觉刺激，所以看到它的时候会明白这不是‘真实’存在的。而通过用手去触摸、用耳朵听、用鼻子闻，都和我们的视觉感受不同，也就证明这是一个幻觉。”

“我不知道你说得对不对，医生。《黑客帝国》？那是什么？”

“一部有名的科幻电影，你没有看过吗？”

“我不怎么看科幻电影，我更喜欢魔戒、纳尼亚、狼人这些东西。如果我能听到它，闻到它，甚至摸到它呢？”

“那说明你的大脑障碍行为更上一个台阶了。”

“不仅仅是我，其他的人也行。蔡萧剑，我的同事，就告诉我他也看见了。”

储扉哈哈大笑起来：“可能你这个同事也是个幻象。让我来查一下……奇怪，他确实在船员名录上，是你的当班伙伴。那么他和你说的话可能不是真实的，是你想象出来的。”他解释说，“幻觉，如果被另一个人也看见，那就不是幻觉了。”

“最近的情况是更糟糕了一些，哪怕是白天，我醒着的时候，如果我真真切切地想起来什么，也能变成真的。”

“我们还是不要随便使用‘真的’这个词……顺带说下，你口袋里有什么在动，是宠物吗？”

说时迟，那时快，一个红色尾巴的小妖精从泥涅师的口袋里溜了出来，邪恶的眼睛瞪了储扉一眼，然后飞快地钻入桌子缝里，不见了。

“啊啊啊！”储扉指着桌缝，扯着嗓子喊了起来。

“就是这样的。”泥涅师抱歉地说，“我疲惫的时候，这些东西就会不断诞生，现在这个太空站里，不现实的东西越来越多了。”

“这个有点麻烦了。等一下，我要先喝一杯。”储扉说，昨天的聚会把他精心藏起来的酒全都喝完了，他好不容易才找到了最后一点儿威士忌。

储扉把威士忌一饮而尽，呆了良久，才再次开口：“我年轻的时候，曾经四处游学，在印度北部靠近喜马拉雅山的村路，曾经遇到过一些僧侣，他们可以用意识的力量，创造出实体的佛像，当然只能维持很短暂的时间。我一直认为那是魔术，不知道你是怎么做到的。你意识到的，并不一定是好的意象是吗？我期望你近期没看过什么恐怖电影……啊，我错了，不应该提这个词。”

储扉意识到自己犯下大错。他提起了粉红色大象。

粉红色的大象是一个心理学实验，实验证明你永远无法“不要想起”些什么。

如果参与者被要求不要去想象房间里面有一头“粉红色的大象”，他们的脑袋里会无可抑制地出现粉红色的奇怪大象。

房间里变得冷飕飕的，好像有什么邪恶的玩意儿就要从黑暗深处爬出来。他不敢回头，担心背后就隐藏着不可想象的恐怖生物。

储扉从来不看恐怖电影，因为他童年时期曾经被画皮吓破了胆，那些恐怖电影光是海报就能把他吓得尿裤子。绝对不能在太空站闹鬼！这是储扉的底线，他疯狂地试图自救。他拖过椅子，让自己靠近病人：“我要给你做个深度催眠，等一下我会从1数到20，等我数到20的时候，你就会进入催眠状态了。1、2、3……”

好不容易，储扉才把泥涅师脑子里的恐怖电影形象抹去，实际上，在慌乱中，他用力太过，把宇航员关于地球的大部分概念都抹去了。不过，问题不大，宇航员的真实记忆会逐步恢复，只要他忘了两分钟前的对谈就行。

储扉气喘吁吁地擦了把汗。房间的温度也恢复了正常，那些恶心的或者恐怖的东西与泥涅师的意识擦肩而过了。

他很想再去找地方喝一杯酒，但决定再接再厉，快速地把今天最后一个问题解决掉。

“关于你的心理问题，我有一个未经证实的治疗方法。让你的妄想产物意识到它们是被想象出来的，就可以破除这种妄想。那时候，你所妄想出来的整个世界都将进入一个连锁反应，它们会逐步消失。”

泥涅师流露出一点怀疑的面色。“我可以试试，但我怀疑他们有足够的智力能破除障碍。”

“你可以想一个智者，一个喇嘛或者一名和尚，他们更容易理解世界是虚幻的这个概念。要知道，你创造出来的世界必定会有破绽，你不理解的概念，就无法被想象出来。”

他一语点醒了病人，泥涅师露出恍然大悟的表情：“我这就去努力。谢谢你，医生。”

最后一位病人终于满足地离开了。

储扉叹了口气，把名牌从门上取了下来。今天是他在太空里工作的最后一天，他的行李早已经收拾好。

他终于可以回家过年了，他需要一个崭新的开始，把这一年的糟糕运气甩在脑后，去他妈的2019，这个万劫不复之年，他见识了太多可怕的人和事了。希望明年一切都可以重新来过。

他要回家去，找到自己爱过的女孩表白，和她在野地里打滚，也许生上十二个孩子……可是突然间，他发现家里的地址想不起来了。他想不起来女孩的名字，想不起自己在哪所大学毕业，想不起自己有哪些朋友，他已经定下的那些吹牛聚会似乎也消失了。

他翻腾起自己的行李，发现没有一张照片，没有一本书可以证明那个古老的地球存在过。一切关于地球的记忆都消失了。

“你不理解的概念，就无法被想象出来。”他对泥涅师说的这句话闪电般地闯入脑海。他站到镜子前，发现自己的身体正在变成半透明，自己正在消散，连同心理治疗室里的所有物品。他意识到自己是第三个病人泥涅师的妄想产物，而这将是他为这个太空站做出的最后贡献。